アヤト
薬師ギルドの長。
セレスティーナの
師匠でもある。
性別は男。
セレスティーナ
侯爵家の次女として生まれた少女。
薬師としてスローライフを楽しむ。
ディーン
セレスティーナの実の弟。
姉の寵愛を受けて育った結果、
重度のシスコン。

「……綺麗……」
リド
謎の冒険者。
セレスの護衛として共に
薬草探しの旅に出るが、
実はその正体は……？

やがて上空に満月が昇った頃、
幻月の花がゆっくりとその花弁を広げ始めた。

「おはようございます。ユーフェさん」
ユーフェミア
セレスに怪我を治してもらった美女。
花街で店を営んでいる。

侯爵家の次女は姿を隠す
1
家族に忘れられた元令嬢は、薬師となってスローライフを謳歌する
[著]中村 猫
[ill.]コユコム

Contents

Marquise's daughter becomes a pharmacist and lives the slow life

はじまりのおとぎ話

おとぎ話をいたしましょう。

その花は年に一度、たった一晩だけしか咲かない幻の花。

人も獣も近寄ることのない純白の雪と氷に覆われた山の奥地にひっそりと咲く青く美しい花。

その花は群れない。たった一輪だけで咲いている。

ずっとずっと昔、月の女神様が地上に住む愛娘《まなむすめ》に与えた花。

その花に触れることが出来るのは女神様の愛娘たる聖女と彼女が愛する伴侶だけ。

けれど、いつしか人々はそのことを忘れ、花の青は月の聖女の瞳に宿った。

第一章　次女の事情

ある日、王族も降嫁したことのある侯爵家に次女が生まれた。

彼女が生まれたその家には二つ年上の長女がおり、その長女は少しだけ身体《からだ》が弱く、感情の起伏が激しかったのですぐに癇癪《かんしゃく》を起こしてはまた生来の身体の弱さから熱を出して、というのを繰り返していた。

両親は、最初の子供である身体の弱い長女をたいそう可愛《かわい》がっていて、生まれた次女がものすごく大人しく手がかからなかったせいもあってか、常に長女を優先し、次女は生まれてすぐに育児放棄に近い状況となっていたのだがあまり気にされなかった。

それでも最初のうちは多少なりとも次女に時間を割いていたのだが、そうすると途端に長女の機嫌が悪くなって泣きじゃくるので、次第にその足は次女から遠のいていき、いつの間にか使用人からの定期報告のみを聞く状態になっていった。

それも最初の一年くらいの間だけで、翌年妻が再び妊娠し、跡取りとなる待望の長男が生まれた頃には定期報告も行われなくなっていった。

長女は身体も弱く最初の子供でなおかつ妻によく似ていたので可愛いがられ、長男は跡取り息子として大切に育てられた。その一方で次女は大人しかったので、両親の中ではその存在感というものが全くなく、どうやって育てられているのかという関心すらなかった。

時折、執事や侍女が「※※※様」という単語を言ったのだが、その名を聞いてやっと存在を思い出すくらいで、さらにその名を聞くと長女が癇癪を起こして暴れて手が付けられなくなるので、いつしか家族の前でその名を呼ぶことすら禁じた。

◆

年月が経《た》ち、身体が弱かった長女もすっかり元気になったのだが、幼い頃から甘やかしたため、何事も自分が一番でなくては気が済まない我儘《わがまま》な子供に成長していた。弟は跡取りでいずれはこの侯爵家を継ぐ存在と両親に言われていたので、弟にはそれほど癇癪を起こすことはなかったが、自分の家より下の家の人間には容赦なくその我が儘っぷりを発揮していたので、ある意味で侯爵家の我が儘姫は有名だった。

その一方で、次女のことは全くと言ってよいほど話題には上がらず、家にいても食事を共にすることもなくお茶会に出席させるわけでもなく、ただただ存在自体をなきものとしていた。

そんな頃に、たまに侯爵の前に侍女のお仕着せを着た小さな少女が姿を現すようになった。

侍女の誰かの子供が見習いとして仕事をしているのだろう、と侯爵は気にもとめなかったが、その小さな侍女はだいたいにおいて次女の用事を伝えに来ていた。

「※※※様が必要としているのでこの書類にサインを下さい」

そう言われた時は、侯爵ももう一人の娘の存在を思い出して、そういえば、と思うのだが、そのたびになぜか毎回長女が現れては癇癪を起こして暴れてまわるのでまたすぐに次女の存在を忘れて、というのをずっと繰り返していた。

小さな侍女の用事も、「サインを下さい」というものばかりで、書類に軽く目を通したが特に不審な点もなかったのでいつもさっさとサインをして渡していた。

「そういう書類があるたびにきちんと目を通して、あの子に直接会いに行けば良かった。あの子を忘れて何をしていたんだろう。長女が癇癪を起こそうが、あの子も私の娘だったのに……」

後に侯爵はそう言って後悔していたそうだが、その話を伝え聞いた次女の答えは、

「え？　あの方って、私のことを覚えていらしたんですね。何せサインをいただく時に毎回違う名前を言っても気付かれなかったんですよ？　最終的にはあの方の愛馬の名前を言ってみたんですが全く気付きませんでした」

と言って心底不思議そうな顔をした。それに次女からしてみれば、直接会いに来られても困る。

もはや両親はいない存在として扱っていたのに、「今更どうしたいんだろう」といった感じになっていた。


「お嬢様、今回はこちらの小説の女の子の名前はいかがですか？」

「最近、話題の花屋の娘さんの名前は※※という名だそうですよ」

「近所の犬の名前ですが……」

「この間、いたずらしていた悪ガキの名前ですが……」


ちなみにセレスに名前のバリエーションを提供してくれていたのは侯爵家の侍女のお姉さん方だ。彼女たちの情報収集能力は多岐にわたり、貴族の名前から庶民の名前、異国風の名前など数多くの名前を教えてくれたので、侯爵に告げる名前が個性豊かに多くなり、セレス本人もどこまで使ったのか忘れるほどだった。

セレスは一度使った名前は二度は使わないという妙な縛りを何故《なぜ》か自分に課していたので、名前のストックは大量にあった方が良かったのだ。そしてどうせ認識されないなら、と思い男性名や侯爵家で飼育しているペットの名前まで言っていたのだが、父の侯爵は何の疑問も持っていないようであった。

◆

侯爵夫人の方はどうだったかと言うと、娘を連れてのお茶会でも長女にべったりで娘が機嫌を損ねないように、そして侯爵家の名にかけて娘と息子を大切に育てなければ、という感じで張り切って子供二人を育てていた。自分が産んだはずのもう一人の娘のことはすっかり忘れていたのだ。

だが、貴婦人の中には侯爵夫人がもう一人、娘を産んだことを覚えている人もいて、さりげなくもう一人の娘のことを聞いてくる夫人もいたのだが、侯爵夫人はそのたびに、「子供たちは大切に育てていますの」などと言っていた。

長女と長男だけを連れて歩き次女のことを一切話題に出さない侯爵夫妻に、夫人たちはこそこそと密《ひそ》やかに会話を交わしていたのだが、誰もそのことを本人たちに告げる気はなかった。

貴族はある意味、足の引っ張り合い。話題提供をしてくれている親子に何事もないように笑顔を見せつつ、遠くからくすくすと笑いものにするのが彼らの密かな楽しみだった。

◆

年月が経ち、長女は貴族ならば誰もが通わなくてはならない学園へと入学した。侯爵は学費はもちろん多大な寄付金を出した。これは高位貴族の義務のようなもので、その寄付金で学園の施設を充実させたり能力はあるが家が財政難の貴族や平民を特待生として受け入れる資金へと充てられていた。

学園で長女は王家の第二王子に出会い、彼に執着した。

それは決して恋や愛ではなく、自分を飾る装飾品のような思いからの付きまといだった。

自分が、自分こそが、自分だけが王子妃として相応《ふさわ》しいのだと言い続けて他の令嬢に嫌がらせや悪意を振りまく長女に、第二王子は決して振り向くことも特別扱いすることもなく、誰に対しても常に笑顔で冷静に対処をしていた。

◆

彼らが三年生になった年に次女の方は入学を果たした。

とはいえ、いつものように家族から忘れられていた次女は手続きやら学費の納入やらをいつも通り自分で行い、父であるはずの侯爵にはいつも通り全くちがう名前を告げて「※※※様が必要としていらっしゃるので」とサインを自ら貰《もら》いに行っていた。

これには貴族社会がまたもやざわめいた。

侯爵家の次女が入学を果たしたというのに、学費のみで寄付金は一切なし。子供たちを大切に育てていると豪語したわりには……くすくすくす、といった感じで貴婦人たちは夜会やお茶会の場で小さく笑い合った。

さらに翌年、長男が入学した時には多大な寄付金を出したので、貴婦人たちはさらに笑いが抑えられなかったようで、しばらくはどの場所でも会話の最初の良いネタと化していた。

次女が入学後に選んだ専門学科も話題になった。

次女は、薬学科を選択していた。

侯爵家の次女が、たいていの令嬢が選ぶ貴婦人科でも王宮などの侍女になるための侍女科でもなく、薬学科を選択したことで、将来彼女は家を出るつもりなのだろうということをほとんどの人間が察した。

当の本人である次女は、周りの人間がどう思うとか関係なく自分の将来のために、勉強や薬の材料となる物を自分で取りに行くこともあるだろうと、ある程度までは剣も使えるようになり、気が付いたら薬学科の中でもトップに入る成績を収めていた。

「……やりすぎた？」

こてん、と首を傾《かし》げた次女を、彼女と偶然知り合い交流を深めていた第二王子は「そんなことはないよ」そう言いながら他の誰にも見せたことのないような笑顔を見せていた。

「ところで、あの話は考えてくれたかな？」

大変麗しい笑顔で第二王子が次女に聞いたが、次女はこちらも笑顔で首を横に振った。

「残念ながら、私の将来設計に貴方《あなた》という存在は入っておりませんので」

きっぱりとお断りすること、もはや何度目になるかわからないが、隙を見つけては第二王子は次女にその質問を投げかける。

うっかり「はい」なんて返事をしようものなら自分の望みが叶《かな》わず変な方向に流されてしまうことはわかっているので、次女の返事はいつも一緒だ。だが、第二王子は諦めない。本人いわく「気が付かなかったけど、僕の執着はすごいらしい」とのことだった。

その執着心は出来れば他の女性に向けてほしい、次女はそうお星様に願ってもみたのだが、願いは叶わず第二王子の心は次女にしか向かなかった。

もちろん長女はこれに激怒し、「誰かあの女の素性を調べて!!」と実の妹の素性を赤の他人に調べさせるという前代未聞の行動に出た。

言われた周りの人間の方の戸惑いが大きく、

「実の妹だよね？　なんで知らないの？」

「ご存じないの？　有名なお話よ。あそこのご両親と長女は頭にお花が咲いていらっしゃるようで、二番目の娘のことは心底忘れていらっしゃるようなのよ」

などという会話があちらこちらから聞こえてきた。当然、家に帰りそれぞれの家族に話し、ますます『侯爵家のお花畑』は有名になっていった。

その間も第二王子は次女を口説きにかかっていたのだが、次女は華麗にスルーを決め込み、ひたすらに我が道を進んでいた。

薬学の方も優秀で、薬師ギルドにも籍を置いていつでも平民ライフにレッツゴーの状態にはなっていた。だが、平民になりたい次女と自分のすぐ隣に置いておきたい第二王子との攻防戦は、収束のめどがたたず周囲に生温かい目だけが広がっていった。

ある日、王子は気が付いた。あの侯爵家にいるから婚約出来ないのではないか、ということに。

というのも、次女は王子の話をスルーするのに侯爵が認めないだの、あの両親と姉がもれなく付いてきますので、などと言って断っていたのだ。ならばあの侯爵家から彼女を離せば問題は解決するのでは、と考え付いたのだった。

国王と王妃、ついでに兄の王太子に相談してみたところ、さすがに貴族間でも有名な次女放置話に思うところがあったのか、侯爵家から離すのは賛成された。

ちなみに国王も王妃も、何度か侯爵と夫人に次女の話をさりげなく聞いたりしたのだが、二人ともなぜかすぐにそれを長女の話だと思い込み、いつもちぐはぐな答えしか返ってこなかったとのことだった。

◆

第二王子はさっそく動き出した。

彼女を侯爵家の籍から抜いて養女として迎えてくれる高位貴族を探し始めたのだ。ところがその動きを察した次女の方がさらに素早い動きを見せて、さっさといつもの手口で侯爵から貴族籍からの離籍とついでに絶縁のサインをもぎ取り、学園も退学して平民になって行方をくらましてしまった。

「どうしてそういう動きは早いんだ……」

ある日、突然登校しなくなった次女を心配して侯爵家に行ってみれば、彼女は綺麗《きれい》さっぱり姿を消しているし、自分に会いに来たと勘違いした長女に付きまとわれて大変迷惑だということを遠回しに忠告してても聞いてくれないし、と散々だった。

改めて侯爵と二人っきりでじっくり話し合った結果、侯爵はようやく自分に長女の他にもう一人娘がいて、ずっとほったらかしにしていたことを思い出した。

「……なぜ、わたしは……」

頭を抱えた侯爵は、忘れられていた彼女がどうやって育てられたのかを執事に聞いたところ、侍女たちが代わる代わる育てていたことが発覚した。

侍女たちは長女ばかりを優先していた侯爵夫妻には立場上、何も言えなかった。

ただ侍女たちは、我が儘で仕えがいのない長女は嫌いでも、忘れられ放置されていた次女の方は大変可愛く思っていて、手の空いている者が率先して交代で世話をしていたのだという。

時には洗濯をする下級侍女の傍らでゆりかごに乗せられた次女が日向《ひなた》ぼっこをしていたそうだ。

気が付いた時にはもうそんな感じで次女は育てられており、執事は次女を育ててくれている侍女たちの給金をそっと上げることくらいしか出来なかったそうだ。

その時、執事は「なぜ、自分さえも彼女の存在を忘れてしまっていたのか？」という疑問を持ったのだが答えは出なかった。ただ、一度彼女をきちんと認識して次女が自分に向かって笑ってくれた時から、彼女の存在を忘れるということは一切なかった。

「じゃあ彼女がお仕着せを着ていたというのは……」

「はい、侍女の姿をしていればこのお屋敷内は比較的自由に動けますし、何か危険な場合は侍女たちに紛れることも出来ましたので、あの方は屋敷内ではだいたいお仕着せを着ておられました」

執事の言葉で侯爵は、はっと顔を上げた。

「で、では時々来て私にサインを求めてきたあの子供の侍女はまさか！」

「はい、お嬢様です。失礼ながら旦那様、お嬢様はいつも用事がある時は自ら旦那様のもとへ伺っておられましたが、旦那様は一度もお気付きではなかったようです……。それと、お嬢様はサインをお求めになられた時は、最初こそご自分のお名前をおっしゃっておられましたが、途中から色々なお名前をおっしゃっておられました。残念ながら旦那様はそのことにもお気付きにはなりませんでしたが」

執事に淡々と告げられた内容は侯爵をさらに落ち込ませた。が、そこではっと気が付いた。そもそも自分はあの子の名前を覚えていない。あの子の名前はなんだったのか……、恥を忍んで執事に娘の名前を聞いてみた。

「……旦那様、まさかとは思っておりましたが、本当にお嬢様のお名前をご存じなかったのですね……」

「まて、ならば誰が彼女の名前を付けたのだ？」

実の親も忘れた存在に誰が名前を付けたというのだろうか。第二王子の純粋な質問に、侯爵はさらに落ち込んだ。何せ、自分が名前を付けた記憶がないのだ。

「……先の王妃様、王太后様です」

「おばあ様？　なぜおばあ様が名付け親に？」

「お嬢様がお生まれになって一月ほど経った頃に、上太后様が祝福にいらっしゃって下さいました。奥様は王太后様から見たら戸籍上は姪《めい》に当たる方でしたので王家として、というよりは単純に姪の子供の誕生をお喜び下さってお越しになられたのですが、またもや上のお嬢様が癇癪を起こされて奥様はそちらにかかりきりになっておられました」

「……あの子は少し感情の起伏が激しいから」

「旦那様はいつもそうですね」

執事の残念そうな視線を受けて侯爵はそっと下を向いた。

「王太后様は生まれたばかりのお嬢様を大切そうに抱いて下さいました。その時に侍女が不敬にあたるのを承知でお嬢様にお名前がまだ付けられていないこと、お二人が上のお嬢様にかかりっきりで貴族籍の届け出もまだ済ませていないことを告げたのです」

「王太后様にそのようなことを言ったのか？」

「貴族である以上、貴族籍の届け出は必ずしなくてはなりません。王太后様は何度か旦那様や奥様と話し合いの場を設けられようとしましたが、お二人はいつも上のお嬢様のことしか頭になかったようで思うように話し合いが進まず、業を煮やした王太后様がお嬢様にお名前を付けて貴族籍の届け出をして下さいました。そのことは旦那様にもお伝えしておりましたがどうやら綺麗さっぱりお忘れになっておられるようですね」

執事の冷たい目に侯爵はますます頭を抱えそうになった。だが、ここで全てを聞いておかなければこれから先の話は全く進まなくなると思い侯爵は執事に話の続きを促した。

「よろしいですか、旦那様、しっかり聞いて下さい。お嬢様のお名前は『セレスティーナ』様でございます」

◆

『セレスティーナ・ウィンダリア侯爵令嬢』


そう呼ばれてもセレスには違和感しかない。

育ててくれた侍女たちは「お嬢様」もしくは「セレス様」と呼んでくれたのでその長ったらしい名前が自分の名だとイマイチ認識出来ていないのだ。

セレスは生まれた直後から文字通り放置された。

侍女たち曰《いわ》く、

「元々奥様は育児ノイローゼ気味になっておられたのです」

「お嬢様が生まれてからはソニア様の癇癪がことさら酷《ひど》くなって、奥様や旦那様が少しでも自分以外の存在を気にかけようとしたならば大暴れでしたから」

「大人しい性格でいらっしゃったお嬢様のことはすっかりお忘れになられていたようです」

とのことだった。

ソニアというのは長女のことで、どうやら彼女はものすごく感情の起伏の激しい子供だったようだ。その感情の起伏の激しさは成長しても変わらず、少しでも気に入らないことがあると物を投げたり八つ当たりをしたりと、むしろ年々激しくなっていく一方のようだ。

とは言え実は放置されていたことはセレスにとっては大変都合が良かった。

なぜなら、セレスは生まれた直後に頭の中に入ってきた知識を消化するのに必死で、そのこと以外には何の力も出せそうにない状態だったからだ。

生まれた直後に頭の中に入ってきた知識。それは異世界の知識だった。

ただしそれは本当に知識だけで、例えばカレーという食事に入っている香辛料がどんなものでどんな味をしていて、出来上がったカレーライスなる料理がスパイシーでとても美味だ、ということは知っている。しかしそれをどういうシチュエーションで、誰と一緒に、どういう思いで食べたのか、とか、料理の感想とかそういった実体験のような感情は一切持ち合わせていなかった。

セレスは本当に生まれてからの二、三年はその知識を己のものとすべく頭の中で消化するのに精一杯だった。なのでかまってくれなくてちょうど良かったのだが、周囲にそんなことを言えるはずもなく知識だけが入った頭は、姉であるソニアとは正反対で感情の起伏をあまりしなくなった。

知識に脳が全フリされた結果、感情があまり表に出ないタイプの可愛くない子供だったとの自覚はある。

歩けるようになって真っ先に向かった先は図書室だった。そこにある本を全て読破する勢いで図書室に籠もっていたのだが、さすがに執事に見つかり、しっかり運動をして食事をとってからでなければ図書室に入ってはならないという謎の入室禁止令まで出された。

「お嬢様。子供とは外で遊ぶものであって、このように小さいうちから図書室に引きこもるものではありませんよ」

ちなみに侯爵家に仕える者たちは長女のことを「ソニア様」と呼び、セレスのことは名を伏せて「お嬢様」と呼んでいた。父である侯爵から「ソニアが暴れるし、マリアも恐慌をきたす可能性があるのであの子の名前は出さないでくれ」と言われていたからだ。マリアは母である侯爵夫人の名前だ。

一部の者たちは「名前って……、お嬢様に名付けもしていないのに旦那様はどの名前をお嬢様の名前として認識しているでしょう？」と疑問を持ったので、試しに侯爵の前でさりげなくセレスの名前や他の適当な女性の名前を言ってみたところ、どの名前にも反応したのでますますわからなくなっていった。

そのことを後にセレス本人に報告したところ、「それは面白いかも……」と言って本人がまさかの実践をしたのだ。

最初は冗談かと思ったのだが、どんな名前でもちゃんと答えが返ってきたのでさらに面白がって時には男性名を言ってみたり、異世界の名前を言ってみたり、最終的には侯爵の愛馬の名前を言ってみたりしたのだが、侯爵は見事に気が付かなかった。

こうしてセレスは常に父親相手に違う名前を言いまくる子供になったのだった。

◆

「セレスティーナ、セレスティーナ……それがあの子の名前なのだな」

「はい。王太后様が月の女神セレーネ様にあやかって、女神様と同じ髪と瞳の色を持つお嬢様にそう名付けられました」

何度も名前を呟《つぶや》く侯爵だったが、執事の言葉にはっと顔を上げた。それは第二王子も同じで信じられないものを見るかのような表情で執事を見た。

「月の女神セレーネ様と同じ髪と瞳の色……？　セレスは瞳こそ深い青色だが、髪は黒いが？」

「馬鹿な！　私の元に来ていたあの子の髪の色は黒かった‼」

第二王子と侯爵の言葉に執事がはぁっとため息をついた。

「お二方とも、髪色など染め粉を使えばすぐに染まります。ましてセレス様の本来の髪色は女神と同じく月の銀色です。黒色にはすぐに染まります」

「だが、初めて会った時からすでに黒髪だった」

第二王子がセレスに出会ったのはまだ学園に入学する前のことだった。その時にはすでにセレスの髪は黒色だった。出会った時からそうだったので今の今まで違う色だなんて思いもしなかった。

「銀の髪色は目立ちますので、セレス様は小さい頃より黒色に染めておいでです。毎回、あの見事

な銀髪を黒色に染める時は侍女たちが泣きながらやっております」

侍女たちは毎度毎度飽きることなく、セレスの髪の毛を黒く染める時は泣いている。本人は大変冷めた目で見ているのだが、周りの侍女たちの方が「こんなに見事な銀髪を染めるなんて、いつか神罰が下りそう」とイヤがっている。いつもはセレスのお世話を率先してやって、時にはその権利をかけて戦い抜いている歴戦の侍女たちが髪の毛を染める時だけは押し付け合いをしているのはなかなかに滑稽な姿だ。

仕方がないので執事がやる時もあるが、そうなると木の影から侍女たちの恨みがましい視線が飛んでくる。

「知らなかった。まて、ならばセレスは『ウィンダリアの雪月花《せつげつか》』なのか……？」

第二王子の問いかけに執事ははっきりと頷《うなず》いた。

◆

『ウィンダリアの雪月花』

それはウィンダリア侯爵家に稀《まれ》に生まれる『月の聖女』と呼ばれる女性のことで、銀の髪と深い青の瞳を持っていることが特徴だ。古い伝承によるとウィンダリア侯爵家の三代目にあたる侯爵が月の女神セレーネに仕える聖女を妻として迎えたことに起因すると言われている。

彼女たちは何かしらの特殊な能力の持ち主ばかりで、中にはちょっとした予知能力を持っていた人もいたのだという。

不可思議な力を持つ存在の聖女たちを、同じ色合いを持ち決して人が触れられぬと言われる幻の花に例えていつの頃からか『ウィンダリアの雪月花』と人々は呼ぶようになっていた。

昔は彼女たちを政略結婚に使ったりしていたが、ある時から彼女たちをウィンダリア侯爵家が手放すことはなくなり、その生涯のほとんどを領地で過ごす女性もいたほどだ。そういった女性は一族の中から夫を選んだり、分家などに現れた場合は侯爵その人に嫁いだりしたのだが、どの女性も一族から大切に扱われていた。セレスのような境遇に陥る方が本来ならおかしいのだ。


が、当の本人であるセレスは『ウィンダリアの雪月花』という名称を聞いた瞬間に目を輝かせた。


「なにそれ。すっごく中二病感満載でかっこいい」

「お嬢様。中二病とは何ですか？」

教えてくれた侍女にそう問われてセレスはうーんと考えてから答えた。

「えっと十三、十四歳くらいのお年頃になると何かやる時にかっこいい技名を付けてみたり、ふはははー世界は俺様のものだー、とか言ってみたりする感じ？」

「棒読みですわ、お嬢様。もう少し感情を込めなければ良い演技は出来ませんよ。ですが、だいたい理解いたしました。今思えばその年齢はお恥ずかしいことをしていた気がいたします」

侍女はちょっと遠い目をしてから恥ずかしがって照れていたので、きっと彼女にも黒歴史はあるのだと思う。

人間、誰しも封印したい過去の一つや二つはきっとあるのだろう。

「ですがお嬢様。『ウィンダリアの雪月花』は国としてはけっこう重要な方なのですよ。月の女神セレーネ様の寵愛《ちょうあい》を受ける聖女とも言われておりまして、過去には誘拐されそうになった方もいらっしゃったようです。しかし、そういう時は空から何の前触れもなく雷が降ってきたりしてことごとく失敗したそうです。『ウィンダリアの雪月花』を束縛してはならない、虐げてはいけない、何事も望むままに、というのが不文律としてございます」

束縛はされていない、と思う。むしろ完全解放のやりたい放題だ。セレス本人の感覚としては、虐げられてもいない。親からは放置だし、姉はよくわからないけれど認識もされていないみたいだ。ただその代わりのように、執事や侍女たちはセレスに優しいし、王太后も何かと気にかけてくれている。

「私、わりと思うままに生きてるよ」

「まあ、それはよろしゅうございました。お嬢様はちょっとご両親と姉君の選択を間違えて生まれていらしたかもしれませんが、代わりと言っては何ですが私たちでしっかりお育ていたしますのでご安心下さい」

本日の髪染め係（もちろん泣き済み）の侍女はセレスの髪を染めた後に三つ編みのお下げにしながら『ウィンダリアの雪月花』について教えてくれたものだった。

◆

「『ウィンダリアの雪月花』が今の時代に生まれていたとはな」

感慨深げに第二王子は言った。

王家でも『ウィンダリアの雪月花』についての授業がある。もっともここ何代かの聖女たちは領地に籠もって王都に出てくることも少ないし、ウィンダリア侯爵家だけにどうして生まれてくるのかも詳しくはわかっていないのが実情だ。不可思議な力を持つ『聖女』たちだが、その代償のように彼女たちは儚《はかな》く短い命だとも言われている。

だが、その『ウィンダリアの雪月花』がウィンダリア侯爵家から離れた。その事実が広まれば彼女を欲しがる存在は後を絶たないだろう。彼女を手に入れられたら後の一族にまた『ウィンダリアの雪月花』が生まれる可能性さえあるのだ。

「父上に報告をして大至急、セレスを保護しよう」

「お待ち下さい、殿下。セレスティーナの行方は私が……！」

顔を上げた侯爵に第二王子は冷たい視線を投げかけた。

「侯爵、残念ながら貴方ではムリだ。第一、彼女が行きそうな場所や頼りそうな存在を知っているのか？」

「そ、それは……」

「娘の名すら覚えていなかった人間が今更何をしようというのだ？　セレスは貴方から絶縁状を受け取って……じゃなくて、もぎ取って失踪している。もはや彼女の親権は貴方にはない」

全くもってその通りなのだが、それでもようやく思い出したもう一人の娘に対する罪悪感とそして自分の代に現れた『ウィンダリアの雪月花』を放置していたという事実に目を背けたくて侯爵は自分の手で捜し出したかった。

「侯爵、貴方の役目はソニア嬢を抑えること。それと侯爵夫人にセレスのことを認識させることだ。特にソニア嬢に関しては早急に何とかしてくれ。セレスを捜し出したところでソニア嬢が騒いだら物事がややこしくなる。それと王家はソニア嬢を受け入れるつもりは欠片《かけら》もない。彼女にはその辺りもしっかり教育してほしい。婚約者でもいるのならばさっさと結婚させることだな」

第二王子の言葉に侯爵はますます頭を抱えたくなった。ソニアが学園で目の前の王子に執着して、全く関係のない女子生徒に怒鳴りつけたり、婚約者でもないのにあたかも自分が王子の婚約者であるかのような振る舞いをしている。そんな噂《うわさ》が広まっているのは知っていた。実際に他家から苦情の手紙が来ているので、学園内で何かと問題を起こしている認識はある。

だが、侯爵はソニアに対して何も出来なかったし、どうにかする気もなかった。

ソニアに何か言おうものなら本人は癇癪を起こすし、妻もなぜか長女のことになるとヒステリックに怒ってくる。

そんな女性二人の相手をするのもイヤだったし、何より溺愛している二人の言うことを鵜呑《うの》みにして真実を知る気もなかった。そのツケが今、巡り巡って返ってきている。

「申し訳ございません、殿下。ソニアにはきつく言って聞かせます」

きつく言ったところでソニアが第二王子への執着心を捨てるとは思えない。溺愛する娘の初恋を叶えてあげたいが、当事者である第二王子は終始こちらに冷たい視線を送っていた。

厄介な客人が帰った後で、執事は使用人部屋のさらに奥、屋敷の主の一家やその親族がけっして来ない場所にあるセレスが住んでいた部屋へと向かった。

その主のいなくなった部屋を執事が見渡していると、部屋の扉が開いて侍女の一人が入ってきた。

「よろしかったのですか？　殿下と旦那様にお嬢様が『ウィンダリアの雪月花』であることを教えても……」

「かまいません。むしろこれであの二人はうかつに動けなくなりました。旦那様がお嬢様を捜し出して連れ帰ったとしても、それから先はお嬢様を『ウィンダリアの雪月花』として扱わねばなりません。そうなれば今までお嬢様の存在をないものとしてきた旦那様が責められるでしょう。ウィンダリア侯爵家の次女が放置されているというのは貴族内でも有名な話でしたから。もちろん非難は奥様やソニア様にも及びます。旦那様はそれを決して良しとはしないでしょう」

　侯爵夫人は何よりも周りの目を気にする女性だ。己の意思で何かを成し遂げる、というようなタイプではなくて常に周りがどう感じるかということに重点を置く人なので、『ウィンダリアの雪月花』を放置していた、などという噂は絶対に嫌がるだろう。

「万が一にもお嬢様を傷つけるようなことをしてしまえば女神の怒りを買う可能性がありますので下手な手出しは出来ません。旦那様は先ほど捜すとおっしゃっていましたが、今頃は悩んでいらっしゃると思いますよ」

「旦那様よりも殿下の方がお嬢様にたどり着く可能性は高いですか？」

「どうでしょう。ですが、お嬢様を捜し出して保護をしようとしても国王陛下がお許しにならないと思いますよ。陛下は今までお嬢様のことはただの両親に放置された可哀想《かわいそう》な次女だと思っておいでしたから殿下の思うままに他家へと養女に出してから殿下の妃《きさき》に、ということをお考えになったのでしょう。ですがお嬢様が『ウィンダリアの雪月花』だと判明した以上、お嬢様の意思を無視することは出来なくなりました」

「お嬢様の意志、ですか？」

「そうです。もしお嬢様が望んでいないのに保護という名目で王家が囲ってしまえば、今度は王家が不文律を破ったと非難の的になります。『ウィンダリアの雪月花』であるという事実が今のお嬢様を一番自由にしているのですよ」

執事はそう言って、主のいなくなった部屋の扉をそっと閉じた。

◆

一方その頃、セレスティーナ本人は、面倒くさい貴族社会とあの両親からおさらば出来たことに心の底から喜んでいた。笑顔で薬師ギルドを訪れて、フリーになったことを告げて本日の納品分のポーションを渡した。

「良かったわね、セレスちゃん」

優しい笑顔で出迎えてくれたのは、この薬師ギルドのギルド長（男性：年齢不詳）であり同時にセレスの師匠にあたる青年だった。

年齢不詳でその外見は完全なるお姉様だ。豪奢《ごうしゃ》な金髪の長い巻き毛、切れ長の瞳は綺麗なエメラルド。お化粧も完璧で、身に纏《まと》っている服はドレスではないが男性が着るには女性的な感じの服で、ぱっと見は男装した麗人にしか見えない。

薬のことになると厳しいが、褒めてくれる時はものすごく優しい目をしているので、そのギャップがたまらないと、密かに男性陣から人気がある。しかし自分が男性で外見はただの趣味ということはちゃんと公表しているので、「でも男性なんだよね」と毎回落ち込むのまでが定番のセットになっている。

女性陣からは「お姉様」と慕われていて、不定期開催ではあるがギルド長の開くお化粧教室は、大人気の薬師ギルドの名物イベントの一つだ。

「はい、お姉様。やっと家を出ることが出来たのでこれからは堂々とお薬を作れます」

張り切っているセレスは大変可愛らしい。

初めて会った時はまだ小さくてお人形のように愛らしかったので、ギルド内の男ども及び出入りする男ども全員にノータッチの精神をしっかりと心の奥底にまで刻み込むのが大変だった。

その苦労のかいもあってか、薬師ギルドを訪れるたびに少しずつ慣れてきて、小さな声で「お姉様……」と初めて言ってくれた時は嬉《うれ》しさのあまり失神しかけたほどだ。

今でこそ普通にしゃべってくれるし笑顔も見せてくれるが、初めて会った時のセレスは一見しただけでわかるほどの表情のない子供だった。連れてきた旧知の執事に「てめぇら、この子に何かしたんか!? あぁん!!」と思わず素で胸ぐらを摑《つか》んだくらいだ。

「とんでもないことです。セレス様は確かにご両親からは放置されておられるのは事実ですが、私どもで大切にお育ていたしております。初めての場所で戸惑っておられるだけです。あまり感情を表に出されない方ですが、今は見ての通り胸ぐらを摑まれている私を心配していらっしゃいます」

「はぁ?」

ギルド長の目には、同じような表情に見えるのだが、執事によれば先ほどは戸惑っていて今は心配の表情をしているのだという。確かに少女の指が執事の服をぎゅっと握っている。目が合えば少女はダメとでも言うように小さく首を横に振った。

「……失礼。私としたことが我を忘れてしまったわね。小さなレディ、私はこの薬師ギルドの長をしているアヤトというの。よろしくね」

「お嬢様、アヤト様はこの薬師ギルドの長で、文字通りこの国の薬師の頂点に立っていらっしゃるお方です。お嬢様の師匠としては最適な人物でございます」

「何勝手に弟子入りさせてんのよ。そもそもその子は何者なの？　貴方の子供じゃないわよね」

「もちろん違います。お嬢様、私からアヤト様にある程度の事情を説明させていただいてもよろしいでしょうか？」

執事の言葉にセレスは小さく「お願い」と言った。執事の服をぎゅっと掴んではいるが、深い青の瞳がアヤトを真《ま》っ直《す》ぐに見ていた。

「アヤト様、この方はウィンダリア侯爵家の第二子でいらっしゃいますセレスティーナお嬢様です」

「ウィンダリア侯爵家？　あそこの子供って姉と弟の二人だけじゃなかったっけ？」

「お嬢様は正真正銘ウィンダリア侯爵のお子様ですよ。先ほども言った通り、ご両親からは放置されておられます。というよりも存在そのものをないものとされておいでです」

「侯爵は愛妻家で子煩悩って聞いてるけど、違うの？」

「上のお嬢様とお坊ちゃまは大切になさっていますよ」

「その子は違うのね？　どうして？」

「理由はわかりかねます。なぜか侯爵家のご家族はお嬢様の存在を忘れておいでなのです」

「ふーん、存在を忘れる、ねぇ。でもそれがどうして私の弟子に、って話に繋《つな》がるの？」

存在を忘れられていると言っても彼女は侯爵家の娘だ。貴族の娘が薬師になりたい、なんて聞いたことがない。

何せ薬師は薬草相手の仕事なので、常にその指先は様々な色に染まる。基本は緑だが、薬草や薬の色によっては紫色に染まる時だってある。シミ一つない美しい手を誇るのが貴族の娘の自慢の一つでもあるのに。

セレスは、執事の服から手を離してギルド長の前に立つと綺麗なカーテシーを披露した。

「ウィンダリア侯爵家の次女、セレスティーナ・ウィンダリアでございます」

「……やめて、ここは貴族の社交場じゃないわ」

仕事柄多くの貴族に接してきたギルド長の目から見ても、セレスの所作は美しい。もし彼女が少しでも社交場に顔を出していたならきっと縁談の話がひっきりなしに入っていたことだろう。

「貴女《あなた》、どうして薬師になりたいの？」

「……私の中には、薬草の知識、薬の知識がたくさんあります。それは多くの人たちが苦労して生み出したもの……でも、今のままでは私の中にあるだけで終わってしまう……。それではきっとダメなんです。薬師になってそれらをきちんと形にしたいんです」

セレスの中にある知識はこの世界では非常識なことも多いし、この世界にはまだない効能の薬も多い。セレスはそれらの薬を世に出したいと思っていた。それが女神セレーネの守護を貰っている自分の役目だと思ってもいる。

なぜなら、月の女神セレーネは同時に薬草の女神でもあるのだ。月の光がある時にしか花が咲かない月光花《げっこうか》など、月に関連する薬草が多いことからセレーネは薬師たちの守護神とも言われている。『ウィンダリアの雪月花』は女神セレーネに起因する存在。今でも屋敷の一角でセレスが自ら育てている薬草は他のどの植物よりも育ちが良い。それらを使ってきちんとした薬を作りたい。そんな思いをセレスはギルド長に自分の言葉で語りかけた。

「……いいわよ。どうせ、この執事さんが連れて来た以上、どうやっても拒否は出来ないんだから。でも約束してちょうだい。貴女、貴族なんだから当然学園には通う予定よね。その時は薬師科を志望して。あそこは基礎をしっかり教えてくれるし、新しい技術なんかも教えてくれるわ。私一人では教え忘れることもあるかもしれないから、あそこできちんと学んでほしいのよ」

「はい、ありがとうございます」

セレスは、まだあまりうまく感情表現を出来ていないが、それでも小さく口の端を上げて微笑《ほほえ》んだ。

「アヤト様、ありがとうございます。そうそう、言い忘れておりましたがセレスティーナお嬢様は『ウィンダリアの雪月花』です」

「………ごめんなさい、聞き間違いかしら？　今、何て言ったの？　もう一回言ってくれる？」

「何度でも言わせていただきますが、お嬢様は『ウィンダリアの雪月花』です」

執事の言葉に今度こそ薬師ギルドの長が凍り付いた。

『ウィンダリアの雪月花』って何だっけ？　あ、そうそう思い出したわ。一般的な感覚で言えば、ほとんど伝説の存在。ウィンダリア侯爵家の月のお姫様。女神セレーネ様の愛娘《まなむすめ》。そして、アヤトの一族が守るべき月の聖女。

「ってウィンダリア家が隠しまくってて絶対表に出てこない人物じゃんか!!　はあ!?　意味わかんない！　なんで『ウィンダリアの雪月花』が表に出てきちゃってんの。しかも俺の目の前にいるし!!　雪月花が存在を忘れられてるってどういうこと?ってか、俺、今この子を弟子にしたよね!!つーか、ジジィ、何最後にぶっ込んできてんの!!」

「アヤト様、言葉使いがずいぶんと乱暴になっていらっしゃいますよ。あと、お嬢様は先ほど弟子にしていただきました」

「銀髪」

「染め粉です。そんな特徴ある状態のままで表に出てくるわけがないでしょう。アヤト様は『ウィンダリアの雪月花』についてはどこまでご存じですか?」

普段は冷静沈着で通っている薬師ギルドの長は、ふぅーと長い息を吐いてから自分に「落ち着いて、目の前の現実を受け入れるのよ」と言い聞かせた。執事の問いかけは、アヤトの生まれた家がどこまで『ウィンダリアの雪月花』について把握しているのか、という質問だ。

「私が知っているのなんて一般的なことばかりよ。ウィンダリア侯爵家の血筋に生まれてくること。ほとんどの女性は領地から出てこないこと。それと、何かしらの能力を持っている方が多いってことくらいよ。言っておくけどうちの実家もそれくらいしか把握してないわよ。絶対に守るべき存在だけど、過去に関わったのは一度だけだもの」

「不文律は？」

「それを私に聞くの？　相変わらずいい度胸よねぇ。守るに決まっているわ。……この時代に生まれているとは思わなかったわ。貴方が隠していたの？　いえ、違うわね。存在を忘れられている、って言ってたわね。それが女神様のご意志なのかしら？」

「さて、それは何とも。女神様のご意志など、只人《ただびと》である私どもではわかりかねます。ですが、ウィンダリア侯爵家に関わる者たち以外ではお嬢様の存在を忘れるということもございませんし、侯爵家に関わる者たちの中でお嬢様を認識出来るかどうかの基準は女神様次第といったところでしょう」

「そう。それはもう素直にそういうものだと思っていた方がいいわね。……仕方ないわねぇ、女神セレーネ様は私たち薬師の守護神。何より女神様の愛娘って言われる存在が薬師になりたいって言うんなら、ギルドの全力を以《もっ》て守るわよ。あ、安心して、秘密もちゃんと守るから」

しっかり腹をくくったギルド長に執事とセレスは「よろしくお願いします」と言って頭を下げた。

◆

そんな懐かしいことを思い出したのは、目の前の少女の表情が何となくあの時の困った感じと一緒になっているからだ。

今ならちょっとした表情の変化からセレスの感情を読み取ることが可能になっている。お互い、ずいぶんと進歩したものだとつくづく思う。

「ごめんなさい、お姉様。私、学園を辞めてしまいました」

アヤトとの約束を守れなかったセレスはちょっとだけしょんぼりした感じで謝った。

初めて会った時、学園の薬師科でしっかり基本を学ぶという約束をしたのに、第二王子と侯爵家から逃れるためとはいえその約束を守れなかった。

「仕方ないわ。学園にこだわってたら今頃、セレスちゃんは身動きが取れなくなっていたと思うわよ。どっかの貴族の養女になってそこから第二王子妃へ、なんて人生を歩みたかった？」

ギルド長の執務室でふかふかのソファーに座って優雅に紅茶を飲みながらアヤトが聞いてきた。

「それはお断りです。あの方はどうして私なんかに執着するのかなぁ？」

心の底から「理解不能」という顔をしたセレスを見てアヤトは、くすくすと笑い出した。

「第二王子はねぇ、何でも出来るって評判よ。文官としての能力は高いし、器用に何でもこなしちゃう身体能力もある。武官としても申し分ないって聞いているわ。ちょっと素直すぎる部分はあるみたいだけど。ついでに王子サマだから権力もある。だからこそ、自分が手出し出来ない分野の優秀な人間が目の前に現れて、なおかつその子が好みにドンピシャだったからどうしても手に入れたくなっちゃったんでしょう。ねぇ、セレスちゃん、ひょっとして初めて王子サマに会った時、無視とかしちゃった？」

目が完全に面白がっているアヤトの問いにセレスはうーんとうなって一生懸命、第二王子との出会いを思い出そうとがんばった。

出会いは……確か、王太后様の住む離宮だった、と思う。

「王太后様の離宮に入り浸っていた時だったから……あの頃の私って、離宮の図書室にあった本に夢中で他のことはあんまり気にしてなかったかも……」

侯爵家の本を読み終えたセレスは、もっと本が読みたいのでどうすればいいか、という相談を執事にしたところ、ならばわたくしの家にいらっしゃい、と言われて王太后の住む離宮にしばらく住んでいたことがあった。

王太后の離宮にある図書室は誰の趣味なのか植物に関する書物が多く、珍しい他国の植物図鑑なども置かれていたので、セレスは夢中になって読みあさっていた。

王太后も基本はセレスのやりたいことをさせてくれていたので、時々、図書室の外に連れ出されてお茶やおしゃべりを楽しむ以外は図書室に引きこもっていた記憶しかない。

そんな中で気が付いたらいつの間にか第二王子はセレスの近くにいた。自分の知らないことを色々と教えてくれた王子に感謝の心は持っているのだが、今のところそれが恋愛にまで発展する気配はない。

「新鮮だったでしょうねー、自分を綺麗に無視する女の子って」

『ウィンダリアの雪月花』を求める王家の執着心とは別に、王子という身分を綺麗に無視する存在に初めて会って夢中になったのだと思う。

王子という身分に加えて、彼自身、容姿端麗で優秀。群がる女の子はさぞかし多いことだろう。そんな中で自分が近くにいても気が付かないほど本に夢中になっている少女は新鮮に見えたのだろう。

出会いの場が隠居生活を送る祖母の王太后の離宮である以上、そこにいる少女の身分はしっかりしているはずだ。貴族の令嬢であると推測出来る少女が自分に寄りつかない、そんな事態に初めてあって戸惑う第二王子の心が何となく読める。

「でも、私、その時も侍女服着てましたよ?」

「幼い子供が侍女服着て図書室に入り浸っているのに誰も何も言わないし、むしろ周りの大人が気にして常に見守っている状態なのよ。どこの誰がどう見ても立派な訳あり令嬢でしょう」

「……一応、お手伝いはしてました」

知識の中には「働かざる者、食うべからず」という言葉があったので、セレスは子供なりに離宮で仕事をしたいと申し出ていた。といっても、王太后は表舞台からは一線を引いていたのでそれほど仕事があるわけでもなく、誰かに伝言を届けたり、王太后が使う小物などを届けたり、手紙を所定の場所に持っていったりと子供でも出来るような簡単な仕事ばかりだった。

ただ、小さな子供がぱたぱたと走り回る光景は離宮で働く大人たちにとっては大変和む光景だったらしく、行く先々でご褒美のお菓子を貰っていた覚えはある。離宮で働く大人たちはちょっと年齢が上の方ばかりだったので、表情こそあまり動かなかったがセレスが懸命に仕事をしている姿に「孫みたいよね」と言って可愛がってもらえた。

「離宮は少々お年を召した方ばかりでしょう？　王子様的には、子供なんて孫である自分たちしか来ないはずの離宮にいた、全く王子様に興味を示さないどころかむしろ無視する子供よ。しかも王太后様も可愛がっているなんて普通じゃないわ。興味持つな、なんて言う方が無理ね」

おほほほほ、とアヤトは朗らかに笑った。

男性なのだが口元に持っていった手や指の角度まで完璧な淑女の所作だ。

今度、ぜひ扇をプレゼントしよう。白を基調として色鮮やかな花々が描かれている扇なんて最高に似合いそうだ。むしろ黒ベースの方がいいのかな、などとセレスは考えていたのだが、どちらにせよギルド長は扇が大変お似合いになる方だ。

アヤトの笑いの最中に、こんこん、と扉が叩《たた》かれて入ってきたのは受付のお姉さんだった。

「失礼いたします。ギルド長、妙な笑い声が廊下まで聞こえてきましたよ」

「あら、だってこんなに面白いことある？」

「何があったのかは知りませんが、セレスちゃんの周りは面白いことばかり起きてそうですよね。そんなセレスちゃんにお客様ですよ」

◆

受付のお姉さんの後ろからひょっこり顔を出したのはよく見知った少年だった。

セレスより一歳年下の少年は、セレスを見つけると笑顔になった。

「姉様、心配しましたよ」

「ディ」

弟であるウィンダリア侯爵家の嫡男、ディーン・ウィンダリアは勢いよく姉に抱きついてきた。

セレスも可愛い弟に抱きつかれるのはまんざらでもないらしくしっかりと抱きしめ返していた。

ディーン・ウィンダリアはセレスの弟で、今のセレスと同じ黒い髪と青い瞳の持ち主だった。瞳の色は同じ青といってもセレスは深い青色で、ディーンの瞳はもう少し明るい青色だ。顔立ちもよく似ているので二人が並べば一目で血が繋がっているのだとわかる。

ディーンはウィンダリア侯爵家の家族の中で、唯一、セレスをきちんと家族として認識出来ている存在だった。

幼い頃は父や母、そしてもう一人の姉がどうしてセレスを家族として認識出来ていないのか不思議でしょうがなかったが、この年齢までくると、もうそういうものだと納得している。

むしろこの姉に家族として接することが唯一出来る弟としてその特権を存分にいかして甘えまくっている。姉も姉で「姉様」と言って慕ってくれるディーンにはものすごく甘くなってしまうらしく、こうして抱きついても文句は言われない。

セレスが一歳になった頃に生まれた弟なのだが、待望の男子ということで大切にはされていた。しかし、セレス同様それほど手のかかる赤ん坊ではなかったせいか、どうしても両親の比重はソニアに向いていた。

もちろんセレスと違い、赤ん坊の頃から家族の集まりには必ず参加していたし、他の貴族からその様子を聞かれてもきちんと答えていたようだが、屋敷内では主に乳母に世話を任せてばかりで自ら世話をすることはあまりなかった。

セレスにとってディーンは、初めて自分より年下の血の繋がった家族という存在だった。

ディーンが赤ん坊の頃は、両親がいない隙を見計らって一緒にお昼寝したり、日向ぼっこをしたりして楽しんでいた。

セレスの中にある知識によれば「弟とは、どれだけ身体が大きくなっても姉ちゃんには逆らえない」存在らしいので、ようやく物事をうまく言葉にして伝えられるようになってきた頃にどういう意味か執事に聞いてみたところ、

「お嬢様、確かに一部そういった事例は見受けられますが、それはその姉弟がどのような力関係で一緒に育ったかによると思われます。お嬢様はお嬢様なりに愛情を込めてお坊ちゃまと接すればよいのですよ。その結果、将来的にお嬢様に逆らえなくてもそれはそれでよろしいかと」

「でも、じぃ、わたし、まだうまくわらえないの。このこはいやがらないかな？　きらいっていわないかな？」

「もしもそんな事態になりましたらこのじぃがお坊ちゃまとよく『オハナシアイ』をいたします。ええ、それはもうしっかり話し合いますので心配はご無用です」

「まだ、だっこもしてあげられないの……」

「抱きしめてあげたり、頭を撫《な》でてさしあげるだけでもよろしいのですよ。そうですね、絵本などの読み聞かせなどいかがでしょう？」

「それでいいの？　それならできるわ」

基本、両親は子育てに関知せず乳母任せだったので、世話をする人間からしたら二人を会わす時間の調節がとてもつけやすかった。なので他の家族がいなくなる時間はいつもセレスは弟のところに行っていた。

幼い姉が舌っ足らずな言葉で弟に絵本を読み聞かせている姿を見て、侍女たちが「尊い……!!」と言いながら口元に手を当てて涙を流していたのを執事はいつも見て見ぬふりをしていた。

中には鼻血を出している者もいたがこちらも見なかったことにした。気持ちはわからなくもないのだが、と思いふと隣を見るとディーンの乳母が同じようにもだえて泣いているのを見て、ハンカチを差し出しつつ、せめて自分だけは理性を保とうと執事は心に誓っていた。

◆

そんな周囲をものともせず立派なシスコンに育ったディーンは可愛らしいふくれっ面をして大好きな姉に抗議をしていた。

「本当に心配しましたよ、姉様。突然帰って来なくなるなんて、姉様に何かあったらあのクソ王子をどうしてやろうかと思いました」

セレスの愛情を込めた弟育ての結果、確かに「姉に逆らわない弟」に育った。ただ、「方向性が少し違う」と執事に言わしめた弟は、セレスの意向で外では会話をしないようにしている分、家の中やセレスとの本当の関係性を知っている人の前では遠慮なく甘えてくるようになった。

自分のことが貴族間でも話題になっているらしいことを知ったセレスが「私と仲良くしてたら、ディに迷惑かけちゃうかも……お願い、外では私に話しかけないで」なんて泣きそうな声で言ってきたので、ディーンも仕方なく屋敷の外では仲良くするのを諦めた。

まあ距離を置いていると思われていた分、セレスが逃げ出しても第二王子がセレスの居場所を探りに来ることもなかったので、ディーンはすぐにセレスに会いに来ることが出来たのだが。

セレスは弟に詳しい説明をしていなかったのだが、弟はちゃんとセレスの失踪が第二王子絡みであると推測していたようだ。間違ってはいないのだが、第二王子をクソ王子と呼ぶのはさすがに不敬になってしまうのであまり言うのはやめてほしい。普段からそう呼んでいるとうっかり公の場でも出そうで怖いのだが、しっかり者の弟なのでその辺はきちんとしている、と信じている。

「僕は姉様がこうして薬師ギルドに出入りしているのを知っていたのですぐに会いに来ましたが、クソ王子……じゃなくて殿下が我が家に来て姉様を捜す、と息巻いていましたよ」

ちゃっかり姉の隣の席を確保して、第二王子が侯爵に会いに来た時の様子を教えてくれた。

「ソニアが大変でしたよ。殿下は私に会いに来たのよ！　やっぱり殿下は私が忘れられないのね！　とか言って、殿下に拒否されたら部屋の中で大暴れしてました。でも最後、殿下が帰られる時にはちゃんと玄関まで出てきて、またいらして下さい、って言ってた姿はブレないなーと感心しました」

ディーンはもう一人の姉であるソニアのことは名前で呼んでいて決して姉とは呼ばない。

小さい頃に理由を聞いたのだが、「何か気持ち悪くて姉と呼びたくない」と言って嫌悪感を示していた。

父や母にも若干の嫌悪感はあるらしいのだがさすがにそこは対外的にも「父上、母上」と呼んではいる。父と母の方は嫡男ということもありそれなりに接してはいるのだが、ディーンはセレスの傍《そば》にいることを好んでいたので、父母のいない時にはいつもセレスと一緒にいた。

「でも驚きました。あの父が殿下に言われたとはいえ、姉様の存在を思い出して落ち込むとは思いませんでしたよ。一生思い出さないか、思い出しても無視すると思ってたんですけどね」

ディーンの知る父は、たまに何かの機会でセレスのことを思い出してもその後すぐに忘れてしまうし、社交場でセレスのことを聞かれてもなぜかそれをソニアのことだと変換する謎の思考回路の持ち主だった。執事に聞いてみてもセレスが生まれた時からそういう思考回路だったという証言しか得られなかった。

「姉様を捜そうにもあてなんてないし、捜し出したところで『ウィンダリアの雪月花』である姉様をどうするつもりなんだか。姉様を一番に気にかけたりしたら、あのソニアが癇癪を起こして大変だと思うけど。それに聖女を放置したことに対して他家から非難されるでしょうね」

ディーンは姉であるセレスが『ウィンダリアの雪月花』であることを知っていた。

おとぎ話のようなその存在が姉という最も身近にいることを知っていたので、父や母がセレスを無視するのが信じられなかった。

いくらソニアが癇癪を起こすとは言え、母にしてみれば自分が産んだ二人目の娘なのにどうして忘れていられるのか。そのことを本人たちに聞いたことがあったのだが、笑いながら「娘のことは一時たりとも忘れてはいないよ」と言ってソニアを可愛がるだけだった。

もう無理だと判断したのはいつの頃だったのだろう。

成人したらとっとと爵位を譲ってもらい、父と母とソニアを領地に引っ込めるのが最善だと思っている。侯爵家の屋敷で堂々と姉と暮らすにはそれが一番手っ取り早い。

そのための下準備をしていた段階だったのに、第二王子の暴走でセレスは侯爵家から出て行ってしまった。

「まったく、僕が成人したらあの屋敷で姉様とまったり暮らすつもりだったのに」

「ディ、あまり無茶はしちゃダメよ？」

「でも姉様、あの屋敷、欲しくないですか？　正確には姉様の大切な薬草が植えられてる庭。あの貴重な薬草たちを姉様はずっと大切に育ててきたじゃないですか。もちろん、今でも庭師たちが大切に育てているので欲しい薬草があったらすぐに言って下さい。僕がちゃんと姉様に届けに来ますから」

「……庭……」

「そうです、姉様。残念ながらあの庭と屋敷はセットで侯爵家の物ですからね。僕が爵位を継いで姉様と屋敷で一緒に暮らすのが一番良い方法なんですよ」

セレスが大切に育ててきた薬草たち。王太后様や目の前にいるお姉様から貰った貴重な薬草もあるし、薬師たちが普段使いするような薬草も庭のあちこちに植えてある。それぞれの薬草に最適な場所に植えて育てて増やして、時には失敗だってしたが、いつの間にか侯爵家の庭は、見る人が見たら薬草の宝庫だと一発でわかる庭と化していた。

確かに、あの庭とお別れするのは嫌だ。

「ディ……」

「任せて下さい、姉様」

考え込んだセレスが顔を上げてディーンを見ると、何も言っていないのにディーンは心得たとばかりに大きく頷いた。

「こーら、弟くん、せっかく侯爵家から脱出してきたのに、セレスちゃんを誘惑するんじゃないわよ。まったく、セレスちゃんに育てられたわりには誰に似たのよ」

黙って姉弟のやり取りを聞いていたアヤトが呆《あき》れて止めに入った。

素直なセレスと違って、この弟はわりと腹黒い方だ。

何より幼い頃から一緒に育っているだけあって、ディーンはセレスが何を欲しているのかよくわかっている。

侯爵位と庭がセットならセレスのためにも確実に早い段階で爵位を継承するだろう。それだけの能力もある。きっと近い将来、侯爵と呼ばれているのは彼の方だ。

「一応、貴方はまだ成人前なんだからまだ爵位は継げないわよ、もう少し待ちなさいな。セレスちゃんも薬草欲しさに弟くんの話にのるんじゃありません」

「でもお姉様、あの庭にある薬草は貴重な種も多いんです」

「大丈夫ですよ。姉様は僕の専任の薬師ということでお招きしますから」

「ちゃっかり専任とか言わないの」

どこまでも暴走しそうな弟を止めるのはいつも苦労する。

いつも不思議に思っているのだが、どうして凡庸、お花畑と評されるあの両親からこの姉と弟が生まれたのだろう。両親の血ってどこにいったの？　との疑問には誰も答えてくれない。あの執事さんでさえ遠い目をするくらいだ。

侯爵家の庭に関してはディーンといつも協力してくれていた庭師たちに任せ、侯爵家についても父がうだうだ悩んでくれていた方が本気でセレスを捜さないだろう、ということでひとまず放置する方向で話は纏まった。しかし、ディーンとしては今のセレスの境遇が気になって仕方なかった。

「で、姉様、今って宿住まいですか？」

「うん。ギルドで紹介してもらった宿にいるよ。ご飯がとっても美味《お い》しいの」

侯爵家を出たセレスは、薬師ギルドと提携している宿屋で部屋を借りている。地方から来た者や事情があって家に帰れずギルドに缶詰状態にされた薬師たちが泊まることの多い宿だ。

薬師ギルドと提携しているだけあって、ギルドからも近く安全面もしっかりしている。何より食事が美味しいのでそこに泊まっているのだが、さすがにいつまでも滞在するわけにはいかないので近いうちに部屋を借りようと思ってはいた。

家事スキルは侍女の皆さんに教わったし、料理……は苦手だが何とかなると信じて部屋を借りるつもりでいる。

「姉様さえよければ、僕の持っている家に住みませんか？」

優秀な弟は自分のお小遣いを商人や事業にこつこつ投資して増やしているので、個人の資産というものをそれなりに持っている。いざとなれば姉を養うつもりでいたので、他の家族にばれないように薬師ギルドで専用の口座を隠し持ってそこに貯《た》めていた。

賃貸目的の物件もいくつか持っているので、その中からセレスが好きな家に住めばいいし、いざとなれば自分もその家に引っ越したい。両親は何とでも言いくるめられるし、あの人たちは基本ソニアさえ近くに置いておけば問題はない。こちらに近付いて来ることもないだろう。

「あ、それなんだけど、セレスちゃん、出来れば『ガーデン』の管理をしてくれない？」

「『ガーデン』……？　初めて聞きましたが、何ですか？」

「先代の薬師ギルドの長が住んでた家なのよ。一階は表通りに面した方がお店になっていて、奥が調剤室、二階と三階が居住スペースになってる家なんだけど、問題は奥の庭よ。先代が色んな薬草を植えててもう何が何だかわからない状態になってるの。でも貴重な薬草も多いから簡単に整理出来なくて……ギルド長を押しつけられ……じゃなくて、私が継いだ時に管理しろって言われたんだけど、私も忙しい身でねぇ」

肩をとんとんと叩いて「忙しいのよ」アピールをしたところ、セレスは心配そうな顔をしたが、弟の方はどうせ嘘《うそ》でしょ、という顔をしていた。

忙しいのは本当なんだからウソはついていない。ただ、ちょっとあの奥の庭を見るたびにヤル気が喪失して一通り確認だけしたらそっと扉を閉めて帰ってきているだけで。

薬草は本来、整備されていない森の中とかに生えてるんだから自然のままでいいのよ、というのがアヤトの主張だ。

「『ガーデン』なんてたいそうな名前が付いてるけど、実体は先代の趣味のお庭よ。今でも旅先から貴重な薬草を送ってきてくれてるから時々、植えてるんだけど、そろそろ本格的に何とかしないと……って思ってたところなの。だからセレスちゃんがあそこに住んで庭の管理をしてくれるんだったらお家賃もタダにするわ。何だったらお店を再開してくれてもいいし。先代の時はそれなりに繁盛してた薬屋だったから再開してくれるならあの周辺の人たちも喜ぶと思うわよ」

薬師ギルドの長という役目をアヤトに押しつけて元気よく放浪の旅に出た先代は、腕はもちろん超一流だった。何より、薬草に関する知識は当代一と称される人だった。しかも基本、何でも自分の目で見て確かめたい派の人だったので、ギルド長とかいう机にかじりついていなくてはいけない仕事はいつでも投げ出したい派だった。

なのでアヤトにギルド長の座をさっさと譲ると自分はすぐさま隣国に出国して旅に出た。それ以来この国には帰ってきていない。

貴重な薬草が定期的に届くので生きてはいるだろうし、薬草の種類でだいたいの居場所はわかるのだが、まず捕まらないのでこちらも放置してある。

そんな状態なので、管理を任されたアヤトがセレスに住んでもらって奥の庭の管理をしてもらおうが何しようが自由だ。文句は言わせない。

「侯爵家の庭にもないような薬草もあるわよ？　どう？」

先ほどセレスに薬草欲しさに弟の話にのるな、と注意したわりには自分も薬草でセレスを釣っている。

弟のジト目が怖いが、確かにセレスに「うん」と言わせようと思ったら薬草で釣るのが一番確実だ。弟は正しく姉のことを理解している。

「先代様が集めた貴重な薬草……」

「そう、先代の放浪が終わるまではこれからも定期的に薬草が届くわよ。だから、そっちの研究と育成もお願いしたいの。下手な人物には任せられないと思ってたんだけど、セレスちゃんは私の唯一の弟子だもの。どうかな？　お願い」

師匠であるギルド長のお願い、何より見たことのない薬草たち。それも定期的に届くというおまけ付き。

「やります。ぜひ、そこに住まわせて下さい」

「……姉様……」

姉は簡単に陥落した。だろうと思った、という弟のつぶやきを隣に座る姉はもはや聞いていない。すでに心は『ガーデン』に飛んでいるのだろう。

「ありがとう、本当に助かるわ」

薬を作るのは得意でも薬草の育成はそんなに得意ではないアヤトとしては、月の聖女として女神

の恩恵を持ち、薬草を育てるのが得意なセレスに『ガーデン』のことを引き継げて正直ほっとした。

いくら自然のままで、とは言っても庭に植えている時点ですでに人の手が入っているので世話をするのが当たり前なのだ。ただ、下手に自分が触ると枯れる可能性の方が高かったので、元々学園を無事に卒業したらセレスにお願いしようと思っていたのだ。

ちょっと時期が早まっただけで最初の予定通りといえば予定通りなので問題はない。

セレスの方も見知らぬ薬草にもうそわそわしているようなので、不文律にも抵触しない。

セレスの望むままに好きな薬草を好きなように育て、結果今まで以上に『ガーデン』の奥庭が薬草だらけになろうとも、薬師にとっては楽園のような場所になるだけなので全く問題はなかった。

第二章　次女と冒険者

執務室にいる国王に面会の許可を貰《もら》うと第二王子であるルークはすぐに国王の元を訪れた。

「お忙しいところを申し訳ございません、父上」

「いい、少し休憩をしようと思っていたところだ。それで、どうした？」

国王はソファーに座ると侍女が入れてくれた紅茶を一口飲んで、向かいに座ったルークを見た。

ルークの面差しは王妃によく似ている。兄である王太子は絵画の間にある曽祖父によく似ていて、王家の血の繋《つな》がりが感じられる。ただ兄弟でも性格は全然違う。兄の方が穏やかな性格だろう。

「父上、セレスティーナ・ウィンダリア嬢のことなのですが」

「ウィンダリア家の次女か。お前が養子先を探していたな。見つかったのか？」

「いいえ、それよりも重要なことが発覚しました。セレスティーナは『ウィンダリアの雪月花《せつげつか》』です」

その言葉に国王は紅茶を持つ手を止めた。

「……なんだと？　セレスティーナ嬢が『ウィンダリアの雪月花』だと？」

「はい。あの家の執事より聞きました。今までセレスティーナが『ウィンダリアの雪月花』であることは、特徴的な銀髪を黒の染め粉で隠してきたそうです。それと、彼女が『ウィンダリアの雪月花』であることはおばあ様もご存じだと」

「母上が……？」

「はい。セレスティーナの名付け親だそうです」

セレスティーナ……月の女神セレーネから付けられたと思われる名前。

確かに侯爵夫人は王太后である母にとって姪《めい》。確か、母の一族内から養女にした義理の妹が産んだ娘のはずだ。

義理の妹とは言え姉妹の仲は良かったらしいが、義妹は娘を産んでしばらくしてから亡くなっている。そのせいか、子供である侯爵夫人を王太后は昔から可愛《かわい》がっていた。

だから王太后は、姪が産んだはずなのになぜか忘れられているあの家の次女を気にかけて、時には自分の住む離宮に泊まらせていたことも知っていた。ルークが出会ったのも離宮だと聞いている。

「やっかいだな……」言葉には出さなかったが、国王は内心でそう呟《つぶや》いた。

そう、やっかいなのは目の前の子供の恋情だ。まるで王家にかけられた呪いのように『ウィンダリアの雪月花』に対して並々ならぬ恋情を持つ者が王家には生まれる。

出会ってしまったら最後、一目で恋に落ちて、そして執着する。

ウィンダリア侯爵家の当主と結婚した当時の『月の聖女』と呼ばれた女性に当時の国王が——すでに王妃がいたにもかかわらず——恋をして何としても手に入れようとした時からこの呪いのような想《おも》いは続いているのだと言われている。それ以降も不定期に生まれる彼女たちに必ず王家の中から一人、執着を抱く者が現れる。それは『月の聖女』ではなく『ウィンダリアの雪月花』と呼ばれるようになっても全く変わらなかった。彼女たちが領地から出てこなくなってからも何故《なぜ》か必ず王家の者はどこかで『ウィンダリアの雪月花』と出会い恋をする。傍《そば》にいてほしいと希《こいねが》う。

◆

『ウィンダリアの雪月花』を束縛してはならない、虐げてはいけない、何事も望むままに。

あの不文律は王家と侯爵家に対する戒めだ。

かつてその不文律がなかった時代に生まれた『ウィンダリアの雪月花』たちは、髪や目の色が家族と違ったために、虐げられたりその稀少《きしょう》な外見と能力から政略結婚に使われた。ウィンダリア家が王家に対して行った取引の材料として使われた女性もいた。

『ウィンダリアの雪月花』たちには元々短命の者が多く、特に扱いが酷《ひど》かった女性たちは子供を残すこともないまま亡くなり、彼女たちの自由を奪い束縛したり虐げた者たちは、その後ほとんどが一年以内に亡くなった。

それも病気とかではなく、事件や事故に巻き込まれる者たちばかりだった。盗賊に襲われたり馬車が暴走したり暗殺されたりと、まともな死に方をした者はいない。

さらに彼女たちが亡くなってから次の『ウィンダリアの雪月花』が生まれるまでの間、この国は女神の罰を受け続けることになった。

そんなことを何度か繰り返した後に作り出された不文律は、それらの事態を避けるための戒めになった。

◆

「父上、セレスティーナは自らの意志で侯爵家から出奔しています。彼女を保護する許可を下さい」

「だめだ」

「父上!?」

「だめだ。お前は不文律を忘れたのか？　そもそも侯爵は彼女が『ウィンダリアの雪月花』であることを知っていたのか？」

「それは……！　侯爵は彼女が『ウィンダリアの雪月花』であることは知りませんでした」

「だろうな。知っていたら放置など出来ないだろう。セレスティーナ嬢が自らの意志で侯爵家から出奔したと言っていたな。彼女の意志である以上、王家は彼女に対して何も出来ない。彼女自身が王家の保護を必要としているのならばもちろん喜んでしょう。だがそうでないのならば王家は彼女に干渉出来ない」

とは言ってもルークは納得しないだろう。

しかし『ウィンダリアの雪月花』が望むのならばともかく、そうでないのならば王家が不文律を破ることは出来ない。残念ながら王族の中で真の意味で彼女の傍にいられた者は一人もいない。

だからこそ歴代の者たちは、その恋情に一生身を焦がしながら生きたのだ。それがこの子に降りかかってくるとは、哀れだと思う。

「ルーク、不文律を破ることは出来ない。だが、彼女がお前を必要とするのならば話は別だ。何にせよ、まずは彼女の意志を確認してこい」

「……わかりました……」

そう言ってルークが部屋から出て行った後、王は小さくため息を吐《つ》いた。

そもそも彼女が侯爵家から出て行った原因はルークが彼女を望んだからだろう。

『ウィンダリアの雪月花』は王族からの求愛を決して受けない。せいぜい親愛の情までだ。だからといって何もかも全てを禁止してしまえば、ルークはさらに暴走する。

それよりもまずは彼女の意志を確認するという目的を持たせた方が暴走まではしないだろう。

「……何名か、セレスティーナ・ウィンダリアの護衛に行かせろ」

王以外他に誰もいない部屋の中で命令を下す。不文律で干渉することは出来ないが、彼女に何かあっても困るのだ。最低限の護衛だけは配置しなくてはならない。

「……？　どうした？」

いつもなら天井裏に潜む影が即座に答えるのだが、今回は何故か気配はあるのに答えが返ってこない。

『……陛下、薬師ギルドの長より伝言がございます』

ようやく返ってきた答えは意外なものだった。

「薬師ギルドの長？　アヤトからか？」

あのふざけた格好と口調の薬師ギルドの長との付き合いは長い。長い分、言いたいことは真正面からはっきり言ってくるので、こんな風に影に伝言を託すような人物ではなかったはずだが。

「それで、何と？」

『そのままお伝えいたします。どうせセレスちゃんに護衛を付けるんでしょう？　今頃知ったなんておっそーいわね。護衛を付けるのはしょうがないけど、セレスちゃんにバレたらお仕置きよ。おほほほほ、とのことでございます』

声まねまできっちりした伝言に、王は静かに切れそうになった。

「あいつ、知っていたのか！　ふざけんな、あの野郎！」

言った時の表情やポーズまで想像出来る。

絶対小馬鹿にした目をしてのけぞっていたに違いない。

今回ばかりは伝言なのが余計にむかつく。今度会ったらシメると決めた。

「そんな伝言をよこすってことはアヤトのところにいるんだろう？　絶対、バレないように護衛しろ」

そこまで言われてバレたら、それこそお仕置きものだ。

王として普段は見せない素の表情で影に命令すると、天井裏でいくつかの気配が動いたので影たちが実行するために散っていったようだ。

「誰か！」

扉に向かって呼びかけると、侍従がすぐさま扉を開いて入ってきた。

「母上のところに行く。先触れと馬車の用意をしろ」

「はい」

まずはセレスティーナのことを知っていたという王太后に事情を聞かねばならない。国王は足早に部屋から出て行った。

◆

そこはセレスにとって心躍る場所だった。

『ガーデン』――先代のギルド長の趣味が爆発したお庭は、セレスにとって楽園そのものだった。

「見て見て、ディ、この薬草、前にうちのお庭で育てようとして失敗した薬草よ。これどうやってここまで育てたのかしら？　あ、こっちのは図鑑でしか見たことのないやつだわ」

「本当ですね。へぇー、さすがに前ギルド長の作った庭ですね。我が家なんかここに比べたらまだまだ全然ですね。姉様、これって隣国の薬草じゃないですか？」

ディーンはセレスと一緒にいたせいか、薬草についてはそこら辺の薬師より詳しい。

初めはセレスが覚えるなら一緒に、と思って勉強していたのだが、調べ始めたらけっこう面白くなってきたので片っ端から文献を漁《あさ》って読んだ。

王都の近くに生えている薬草は、セレスが取りに行く時に護衛も兼ねて一緒に行っている。セレスもそれなりに剣を使うことは出来るが、ディーンの方が剣術の才能はあるのだ。

ちなみに剣の師匠は、目の前のギルド長と侯爵家の執事だ。

見た目に反して、二人はけっこうスパルタで、剣の修行に関して幼い姉弟にも容赦はなかった。

疲れ果てて倒れたセレスは、「これがスポ根……!?」と知識の中にあった言葉を実体験して納得しかけたのだが、ディーンがストップをかけた。

「姉様、スポ根って何ですか？」

「スポーツは根性？　的な感じ？」

「なら違います。これはスポ根ではなくて脳筋の方です」

「……確かにそうかも」

剣の師匠である大人二人は、はっきり言って教えるのがそんなにうまくない。どちらかというと本人たちの感覚でやっているっぽい人たちなので、「こんな感じでひゅっとする」というような感じで言われても全く伝わってこない。

最終的には「習うより慣れろ」といって実戦に放り出された。

お貴族様のお子様にしては使える方だ、と評価してくれた冒険者ギルドの上位陣も、師匠があの二人だと知ると、いつもそっとお菓子をくれて優しくなった。

「おっきくなれよー」と言って冒険者たちはセレスとディーンにいつもミルクをおごってくれたのだが、残念ながらセレスの方にその効果はあまり見られず、同年代の中でも少し小柄な部類に入る。

効果が出たのはディーンの方で、同世代の中でも少し背の高い部類に入る。さらに鍛えてもいるので、ひょろ長という印象は受けないが、そこまでがっしりした体形でもない。なので周囲の学友たちは、ディーンに意外と筋肉が付いていることをあまり知らない。

「ちょっと、セレスちゃんもディくんも部屋の中を案内するから戻ってきなさい。これからここに住むんだから奥の庭にはいつでも行けるでしょ？」

一直線に奥の庭に向かったセレスと、それを止めようと思ったくせに一緒になって夢中になっているディーンを、アヤトは部屋の中から手招きして呼んだ。

「ほらほら二人とも、一通り案内するから。戻っていらっしゃい」

「はーい」

返事をしながらも庭に未練タラタラのセレスは、しばらく使い物にならないと判断して、アヤトはディーンの方を見た。

「いいわね、ディくん。セレスちゃんはダメかもしれないけど、せめて貴方《あなた》はしっかりしてちょうだいね」

アヤトの中ではディーンが入り浸るだろうことは決定している。

というよりこの弟が姉から離れるとは思えない。対外的にはセレスと交流がほとんどないと思われているし、家のこともあるので基本は侯爵家には帰らなくてはならないだろうが、時間が出来ればすぐにでもこちらに来る気だろう。

「一応、ちゃんと説明しておくわね。ここにある家具や調剤の道具は好きに使ってくれていいわ。先代が使ってた道具だから多少傷みはあるかもしれないけど、道具自体は良い物よ。壊れても問題ない物ばかりよ」

使っていなかった道具や家具にかけられていた布を取ってみたが、全て問題なく使える物ばかりだった。家具に特にこだわりがないセレスとしてはある物を使わせてもらえるのなら有難い。寝具や服などを揃《そろ》えれば寝泊まりはすぐに出来る。

「こっちが台所やお風呂ね。個別の部屋は三階よ」

二階は居間や台所、お風呂場などがあり、小さいながらも浴槽があるのが嬉《うれ》しい。三階には個別の部屋が三部屋あった。

「姉様は奥の庭の方を使って下さい。こっちの表通りに面した部屋は僕が使いますから」

「え？　ディもここに住むの？」

「もちろん、と言いたいところですが、基本的には侯爵家の方に行きますよ。でも、ここに帰って来てもいいでしょう？」

「無理はしないでね。でも、ディが一緒にいてくれるなら嬉しいわ。本当は少しだけ寂しいと思ってたの」

「姉様！　僕は絶対、ここに帰って来ますから」

ディーンの中ではセレスのいる場所が自分の帰る場所だ。

本当は毎日でも帰って来たい。姉を一人になんてしたくないが、一応まだ未成年の身だし侯爵家を継ぐための勉強もしなくてはいけない。

セレスと自分がこれからも安定した生活をしていくためには、侯爵家を継いである程度の権力は握っておかなくてはいけないと思っている。

おそらく、というより絶対、セレスのことをようやく認識しかけているかもしれない父は、ディーンがセレス限定のシスコンに育ったことを知らない。ディーンも父母ももう一人の姉の前でセレスの話をしたことはなかったし、普段一緒にいる姿も見せたことがない。

ディーンのことは嫡男として大切にしているつもりなのだろうが、乳母と家庭教師を付けておけば良いと思っていたようで、屋敷にいなくても特に気付かれたことはない。

おかげで小さい頃から姉や執事と一緒に外に出られたので、放置されるのも良《よ》し悪《あ》しだな、と今は思っている。

「姉様、念のため、こっちの部屋にはあまり近付かないで下さいね。いつどこで誰がどう見ているのかわからないので。安全な奥の部屋でゆっくりして下さい」

「わかったわ。じゃあ、私、少しあっちの部屋を見てくるわね」

「はい。必要な物があったら後で買いに行きましょう」

セレスが自分の部屋となる奥の庭に面した部屋の方へ行くと、アヤトがくすくすと笑った。

「いつどこで誰がどう見ているかわからない、ねぇ。確かにそうだわ。おほほほほ」

「護衛、付くんでしょう？　姉様の寝姿とか影の方々でも見せたくはないですから」

「そうねぇ、そろそろ手配が終わって何名かこの辺りに張り付き始めたかしら。陛下も大変ね、ご自分の時代に『ウィンダリアの雪月花』が現れるなんて。手は出せない、でも守らなくてはいけない。ついでに第二王子殿下の想《おも》い人《びと》。叶《かな》わない可能性の方が高いけど」

アヤトは完全に他人事《ひとごと》だ。大声で笑いたいところをぐっと堪《こら》えて小さく笑っている。

「あら、やだ。私ったらそんな陛下に愉快な伝言をしてしまったわ。今度会ったらシメられるかしら」

あちらがアヤトの様子を想像出来るように、こちらも伝言を聞いた陛下の言動が手に取るようにわかる。影の人に声まねもよろしく、と言ってしまったので、余計にあおってしまったかもしれない。

「アヤトさんは一度シメられた方がいいと思いますよ。陛下が殿下を止めてくれればいいんですが、その辺はどうですか？」

ディーンは公の場で何度か国王陛下に会ってはいるが、簡単な社交辞令や挨拶くらいしか交わしたことがないので、その人柄をよく知らない。一般的には物事を綺麗《きれい》に収める隙のない賢王だと言われている。

「全部禁止すると第二王子殿下が暴走するから、セレスちゃんを捜せくらいは言うかもしれないわね。でも手は貸さないと思うわ。殿下が自分でセレスちゃんを捜すのを黙って見ているでしょうね」

あの不文律のおかげでセレスに手は出せない。でもセレスを放置して事件に巻き込まれたり、最悪、別の国に誘拐されました、なんて事態になったりしないようにしなくてはならない。

セレスは、この国で彼女の望むまま幸せに生きてもらわなくては、王としては困るのだ。

「今のところセレスちゃんは他国に移住する気なんてないわ。おおっぴらに警護を付けることも出来ないから、影たちがセレスちゃんの護衛にかり出されてバタバタしてるところかしら」

わりと正確に物事を推測しながらアヤトは国王の顔を思い浮かべた。

今頃きっと苦虫をかみつぶしたような顔をしているに違いない。

そう思うとさらに笑いがこみ上げてきたのだった。

◆

とある伯爵邸の一室が、女性陣の笑い声で満ちていた。

次の春の夜会で社交界にデビューする娘のために、前々から予約をしてあった王都でも人気のデザイナーが屋敷を訪れて、ドレスの形や色合いなどを決めたのだ。伯爵夫人と娘は楽しそうにデザイン画の中から基本の形を選び、そこからデザイナーと細かい部分の打ち合わせをして満足のいくドレスを発注することが出来た。

次は仮縫いをして実際に着てみてからの直しになるだろう。

「春の夜会ですもの、淡い色合いの方が多いのかしら？」

「そうですね。やはりデビューの初々しさと季節を考えますと、はっきりとした色合いよりも淡い色合いをお選びになる方が多いですわ。お嬢様方もそういった色合いが似合うことが多いので」

侍女たちが片付けをしている間、伯爵夫人とその娘と一緒に紅茶を飲みながらそう答えたデザイナーは、真紅の髪を持つ派手な感じのする女性だった。

「マダムはいかがでした？　デビューなさった時は？」

「わたくしは淡い色合いはダメでしたわ。若い頃からどうにも淡い色合いが似合わなくて。ですからお嬢様のように今は淡い色合いが似合い、もう少し大人になられたらはっきりとした色合いもお似合いになるであろう方がうらやましくて……。わたくしはデビューから真紅一色でしたわ」

「まぁ、エルローズ様の真紅のドレス姿をぜひ拝見したかったですわ」

髪も瞳も真紅の女性、マダム・エルローズと呼ばれる女性は、上位貴族の家に生まれながらドレスに魅せられてデザイナーになったという変わり者だ。

古典的なデザインから斬新なデザインまで、その場面と着る人に合ったドレスを作ってくれると評判で、予約は一年待ちだと言われている。実際伯爵家も一年以上前に予約を入れていた。

「そうそうデビューと言えば、マダムはご存じかしら、ウィンダリア家の次女と第二王子殿下のこと」

「まぁ、どのようなことでしょう？」

「何でも殿下が次女の方を養女に迎えて下さる家を探していらっしゃるとのことですわ。ほら、あそこの次女は放置されていると有名ですから。殿下はどこかに養女に出されてから婚約者に、と思っていらっしゃるらしくて。それで噂《うわさ》によるとティターニア公爵家とオルドラン公爵家が快諾なさったとか」

「四大公爵家の内、二家が殿下のお味方に付いた、ということになるのでしょうか？」

「そうですわねぇ。そうなると近々マダムの元にウェディングドレスのご依頼が来るかもしれませんわね」

「それはとても光栄なことですわ。ですが、そうなると殿下には二年ほどお待ちいただくことになりそうですわね。わたくしの手も空いておりませんし、殿下のご結婚の衣裳《いしょう》ともなれば布や糸だって厳選した特別な物を使いたいところですわ」

「殿下が待てるとは思えませんわ。実は娘が次女の方と同じ年で、時々学園での様子も聞くのですが、殿下はその方のことをずいぶんと大切にしていらっしゃるとか」

　夫人が娘を見ると、娘はにっこり微笑《ほほえ》んで肯定した。

「わたくし、専門の学科は違いますが、教養学科のクラスが一緒でしたの。ウィンダリア家のセレスティーナ様は大変お可愛らしい方ですわ。それにマナーや礼儀なども完璧にこなされますの。殿下が大切になさるのもわかりますわ。出来ればお話ししたかったのですが、少々気後れしてしまって……」

「あそこの家は少し特別ですから。昔、娘にせがまれてよく『ウィンダリアの雪月花』の話をしていたので、その家名だけでどうも気後れしてしまったようですわ。でも、もし殿下の元にその方が嫁がれたら、『ウィンダリアの雪月花』の血筋は王家に移動するのかしら?」

『ウィンダリアの雪月花』はウィンダリアの血筋に生まれる。ウィンダリア家に王族の降嫁はあっても王族に嫁いだことはない。正確には嫁いでもその娘は子を残すことがなかった。

　なので、今の王家にウィンダリアの血は混じっていない。

「どうでしょう。それこそあの家は少し特別ですから」

「おほほ、そうですわね。娘と同じ年ということは、本来なら次の春にデビューを迎えられるのですね。でしたらマダムにはウェディングドレスよりも先に、その方のデビューのドレスの依頼が来るかもしれませんわね」

「まあ！　もしマダムがセレスティーナ様のお衣装をお作りになるのでしたら、ほんの少しだけわたくしのドレスにも同じ……そうですわね、刺繍《ししゅう》とか付けていただけませんか？　わたくし、あの方に憧れていますの」

そう言って恥じらう娘は大変可愛らしかった。

伯爵夫人とその娘に見送られて帰るための馬車に乗り込んでからしばらくの間、エルローズはずっと考え事をしているように黙ったままだった。エルローズの前に座るお針子二人が心配そうな目でエルローズを見ていた。

「……薬師ギルドに向かってちょうだい」

「はい！」

エルローズの指示を御者に伝えると、馬車は薬師ギルドに向かった。

◆

セレスは薬師ギルドの奥にある調剤室で薬草をごりごりと潰していた。綺麗に均等になるように潰さないと出来上がりにムラが出るので、慎重に確認しながら潰していっている最中にその足音は聞こえてきた。

カツカツ、というヒール音が近付いて来たと思ったら調剤室の扉が勢いよく開かれて真紅の女性が現れた。

「セレスちゃん!!」

真紅の女性――エルローズはセレスを見つけると、ヒールを履いているとは思えない速度で近付いて来てぎゅっと抱きしめた。

「ローズ様?」

「セレスちゃん……!!」

セレスはイスに座っていたし、元々の身長差もあるので、エルローズがセレスを抱きしめるとその豊かなお胸にセレスの顔がちょうど埋もれてしまう。

「あーもう、可愛い!! セレスちゃんのウェディングドレスならいつでも作ってあげるけど、お姉さん、王家に嫁ぐのは賛成しないわ」

ぎゅーっと抱きしめる力が強まったのでさらに胸に押しつぶされそうになる。

「ろ、ローズ様、息が……!」

「あら、ごめんなさい」

お胸の圧迫からようやく逃れたセレスだったが、エルローズは抱きしめたまま離してはくれていない。

「王家には嫁ぎませんよ。殿下から逃げてきちゃいましたし……ついでに貴族籍からも離籍しちゃったんです」

「あらあらそうなの。じゃあ、わたくしが今日聞いた噂は？」

「その噂ってアレでしょう？　セレスちゃんが他家の養女になって第二王子と結婚するっていうやつでしょう？」

答えたのはエルローズが開けっぱなしにした扉から入ってきたアヤトだった。

その隣から受付のお姉さんが顔をのぞかせていたので、エルローズの来訪を知ってすぐさまアヤトに報告したのだろう。

「ま、アヤト。相変わらずそんな色気のないきちきちの服を着てますのね」

「そういう貴女《あなた》は相変わらず露出狂ぎりぎり一歩手前の装いね」

見た目で言えば、美女二人がそれはもうにこやかに言っているのに、どうしてその背後にブリザードや雷が落ちている様子が見受けられるんだろう。幻覚にしてもはっきり見える気がしてならない。

初めてエルローズを紹介された時からこんな感じだったので、いつも通り執事に聞いてみたところ、

「服装における意見の相違です」

とのことだった。

「アヤト様は、肌は隠して首元まできっちり締めて、それが時折乱れるのが良いという古典派です。

対してエルローズ様は、普段から見えるか見えないかのぎりぎりまで攻めたいという革新派です」

……うん、一方が男の人だということは一度忘れよう。それは前世の知識でいうところの、チラリズム、でいいんだろうか？

ちょっとセレスは悩んだが、デザイナーだというエルローズに、前世の知識の中から着てみたかった服のイメージを伝えてみた。結果、それがエルローズの新しい扉を開けたらしく、大変感謝をされ、それ以来セレスの服は基本的にエルローズが作ってくれていた。

ちなみにセレスが着てみたかったのはアオザイだったのだが、それ以外にも「知ってる服の情報を教えてくれない？」と言われて、着物やチャイナドレスなどを教えた。ただし、言葉だけだとイメージが湧かないから絵にして描いてほしい、と言われて描いた絵は笑顔で見なかったことにされた。解せぬ、なぜだろう？

セレスの言葉だけが頼りになってしまったのだが、それでもエルローズの創作意欲を十分に刺激したらしい。

そのおかげか、セレスはエルローズのお気に入りとなり、時には着せ替えモデルとしてエルローズの新作を誰よりも早く着ている。

「ティターニア公爵家とオルドラン公爵家なんて具体的な名前も出てきてたから、てっきりそういう方向にいってるのかと思いましたわ」

　場所をギルド長の部屋に移して、持ってきた服をセレスが着てはエルローズとお針子さんが素早く手直しをしていく。普段使いが出来るようなワンピースなどなのでドレスと違って手直しは簡単らしい。

「あらま、もうすでに貴族間でもそういった噂話が出てきてるのね」

「侯爵家がセレスちゃんを放置しすぎてたせいか、殿下が堂々と捜してても誰も疑問に思わなかったみたいですわ。むしろ学園内ではお似合いの二人と思われている感じでしてよ」

　セレスに憧れているという伯爵家の娘さんの話を聞く限り、学園内でも第二王子とセレスを応援している派閥がいくつかありそうな感じだった。

「そうそう、セレスちゃん。貴族籍を抜けてるのなら春の夜会でデビューはしなくてよいわよね。でもセレスちゃんのためのドレスの用意は出来てるから、内々でやりましょうね」

　第二王子からの依頼などなくても、セレスの社交界デビュー用の衣装は用意してある。黒い髪でも銀の髪でもどちらでもいけるようにちゃんと二着用意した。

　さすがに日の目を見ないのはもったいないし、ドレスはあくまでセレスのイメージで作っているので他の人が着たところで似合わない。

「知ってる人だけ招待してやりましょうね。場所はわたくしの屋敷かアヤトのところの広間でやれば問題ないわ」

セレスを着せ替え人形にして満足したエルローズは、そう言ってセレスに断る隙を与えてはくれなかったのだった。

◆

今日は月に一度の満月の日。

この日は、薬師ギルドにとって大切な日だった。

「今月は綺麗に満月が見えそうでよかったわ。先月は曇っちゃってダメだったもの。さあ、みんな、早く並べるわよ」

薬師ギルドの長であるアヤトを筆頭に薬師たちがギルドの建物の屋上に『空《から》の魔石』を並べ始めた。

薬師たちは手袋をして、黒く濁った魔石を月の光が当たるように屋上に設置された台の上に並べていく。

「お姉様、こっちは並べ終わりました」

「あら、じゃああっちもお願いね」

「はい」

この世界は魔石の文明だ。魔石に溜《た》まった魔力をエネルギー源として魔道具などを動かしている。

魔石は大まかに分けて三つに分けられる。
純粋な魔力だけが入っている『力の魔石』
各属性が付いている『属性の魔石』
何の魔力も属性もない『空《から》の魔石』

『力の魔石』は最も多く取れる魔石で、各国にある魔力溜まりと呼ばれる場所のすぐ近くで採取されている。

魔力を使い切った『空《から》の魔石』をその魔力溜まりに放り込んでおけば魔力が勝手に充填されるのでなくなることはない。

『属性の魔石』は、文字通りそれぞれの属性が付いている。海や川、湖などで取れる水の魔石や、火山や隣国にある炎の山と呼ばれる一年中炎が吹き出している山などで採取される火の魔石など、『属性の魔石』と呼ばれる石は多種多様にわたる。

それらを魔道具にはめ込んで日常生活では使用している。

たとえばお湯は、専用の魔道具にエネルギー源である『力の魔石』と『水の魔石』をセットし、それに純度が低く高熱を発するだけの『火の魔石』をはめ込む。コンロは純度が高くて火を発することが出来る小さな『火の魔石』が丸く配置されているので、スイッチとして『力の魔石』をはめ込む。だいたい魔道具には魔力調整用のダイヤルやレバーが付いているので出力はそれで調整する。セレスの知識の中にあるスイッチ一つで何でも出来る世界、というわけではないがそんなに苦労はない。ただし、タイマー機能とかはないので、お風呂にお湯を溜める時はちょくちょく見に行かないとお湯が溢《あふ》れてしまう。

下水に関しては、『浄化の魔石』を使ってきちんと整備されているので問題はない。

そして、薬師にとって大切なのが『月の魔石』だ。

『月の魔石』は、薬を作る時に必ず必要になる魔石だ。

『月の魔石』と、『水の魔石』の中でも純度が高い『純水の魔石』が必要で、『純水の魔石』から出る水に、『月の魔石』を浸して出来る『月の水』と呼ばれる水を混ぜて薬草を練っていくのが基本になる。

混ぜることにより多少月日が経《た》っても薬の効能が失われることもないし、薬の効果を高めることが出来る。『月の水』を混ぜるか混ぜないかで薬としての価値に差が出るので、薬師たちは基本的に『月の水』を混ぜて薬を作るのだ。

この月の魔石は自然界では数が少ない。条件が整っていて、『空《から》の魔石』にたまたま満月がしっかり当たらない限り自然には出来ないので、薬師たちは月に一度、せっせと『月の魔石』を作っている。

まず、『空《から》の魔石』を月の神殿に持ち込み、月の神殿にある聖泉に七日ほど浸しておく。それらを満月の夜、月が頂点に達した時に月の光が十分に行き渡るように並べて、夜明け前に回収する。回収した魔石をまた神殿に持っていって聖泉に二日ほど浸しておく。

それでようやく『空《から》の魔石』に月の魔力が定着して『月の魔石』になる。

だが、いくら満月とはいえ天気が悪い夜はもちろん出来ないし、雲が多い日で月が隠れてしまうと、十分に月の魔力を吸収出来ないので、純度の低い魔石しか出来ない。

今日みたいに、満月が雲一つない夜の空に浮かぶなど年に数回しかないので、今日は薬師たちが総出で、『月の魔石』を作るためにじゃらじゃらと魔石を並べている。

「今日を逃したら次はいつになるかわからないものねぇ」

用意した魔石を全部並べ終えて、アヤトは夜の空を見上げた。

そこに浮かぶのは美しい満月。

一休みしたら夜明け前にこの魔石を全部回収して神殿に持ち込まなくてはならないが、それまでは休憩時間だ。仮眠してもいいのだが、夜明け前に起きる自信がない者たちは、こうやって起きて待っている。

アヤトもはっきり言って起きられる自信はない。

本当に時間まで待っているだけの状態は何かしていないとさすがに眠くなってくるので、たいていは時間潰しに女子会なんぞを開いておしゃべりをしている。

時には職員向けの、真夜中のお化粧教室を開いて時間を潰す時もあるくらいだ。

今回はセレスも参加しているのだが、アヤトからはしっかりお昼寝してから来るように言われていた。

おかげでセレスは眠たくないが、昼間、真面目に仕事をしていた人たちがそろそろ眠たさのピークを迎える頃だろう。

「満月の夜は魔石作りに忙しいけど、あっちも今頃大忙しでしょうね」

一部の薬師と冒険者たちも今日は大忙しで各地を駆けずり回っているだろう。満月にしか咲かない花は今日が採取出来る最大のチャンスの日だ。薬師ギルドから冒険者ギルドへと、多くの薬草集めの依頼が出されている。冒険者たちもそれがわかっているので、満月の夜はわりと活発に動いている者が多い。

「そうですね。今日はディも冒険者ギルドの方に行くって言ってました。親しくしているパーティーに頼まれたらしくて、一緒に採取へ行くそうです」

「ローズも今日は出かけるって言ってたわね。満月の日限定のオークションがあるんですって。変わった物や古い布地が出るから見に行くって言ってたわ」

満月の日の王都は、あちらこちらで何かしらが行われている。

王都が別名『眠らずの都』と呼ばれているのは、こうして満月の日に動き回っている人間が多いからだと言われている。王都民にとっては見慣れた光景なのだが、他の場所から来た人間には夜の方が活発的に動いていると思われているようだった。

「さ、もう少ししたら回収するわよー。全員、起こしてあげて」

何だかんだとおしゃべりをして時間を潰すことが出来たので、ギルド内のあちらこちらで倒れている薬師と職員を起こして回る。ちょっと屍《しかばね》チックな感じでぞろぞろと屋上に向かう姿はまるでかの有名なゾンビゲームのようだった。

◆

『月の魔石』作りをした数日後、アヤトに呼び出されたセレスはギルド長の部屋の扉をノックして声をかけた。

「お姉様、セレスです」

「セレスちゃん、入って入ってー」

アヤトの許可が出たのでギルド長の部屋に入ると、そこにはいつも通り執務机で仕事をしていたらしいアヤトと、初めて見る男性がどっかりとソファーに座っていた。

身なりはごく一般的な冒険者の服装だが、顔立ちはものすごく整っている。なによりその雰囲気が、どう見てもお忍びの貴族にしか見えない男性だ。

そんな黒い髪の男性は少々不機嫌そうな感じで座っている。なのにアヤトは全く男性を気にせずにセレスを手招きした。

「セレスちゃん、ちょっとお願いがあるんだけど」

「あ、はい。あのお姉様、この方は……？」

男性はセレスを観察するようにじっと見ていた。

ただ、イヤな視線とかではなくて、純粋に観察されているようだった。

「コレは気にしなくていいわよ。そうねぇ、黒薔薇《くろばら》様とでも呼んであげて」

「……黒薔薇様？」

その瞬間、ガッという音がして、アヤトの額めがけて硬い何かがけっこうな速さで飛んでいった。

アヤトは反射的にそれを手で止めていた。

「ちょっと！　危ないわね」

「黙れ。俺は次にお前と会った時はシメると決めていたんだ」

「にしても方法があるでしょうが！　もっと穏便にシメられなかったの？」

「どうせ当たらん。ついでにそれは土産だ」

「お土産って！　だったらなおさら投げないでよね」

シメるのに穏便な方法ってあるんだ。ってゆーか、お姉様、何やったの……？

セレスの心の声を放置して、アヤトと男性は言い争い、というかじゃれ合っていた。

「お前が黒薔薇なんて言い出さなければ、もう少し穏便にしてやったんだがな」

「謎のおっさん呼びとどっちの方がよかったのよ？」

「そっちの方がまだマシだ」

黒薔薇様は謎のおっさん呼びの方がよかったらしい。

ただ、セレスの目から見ても〝おっさん〟というにはまだ全然若い気がする。それに何より、この人に〝おっさん〟という呼び方は似合わない。

「あの……？　謎のおじ様？」

「……リドだ。そう呼んでくれ」

「リド様、初めまして。お姉様の弟子で、セレスと申します」

「セレスちゃん。リドはこの格好の時はただの冒険者よ。どうがんばっても隠しきれてないけど、立ち居振る舞いが上位の貴族のそれにしか見えなくても、この姿の時の扱いはただの冒険者でいいから!!」

あ、やっぱり上位貴族なんだ。下手な受け答えしたらセレスの素性なんてすぐにバレそうだ。

もっともアヤトと親しそうな感じからして、もうすでにバレている可能性の方が高いのだが。

「君も、俺に様を付ける必要はない」

そうは言われても、年上なのは確実なので呼び捨てには出来ない。

「では、リドさん、とお呼びしてもいいですか？」

「ああ」

アメジストの瞳がセレスを見る時は幾分か和らぐ。アヤトには厳しいが、誰彼かまわず厳しいわけではなさそうだ。

「セレスちゃん。その人、ちょっとローズに用事があるんですって。今日はセレスちゃんもローズのところに行くでしょう？　リドを護衛に付けるから一緒に行ってほしいのよ。セレスちゃんの今日の他の予定は？」

「ローズ様のところに行った後に、冒険者ギルドの近くの酒場の方にも行く予定です」

「あら、ちょうどいいじゃない。しっかりリドに護衛してもらいなさい。こう見えてリドは上位ランクの冒険者よ。リドと一緒にいれば下手なやつらは襲ってこないわよ」

いくら昼間とは言え、セレスみたいな子が一人で酒場の周辺をうろついていたら、変な人間を引っかけてきてもおかしくはない。

ギルドの中でも上位ランクの冒険者は、保護者の怖さにセレスに手を出してくることはない。しかし、他の場所から流れてきたランクの低い冒険者は、セレスに絡んでくる可能性がある。

「ローズのところに行ってから、冒険者ギルドの近くの酒場だな。わかった」

セレスがローズのところと酒場に行くのは、薬の補充のためだ。

薬師ギルドと提携している店や宿屋などでは、ちょっとした常備薬がいくつかストックされている。

エルローズのところには切り傷や手荒れの薬などが常備されているし、酒場だと二日酔いに効く薬や酷い傷でも対応出来るように、効果が強めの傷薬が置いてある。

定期的に見回ってそれらを補充するのも薬師ギルドの役目だ。

「遠慮はいらないわよ。リドも私と一緒にローズのところに行くより、可愛い女の子が一緒の方がいいでしょう?」

「お前と歩くのはごめんだ。……セレス、と呼んでいいか?」

「はい」

「俺から頼もう。一緒にローズのところに行ってほしい」

アヤトと親しい仲で、なおかつエルローズのことも知っているようなので、間違ってもセレスに危害を加えるような人ではないだろう。

「はい。よろしくお願いします。少し準備をしてきますので、ちょっと待っていただいてもいいですか?」

「もちろんだ。用意が出来たら呼んでくれ」

「はい」

セレスが薬などの準備のために部屋から出て行った後、アヤトは投げつけられた土産をじっくりと見つめた。

「これって……」

「天然物の『月の魔石』だ。どうせ俺は使わん。好きに使え」

天然物なんて、そう簡単に市場に出回る品物ではない。

天然物は長い年月、幾度となく満月の光を浴びるせいか、薬師たちが作る魔石より魔力の凝縮度が桁違いだ。

「素直じゃないわねぇ。セレスちゃんのこと、お願いね」

「……わかっている」

手の中で天然物の『月の魔石』を転がしながら、色々な意味を込めてアヤトはリドに言った。

可愛い弟子なのだから下手な男には任せられない。

「お待たせしました」

その手にいくつかの荷物を持ったセレスが現れると、不機嫌そうな顔から幾分か和らいだ顔になったリドが近寄った。

「歩いていくのか？」

「はい」

「荷物をこちらへ。俺の方が確実に荷物持ちに向いてるからな」

ひょいっとセレスから荷物を取ると、リドは一度だけアヤトへ振り返った。

「行ってくる」

「はいはい。二人とも気を付けてね」

手をひらひらと振ってアヤトは二人を送り出した。

◆

エルローズの店まではそんなに遠くないので、基本的には徒歩で向かう。エルローズはオーダーメイドのドレスをメインに扱っているが、お店の方には既製品も置いてある。

既製品は庶民でも手に入れることが出来る値段の服もあり、女性の憧れのブランドといった感じだ。もっとも既製品として売り出している服は、どれもぎりぎりを攻めているのでどうしても着る人を選んでしまう。

セレスはもう少し大人になってから挑戦したいと思ってはいるのだが、師匠が古典派なので嫌がるかもしれない。

セレスとリドが歩いている姿は、同じ黒い髪ということでひょっとしたら親子に思われているかもしれないと、セレスはちょっと申し訳ない気持ちになった。エルローズくらい大人の女性なら一緒に歩いていてもおかしくないかもしれないが、セレスだとまだまだ保護者と子供にしかきっと見えない。

「あ、あの……」

「ん？　どうした？」

「私と歩いていたら、親子に思われるかもしれないと思うと、少し申し訳なくて……」

セレスの言葉に、リドはびっくりした顔をしてからふっと笑顔になった。

「気にするな」

「ローズ様と歩いていたなら、絵になったと思うんですが……」

美男美女が並び立つ様は、きっと世の女性たちの憧れの的になったであろう気がする。

「ローズと俺が一緒に歩く……？　それ、何の罰ゲームだ？」

美男美女でお似合いかと思っていたら、まさかの罰ゲーム感覚だった。

「無理だな。ローズとは友人だが、俺も基本は古典派だ」

リドさんもきっちり着てからのチラリズム派だった。そこはもう個人の好みの問題なので、どうしようもない。

友人だろうが譲れぬ一線はきっとある。

「それにしても最近はカラフルだな」

リドの言うカラフルとは王都の街並みの色合い、ではなくて道を歩いている人々の髪の色のことだ。

「最近の流行は明るい色ですね。人によってはグラデーションにしたり左右で違う色にしていますよ」

歩いている若者たちの中には金髪の半分から下に赤や青の色を入れていたり、半分黒色、半分金色という風に左右で違う色の者もいる。単色でも紫色を濃い色から薄い色にグラデーションにしている女性もいる。

「あの女性はすごいな」

リドが思わず感心してしまった女性は、髪の毛の色は基本白色なのだが、一筋毎《ごと》に様々な色を入れていて頭が色の洪水のようになっていた。

「有り得ない色合いにして楽しむのも流行なんです」

くすくすと笑うセレスのすぐ横を通った女性の髪の毛は銀色だった。

「銀?」

「あれも流行の色です」

確かにカラフルな色に混じって銀色の女性がちらはらいる。

銀色の髪の毛を生まれつき持っているのは月の聖女しかいないが、染め粉を使えば何とでもなるようだ。

「おとぎ話の影響であの色に憧れる女性は多いんですよ」

そのおとぎ話は『雪月花』のことだろう。平民の中にもあの話は十分に浸透している。

しばらくそうやって街並みと賑《にぎ》わいを堪能していたら、セレスがおずおずとリドに話しかけた。

「あの、聞いてもいいですか?」

「答えられる範囲でならな」

職業柄、秘密事項が非常に多い。セレスがそんな秘密事項を聞いてくるとは思えないが、全て答えられるかと言われればうかつに「答える」なんて言えない。

「黒薔薇様っていうのは何なのですか？」

アヤトが面白がって言っていた「黒薔薇様」という呼び名が気になって仕方がない。

ちょっとしゃべれるようにもなってきたし、思い切って質問してみようと思い、セレスは真正面からリドに聞いた。

「……君は、『三人の薔薇姫』という童話を知っているか？」

「三人の薔薇姫？　えっと、童話の白薔薇の王子のやつですか？」

「そうだ」


『三人の薔薇姫』という童話は、昔一度だけ読んだことがある。

あるところに三人の美しい薔薇のお姫様がいました。

黄金の薔薇姫、紅の薔薇姫、そして黒の薔薇姫。

白薔薇の王子は三人のうち誰か一人を妻にと願い、それぞれに贈り物や愛の言葉を捧《ささ》げました。

こんな感じから始まる童話だ。最終的には、何だかんだで白薔薇の王子は見事三人全員に振られましたとさ、という感じで終わるお話だ。

ディーンに読み聞かせの話を探している時に読んだのだが、これは果たして童話なのだろうか、と思い本を閉じて封印した。

教訓としては愛する人は一人にしましょう、ということになるのだろうとは思うのだが、童話なのに幼児にはハードルが高すぎる。

「白薔薇の王子が振られてしまうお話ですよね」

「ああ。俺たちがまだ学生だった頃に、生徒会の出し物としてそれの劇をやることになってな」

昔を思い出したのか、リドの目が少し遠い感じになった。

「アヤトは当時の生徒会長で、ある日突然、会長権限で配役を決めました、と言われたんだ……」

「あ、ひょっとして……」

「そうだ。だが、やると決まった以上、きっちり黒の薔薇姫を演じきったさ。完璧な女性を目指すために、知り合いの女性に礼儀作法もきっちり習った。それ以来、生徒会の出し物は必ず誰かが女装か男装をするのが定番になったと聞いている」

確かにセレスが学園に通っていた時も、生徒会が男女逆転の劇をやっていた。

その伝統のスタートがまさかの師匠だった。そしてリドは、どうやら完璧主義者だったらしい。

「当時のお姉様って……？」

今は完全なる男装の麗人にしか見えないが、当時の姿はどっちだったんだろう。

「学園の校則には、学生は指定の学生服を着用すべし、とだけ書いてあったな。アヤトはちゃんと学生服を着ていたから問題にならなかった。それも規則にきっちり沿った服だったから、教師は何も文句は言えなかったよ」

アヤトはただ女子の制服をきっちり着ていただけだ。それも似合っていたし、校則にも違反していない。

「当時のアヤトは今と違って、さらさらの真《ま》っ直《す》ぐの髪にこだわっていたから、見た目は深窓のご令嬢という感じだった」

女子の制服を着ている時は髪をおろして、なぜかたまに男子の制服を着てくる時はポニーテールにして、男装の麗人風にして楽しんでいた。

「お姉様は生徒会長だったんですか？」

「そうだ。悔しいことに常に成績は一番で人気も高かった。勝手に配役を決められた時は『悔しかったら生徒会長になってみなさい、おほほほほ』と言っていたな」

その光景が目に浮かぶ。きっと楽しそうな笑顔をしていたに違いない。

「ちなみにその劇の時、お姉様の配役は？」

「当然、黄金の薔薇姫だ。紅の薔薇姫がローズだった。当日はドレスをローズが用意してくれて、化粧はアヤトがしてくれた。アイツ、あの当時から化粧がうまかったよ。大盛況だったおかげでしばらく黒薔薇姫の呼び方が定着してたんだ……」

アヤトはリドを黒薔薇姫の呼び名を定着させるほど、美しい女性に化けさせたのだろう。

今は身体《からだ》つきもしっかりしているし、上位の冒険者らしい感じがする男性なのに、学生時代とは言え完璧な女性に化けさせたアヤトの化粧術は尊敬に値する。

ドレスを選んだというエルローズも、リドの体形その他もろもろを考え抜いて、女性に見えるドレスを用意したのだろう。

あの二人が組んだら、どんな男性も女性に見えるようにしてくれるんじゃないだろうか。

「ローズ様も同じ学年だったんですか？」

「ん？　君はあの二人の年齢を知らないのか？」

「お二人とも年齢不詳すぎて……。近い年齢かなとは思っていましたが」

「そうか。俺も含めて同じ年齢だよ。学園の教師陣からは、ある意味もっとも苦労した学年だ、と言われたな」

基本能力は高い人間が多かったが、どこか性格的にぶっ飛んだ人間が多かった。

おかげで基本的には放置でよかったらしいが、やらかす時は盛大にやらかした。

生徒会だろうが一般学生だろうが関係なく巻き込まれるせいで、妙に結束が強い学年だったと思う。

その後始末が大変だったと学園長には何度か嘆かれたのだが、大抵の場合は相手側に非があったので、こちら側の人間が処分を受けることはなかった。

そのせいか、学生時代の人脈は今も大変役に立っている。

ただし、学生時代から変わらないぶっ飛んだ性格の者が多いので、制御には大変苦労している。

「お姉様がいて、ローズ様もいる学生生活……。見ている分には、楽しそうですね」

「そうだな。巻き込まれない限りは楽しいだろうな」

残念ながら、リドはいつでも巻き込まれたし、何なら騒動の当事者だったこともあるので苦笑するしかなかった。

そんな学生時代の楽しい話をしながら歩いていると、いつの間にかエルローズのお店へと着いていた。

「あらあら、ずいぶんと久しぶりの人間が来たこと。ご機嫌よう、黒薔薇様」

出迎えてくれたローズがさらっと黒薔薇様と言った。アヤトの時と違ってリドは嫌な顔こそしたが、特に何かを投げつけることはなかった。

「セレスちゃんと一緒に歩いてきたの？」

「そうだ、悪いか」

「いいえ、全然。セレスちゃん、薬箱はあっちの部屋にあるから補充をお願いね。それとリドが行くまで少し向こうでおしゃべりでもしていて。貴女たちも少し休憩してきてかまわなくてよ」

お針子さんたちが「はーい」という返事をしてセレスと一緒に休憩室の方へと歩いて行く。セレスも含めてわいわいとおしゃべりしながら歩いて行く様子は微笑ましい。

「いいわねー、若いって。貴方も久しぶりに若い女の子と一緒に出歩いて楽しかったんじゃなくて？」

「新鮮ではあるな。本当に貴族の娘だったのかと疑うくらい素直な娘だな」

「おほほ、セレスちゃんだって貴族として振る舞う時はちゃんとするわよ。今はそれほど警戒する必要はなかったということではなくて？　アヤトの紹介だし、行き先はわたくしのお店よ。わたくしたちが下手な人間をセレスちゃんに近付けるわけがないのを、あの子はちゃんと知っていてよ」

セレスの信頼を自分とアヤトはちゃんと得ている。

それに自分たちが守っていることも知っている。幼い頃から姉のように接してきたのだ。そう、姉のように、だ。間違っても兄ではない。

エルローズはソファーに座ったリドに自ら紅茶を入れた。同じ茶器から入れた紅茶を先に飲む。

「……そんなことはしなくていい」

「あら、だめよ。わたくしが先に飲まなくては。アヤトだってそうしたでしょう？」

優雅に紅茶を飲みながらエルローズは微笑んだ。

その通りだ、アヤトも薬師ギルドの部屋で同じように自ら紅茶を入れて毒見をしてくれていた。

この姿の時は、ただの冒険者の扱いでいい、そうは言ってもこの友人たちは自分を守ろうとしてくれる。それは初めて会った時から何ら変わらない。

「悪いな」

「謝らなくてよくてよ。貴方に倒れられてはわたくしたちが困るもの。それに昔、言ったでしょう？　こういう時には、何て言うのでしたかしら？」

「そうだったな。ありがとう、だったな」

「その通りですわ。わたくしもアヤトも好きでやっているのですもの。お気になさらず、と言ったところかしら。まあ、わたくしが倒れたらすぐにアヤトを呼んで下さればそれでよいですわ」

服装に関する意見の相違はあるが、アヤトもエルローズもお互いを大切な友人だと思っているので何かあればすぐに駆けつけてくれる。それは自分が危機に陥ってもそうだろう。

幸い、今までそんな事態はなかったが、有事の際には無条件で信じられる友人だと思う。

「それで、今日はどうなさったの？　貴方が街に降りてくるなんて珍しいですわね」

「しばらくお前たちにも会ってなかったからな。今日は休暇をもぎ取ってきた。それに……セレスティーナ・ウィンダリアにも会ってみたかったんだ」

「実際会ってみてどうかしら？」

「……アヤトにも聞いたんだが、どうして、ウィンダリア侯爵夫妻はあの娘を忘れているんだ？」

深い青の瞳に楽しそうな光をたたえて笑っている姿は可愛らしいし、しゃべりもしっかりしている。

影たちからの報告によれば、弟の方は関係良好どころか、立派なシスコンに育っているという。

問題は両親と姉のようだ。いや、親戚から不満の声が聞こえてこないところを考えるとセレスティーナより年上のウィンダリア一族全員、といったところか。

「さぁ？　わたくしたちもわけがわからなくてよ。ディーン……セレスちゃんの弟はセレスちゃんのことを別に忘れていないもの。あの家の使用人もセレスちゃんのことは大切に育ててくれていたわ。血縁、ウィンダリアの一族……ひょっとしたら『ウィンダリアの雪月花』は、一族から離れたいのかもね」

確かに昔のように政略結婚に使われることはなくなったが、彼女たちが領地から出てこなかったのは、本当に彼女たちの真の意思だったのかどうかは怪しい。

なんと言っても生前の彼女たちに会った人間が少ないのだから。

「今までの『ウィンダリアの雪月花』たちがどんな思いだったのかはわからないけれど、セレスちゃんは自分で外に出ることを選んだわ。不文律は守らなくては、ね」

「そうだな。あぁ、ところでお前にも土産があるんだが」

「あら？　何かしら？」

リドがお土産を持ってくるなんて珍しいこと、と思ってエルローズは正直びっくりした。

「後日、宰相に持って来させる。……いい加減、お前たちも何とかしろ」

立ち上がって扉を開きながらそう言って出て行ったリドに、エルローズは顔を赤くしながら叫んだ。

「もう！　余計なお世話でしてよ!!」

扉の外から微《かす》かに聞こえてくる笑い声が恨めしい。

長年のこじらせは、お互いにタイミングを見失ってしまってここ何年も口を利いていない、どころか会ってもいない。こっちはいろいろあって家も出ているし、自立もしている。

あっちはあっちで順調に出世して宰相という地位に就いている。

嫌でも耳に入ってくる噂話ではずいぶんと女性に人気がある、とのことだった。それでも結婚した、という話は聞こえてこない。

「もう、リドのばかぁ……」

今更どんな顔で会ってよいのかわからない。一人になった部屋の中でエルローズは両手で顔を覆っていた。

リドはエルローズがいる部屋に向かって小さく「ま、いつになるかは知らんがな」と呟いてから、廊下を歩きセレスがいるであろう部屋へ向かった。

◆

目的の部屋の前に到着したリドが中をのぞくと、セレスは楽しそうにお針子のお姉さんたちとおしゃべりをしている最中だった。

「セレス、こちらの用事は終わったぞ」

声をかけるとセレスがリドの方を見て小さく笑った。

「リドさん。じゃあ、次は酒場の方にお願いします」

「ああ」

幼い頃はあまり表情がなかったと聞いているが、今はそんなことはなさそうだ。

もっともエルローズ曰《いわ》く、それは警戒する必要がない相手だから、らしいのだが。

「お姉さんたち、また今度ね」

「また来てね、セレスちゃん。今度は私の服を試着してね」

「ずるいわ。私のもよ」

デザインの修業中らしいお針子のお姉さんたちから、次回来た時に試着を頼まれた。自分たちで着せ合いっこすればいいのに、と前に言ってみたのだが、お姉さんたちから「普段から見慣れている人に着てもらっても意味ないのよ」というお言葉と共に却下をくらった。

試着してエルローズから合格を貰った服は微調整をされてから後日セレスの元へと届く。それからエルローズが別の場所でこっそり開いている庶民向けのお店に商品として並べられている。こちらは基本的にデザイナーの卵たちの服が置いてあるのだが、たまにエルローズの服も置いてある。

だがあまり攻めている服は置いていないので、セレスでも着やすい物と、買いやすいお値段の物ばかりだ。

「あの、ローズ様は?」

「さぁな」

一応、これでも友人たちの幸せを願ってはいるのだ。

普段は切れ者のくせにエルローズのことになるといつまでもうじうじしている宰相は正直うっとうしい。何度、とっととくっつけと言ったことか。焚《た》き付けて宰相がやっと決意してエルローズの元に行こうとしても、エルローズの方が商談で国外に出ていてしばらく帰ってこなかったりと、あいつはエルローズに関してだけは本当に運が悪くて決断が遅い。

仕方がないからきっかけは作ってやった。後は自分で何とかしろ、と思っている。

「ローズのことは放っておいてかまわないさ。しばらくしたら出てくるだろう。それよりもあまり遅くなってもいけないし、酒場の方へ行こう」

セレスを促してローズの店から出ると、今度は冒険者ギルドの酒場まで歩いて行く。

よくよく考えたら、セレスは年上の男性とこうして歩くのは初めてだった。

アヤトは年上の男性ではなくてお姉様だし、ディーンは弟なのでそもそも年上にならない。執事や侍従たちは一歩引いた感じで歩いていたのでちょっと違う。

こうやって隣を男性が歩くというのは初めての経験だった。

「ふふ」

「どうした?」

「いえ、こうやって大人の男性と歩くのは初めてだな、と思いまして」

「ああ、そうか。アヤトはだいぶ違うしな」

最初、アヤトの部屋で会った時は不機嫌そうな感じだったが、こうして歩きながら話していると気さくな感じで、セレスにもきちんと話を聞いて返してくれる。

「お嬢さんの初めての経験に付き合えて光栄だな」

美形が微笑むと破壊力ってすごい。にっこり微笑んでくれたリドに対する素直な感想が、セレスの頭の中を駆け抜けた。

周りをそっと見渡してみると、リドの笑顔にやられたらしいお嬢様方が数多《あまた》いたようで、一緒に歩いている男の人たちが何とも言えない顔をしている。

「リドさんよぉ、久しぶりに姿見せたと思ったら、こんな道のど真ん中でお嬢さん方を撃墜するのはやめてくれんかねぇ」

リドよりも少し年上の、いかにも冒険者という感じのする男性が近寄ってきてリドの肩に手を置いた。

「久しぶりだな。お互い生きてて何よりだ。で、お前の連れはどうした？」

リドの方は大変良い笑顔で男の手を肩から払った。絡んできたということは、デートでもしている最中だったのだろう。

「くっそー、その余裕の笑顔がむかつく。ツレはお前の笑顔にやられてあそこでぼーっとしてるさ！」

やはりデート中だった。

リドは昔からこうやって絡まれるので自分の顔の良さは嫌でも自覚している。なのであえてやっている時もあるのだが、今回は不可抗力だと思う。

「今日はこのお嬢さんの護衛だ。手を出したらその腕を貰うぞ」

「お前のツレに手を出すか!!ってセレスちゃんかよ。なら余計に手を出すわけねえだろー。アヤトさんを敵に回して俺等に何かいいことあんのかよ」

「そうだな、きっと新種の毒物をその身で体験出来るぞ」

「イヤだ!! そんなん体験したくねぇよ! 体験したら最後、この世からオサラバしそうじゃんか」

男の言うことは、あながち間違っていないだろう。

セレスに手を出したら最後、アヤトの報復が待っている。

薬師ギルドの長は薬物と毒物の扱いに大変長《た》けている。噂では常に実験体になってくれる人を探しているとか何とか。

人体にどういう効果があるのかを知るためにも人体実験が一番良いらしく、薬師ギルドではいつでも被検体を募集しているらしい。そんな噂はイヤというほど聞こえてくる。

「おーい、みんな、セレスちゃんが来たからなー」

周りに聞こえるようにこう言っておけばセレスに手を出すバカはいなくなる。

ついでに身なりも整える。裸でいるやつらなんかはすぐに服を着るだろう。

それでも知らずにセレスに手を出しそうなバカは周りの人間が押さえることになっている。

「じゃあなー、リド。また今度仕事があったら呼んでくれや」

ひらひらと手を振りながら、男は雑踏の中に消えていった。

「アイツ、本当に気配り上手だよな」

あの男はこの街でも有名な上位ランクの男だ。

昔はともかく、今のリドはギルドに顔を出していないので、リドのことを知らない連中も多い。

だが、あの男が気さくに声をかけて、自分の昔からの知り合いでアヤトの知り合いだということをさりげなく周囲に伝えた。それだけで絡んでくるヤツラは激減しただろう。

「リドさん？」

「何でもない。さっさと酒場に行って補充をして帰ろう」

「はい」

セレスの返事も大変良い。

そのまま酒場に顔を出し、マスターからも久しぶりだと声をかけられた。

セレスが薬箱の補充をしている間に、少し情報収集をして一緒に薬師ギルドへの帰路についた。

「すみません、リドさん。酒場まで一緒に行っていただいて」

「ローズが言っていたが、こういう時は謝るのではない、らしいぞ」

「あ！　そうですね。ありがとうございました、ですね」

「はは、やはり同じように言われてるんだな」

久しぶりに会った友人たちは昔と変わらず自分を迎えてくれる。最近は仕事が忙しくてこっちに来られなかったのだが、これからは暇を見つけて通うことにしよう。

『ウィンダリアの雪月花』の様子を見なくてはいけないし、というこじつけの理由も出来た。


セレスとたわいないおしゃべりをしながら歩いて薬師ギルドに帰って来ると、セレスとリドはそのままアヤトのいる執務室へと向かった。

「お帰りなさい、二人とも。問題はなかったようね。セレスちゃん、今日はもうお仕事は終了よ。家に帰ってゆっくりしてね」

「はい、お姉様。リドさん、ありがとうございました」

ぺこりと頭を下げてセレスは帰って行った。

「で、どうだった？　当代の『ウィンダリアの雪月花』は？」

「普通の娘だな。雪月花として何かの異能があるとも思えん。まぁ、ルークの趣味は悪くない」

若干満足気な顔をしたリドを、アヤトはうんざりした顔で見た。

「趣味はともかく、あの執着心はどうにかなんないの？　セレスちゃんを追いかけ回しそうだわ」

「……無理だな。押さえたら反発するだけだ。さすがに彼女が誰かに嫁げば諦めるかもしれんが、しばらくは自分の力だけで捜させる。王家の呪いのようなものだからな。セレスの代で終わればいいが……」

エルローズの言葉を借りるなら、『ウィンダリアの雪月花』は一族から離れたがっている。ならば王家の呪いのような恋情も、一緒に離れていってほしい。

「ふふ、貴方自身はどう？　セレスちゃんを気に入ったかしら？」

「うちの子供《ガキ》より年下だぞ」

あれだけ素直に信頼を寄せられると、大丈夫かと心配になる。

実際はリドが、信頼する師匠と可愛がってくれているエルローズの親しい友人、という事実がセレスの中では非常に大きく、師匠＆エルローズ＝信頼出来る相手、その親しい友人＝信頼してもいい、という構図がセレスの中で出来上がっていた結果だった。

「だが、まぁそうだな。あの娘が何か危険な薬草でも採りに行きたいと言ったら連絡をよこせ。護衛でも何でもしてやるさ」

来た時の不機嫌さはどこかへ飛んでいったらしく、リドは上機嫌で帰って行った。

とはいえ、いろいろと忙しい中で時間を作って来たようで、これから帰って仕事か……とうんざりした顔を最後は見せていた。

一人になった執務室で、アヤトは久しぶりに会った友人を思った。

「何だかんだ言ってセレスちゃんのこと、気に入ったんじゃない」

わざわざ護衛をする、と宣言したのはそういうことだろう。それに……。

「うちの子供《ガキ》、ねぇ。確かに血の繋がりはあるけど……貴方の子供じゃないでしょう……」

ぽつりと呟いた言葉が執務室に小さく響いた。

「セレスティーナを捜して彼女の意思を聞け」

そう言われてルークはセレスの行方を知っていそうな人物に聞いて回ったのだが、彼女の父親は当然ながら心当たりは一切ないと言っていた。

ならば、侯爵家の執事に聞けばいいと思ったのだが、執事は「不文律をお忘れですか？　何者も『ウィンダリアの雪月花《せつげつか》』を束縛してはならないのです」と言って取り合ってくれなかった。

祖母である王太后にも聞いたが、こちらもセレスの居場所を知らないと言っていた。知っていたとしても教えてくれる気はないだろう。

確かに祖母の離宮と学園以外でセレスに会ったことはない。家には当然帰っているものだと思っていたが、両親から忘れられた存在である彼女がわざわざ家に帰っていたのかどうかも知らない。

姉……は無理だ。ならば弟はどうだろうか。セレスと親しくしている姿を見かけたことはないが、同じ家にいたのだ。少しは情報を知っているかもしれない。

そう思ってルークは放課後にディーン・ウィンダリアの教室を訪ねた。

ディーン・ウィンダリアは、教室内で友人たちと笑い合って何かを話しているようだった。

こうして見てみるとセレスと同じ黒い髪と青い瞳の持ち主であるためか、家族の中で一番セレスによく似ていると思う。並べばすぐに姉弟だとわかるだろう。長姉とは全然違う。長姉は母である侯爵夫人によく似ている。だからといってセレスとディーンが父親の侯爵に似ているかといえばそうでもない。あの二人は両親のどちらにも似ていない。

「……ディーン・ウィンダリア。少し話がしたいのだが」

上級生である第二王子が教室に現れただけでも下級生たちはざわついていたのだが、用があるのがディーンだと知って今度は教室内が妙な静寂に包まれた。

この教室にいる誰もが彼の姉たちのことを知っている。知ってはいるが、ディーンが一度も二人の姉のことを言ったことがないのであえて触れる者もいなかった。

「第二王子殿下のご用とあらば伺いましょう」

いつもと変わらない穏やかな笑顔でディーンが応えて、ルークに促されるままに教室から出て行った。

出て行った後、残されたクラスメイトたちはそれぞれが好き勝手なことを言って第二王子の話とは何なのかを推測していた。

「やっぱり殿下と同じクラスの姉のことじゃないのか？」

「二番目のお姉さんの姿を最近見ないから、そっちのことじゃないのかな？」

「まて。そもそもディーンがお姉さんたちと一緒にいるところって見たことないよな」

「あ、ホントだ。ディーンって家族のこと、どう思ってるんだ？　両親は何か変な意味で有名だよな」

「わからん。ディーンの口から家族の話を聞いたことがない。こっちから聞いても何かうまくはぐらかされるんだよな」

友人たちはディーンが連れ出されてからしばらくの間は、そんな話題で盛り上がっていたのだが、ディーン自身は聞かれることがだいだいわかっているので、どうしようかな、と考えていた。

「それで殿下、僕に何のご用でしょうか？」

王族が特別に使うことを許されている休憩室に連れ込まれたディーンは、教室で声をかけられた時と変わらない穏やかな表情でルークに聞いた。

本来なら下の者が上の者より先に発言するのはマナー違反だが、ここは学園だ。表向きは、全員同じ学生、と謳《うた》っている以上、多少のマナー違反は許される。

用件なんてわかりきっているが、あえてディーンはルークに聞いた。

「ディーン・ウィンダリア。君の姉君について教えてほしいのだが」

ルークの探るような視線に気付かないふりをして、ディーンは小首を傾《かし》げた。

「姉、ですか？　あいにく、僕はソニアのことはあまりよく知らないのですが」

ルークが言っているのがセレスのことなのは重々承知の上で、ディーンは姉と言われてソニアの名を出した。

「ですが、先日は我が家にソニアを訪ねていらしたそうですね。ソニアが夕食の席で、それは嬉《うれ》しそうに話していましたよ。母も殿下が来て下さったことに感激しておりました。殿下にご迷惑をおかけしていないか心配しておりましたが、わざわざいらしていただけるほどソニアのことを気にかけて下さっているとは、侯爵家としては嬉しい限りです」

清々《すがすが》しい笑顔でディーンは一気に言い切った。

嘘《うそ》は言っていない。

侯爵家でディーンの姉と言えばソニアのことだ。両親もソニアの話題しかしないし、実際あの日の夕食の席では、ソニアが第二王子殿下のことをひたすらしゃべっていた。

母が父に、殿下とソニアの婚約を王家に打診してほしい、とおねだりしていたが父は曖昧に笑うばかりだった。

その会話を聞きながらディーンは内心では、都合のいい頭の持ち主だなと思っていた。お花畑と評される理由がよくわかる。

「ソニア嬢には申し訳ないが、僕は彼女を訪ねて侯爵家に行ったわけではない。少し侯爵に用事があっただけだ。それに君に聞きたいのはソニア嬢のことではなく、侯爵家にいる君のもう一人の姉であるセレスティーナ嬢のことだ」

侯爵家の父母とあの姉が、セレスティーナのことをわからないのは確認している。だがディーンがセレスティーナのことをわかっているのかルークには判断がつかなかった。

集めた限りの情報では、ディーンとセレスティーナが接触しているところを見たことがある者は皆無だった。学園内で会話をしていたという話も聞いたことがない。セレスティーナの口からも弟の話を聞いたことがなかった。

ルークがセレスティーナを捜すためにディーンの元に今まで来なかったのは、交流が一切ないと思っていたからだ。だが関心がなくとも一緒の家に暮らしているのだ。侯爵のように普段は覚えていなくても何かの拍子に思い出しているかもしれない。多少なりとも何らかの情報を知っている可能性はある。

「殿下、申し訳ございませんが我が侯爵家にセレスティーナという名を持つ者はいないのですが……」

だが、ディーンは少し困ったような顔をしてルークの思惑を否定した。

ディーン・ウィンダリアとしては嘘を言ってはいない。

セレスティーナは侯爵から絶縁状をもぎ取って失踪しているので、もはや侯爵家の人間ではない。ついでにディーンは自分の姉はセレスのみと決めているので、もう一人の姉ではなく、ただ一人の姉が正解だ。

もし第二王子が「君のただ一人の姉であるセレスのことを聞きたい」とでも言えば少しは答えたかもしれないが、ウィンダリア侯爵家の次女としてのセレスティーナのことを聞きたいというのならばそのように答えるだけだ。

侯爵夫妻が認めた娘はただ一人、ソニアのみ。セレスティーナという娘の存在は無視。それがあの夫婦の選択なので、家を持ち出されればその意向に沿った答えを言うだけだ。本当に単純で簡単な答えだ。

「本当にセレスティーナは家にいないのか？」

「はい、我が侯爵家にはその名を持つ者はおりません」

先ほどよりもルークの探るような目が鋭くなったが、ディーンは全く動じなかった。

これでもアヤトや執事に鍛えられた身なので、第二王子の鋭い視線くらい可愛《かわい》いものだ。死を感じるほどの視線じゃないし、なんなら威圧も感じない。

薄暗い夕方の薬師ギルドで、ものすごい笑顔で怪しげな薬の瓶を持って佇《たたず》んでいるアヤトをうっかり見つけてしまった時の方が、よっぽど恐《こわ》かった。あの薬をかけられたら死ぬ、と本気で覚悟を決めたくらいだ。

「殿下、ご用件はそれだけでしょうか？」

ディーン・ウィンダリアは、第二王子殿下に侯爵家にいるソニアではないもう一人の姉、セレスティーナ・ウィンダリアのことを聞くためだけに呼び出されたのだから、ウィンダリア侯爵家にセレスティーナという人物はおりません、その答えだけで十分なはずだ。

何の嘘もついていない、事実だけをきちんと述べた答えだ。

それがルークの望む答えじゃなくても知ったこっちゃない。

ちょっと言葉足らずなだけで、第二王子殿下の質問には明確に答えている。

そう、ほんのちょっとだけ前後の言葉が足りないだけだ。

ウィンダリア侯爵家にはセレスティーナという名を持つディーンの姉がいた（過去形）が家を出て行って、今は薬師ギルド長の弟子として、『ガーデン』と呼ばれる先代の薬師ギルド長のお庭を管理しているだけで。

「他にご質問がないようでしたら失礼させていただいてもよろしいですか？」

一切笑顔を崩すことのなかったディーンにルークは少し考えるようなそぶりを見せてから、「すまなかった」と言って解放した。

休憩室から出て行ったディーン・ウィンダリアの様子から考えると、恐らく彼もセレスティーナのことを覚えていないのだと判断出来る。もし覚えていたとしたら、たとえ両親があの様子であっても、セレスティーナの名を出せばディーンは答えざるを得ない。

王族である自分に嘘偽りを言うことは、場合によっては罰せられてしまう。貴族ならば子供でも知っている常識だ。そうである以上、名を出されて答えなかったディーン・ウィンダリアはセレスティーナのことを知らないと判断するしかなかった。

呼び出されたのが放課後ということもあったのでディーンはそのまま帰路へとついた。後を付けてくる存在がいるにはいたが、コレは恐らく護衛に付いている王家の影の方だ。

第二王子の手の者ではない。『ガーデン』やセレスに付いている人たちと同じ気配がする。

「……アヤトさんに伝言をお願い出来ますか？　殿下が僕の元に来た、と」

今日は姉やアヤトの元に行かない日なので、ディーンは公園に入るとベンチに座って本を取り出しながら、後ろにいる人たちに向けて伝言を頼んだ。

しばらく沈黙があった後に、どこにでもいそうな顔立ちと服装をした人物が一人現れてディーンのすぐ横のベンチに座った。

「我らはその伝言を薬師ギルドの長とともに、陛下にもお伝えするぞ?」

「ええ、かまいません。アヤトさんから問題ないと言われてますから。……僕の姉様はすごいでしょう?」

外用のスマイルでふふふ、と笑うと影の人が苦笑した。

先日、リドがセレスとお出かけをした時、彼らも護衛として付いて行った。あのリドがそれは楽しそうにセレスと会話をし、最終的には、護衛するから何かあったら呼び出せ、と言っていたので影たちは度肝を抜かれた。

「……確かに君の姉上はすごい。あの方があのように笑っておられたのは久方ぶりだ。しかし、君も殿下の言葉を見事にかわしたな」

「殿下、だまされやすくないですか? 臣下の身としては王族があれで大丈夫なのかと心配してしまいますね」

「王太子殿下がその分、しっかりしておられる。第二王子殿下は、まあ、理想の王子様像というものを民衆に見せてくれればいいのではないかな」

「あー、ルーク殿下って確かに絵本に出てきそうですもんね」

王太子より第二王子の方が絵本に出てくる王子様のような容姿をしている。

学園の成績も悪くないし、表に出しておけば民衆受けはいいだろう。

というかこの影の人、ルークに厳しめの意見を持っているようで自分相手にそこまで言っちゃっていいのかな、と一瞬考えた。

「いずれ国王になられる王太子殿下は国の顔。ルーク殿下は民衆に対する表の顔、実務はどなたが？」

王太子が凡庸な人物だという話は聞いたことがない。むしろ出来る人物のはずだ。

だが、実際に政務を担っていくのは王太子一人ではとうてい無理な話だ。ならば国王となった王太子を支える予定の人間がすでにいるはずだ。

今の国王を支えている宰相のように、次の宰相候補がいるのだろう。

まぁ、今の国王と宰相は化け物だという噂《うわさ》なので、後を継ぐのは大変だろう。

「さてな。だが、ディーン・ウィンダリア、君が王太子殿下に会ったら気に入られる可能性が高いぞ」

「お断りですよ。僕は侯爵になって領地経営とかをしながら、姉様とのんびり暮らしていくんです」

「ふははは。姉弟揃《そろ》って面白いな」

普通の貴族なら王太子殿下の側近、将来的には国王の側近になれるチャンスが来たのなら迷わず食いつくところだ。それをディーン・ウィンダリアはあっさり蹴った。王家の兄弟はウィンダリアの姉弟に振られてしまったらしい。

弟はともかく、兄である王太子とは話をしたこともないだろうが。

「薬師ギルド長への伝言は承った。第二王子殿下をからかうのもほどほどにな」

「からかうなんて、王家の方に対してそんなことはしていませんよ」

先ほど第二王子に見せていた笑みと同じ笑みでそう言い切った。

ディーンは、あくまでルークの質問にちゃんと事実を答えただけだ。

「そうだな。嘘はついてはいなかったな」

いなかったが、事実を全部言ってもいなかった。

第二王子の質問の仕方がまずかっただけだ。ただ、第二王子の探るような戸惑いもわからなくはない。何せ相手はウィンダリア侯爵家の単純じゃない方だ。

特殊なウィンダリア侯爵家にあって、今までセレスティーナについて沈黙しているディーンが姉について何か知っているのかどうかも怪しい状態では、あの言い方が精一杯だったのかもしれない。

「今まで姉様の何を見ていたんだか……。ちょっと姉様を知っている人ならすぐに居所なんてわかっただろうに」

事実、ディーンは姉が家から失踪してからすぐに薬師ギルドに使いを出して姉の無事を確かめた。

セレスの失踪で家の方は第二王子が来たりと少しごたついたが、姉は新しい生活をのほほんと始めている。

「普通、いくら薬師科を選択しているとはいえ、すでに薬師に弟子入りしているとは思わないだろう」

通常、学園で薬師科を選択する生徒は、そこで基礎を教わってから薬師に弟子入りする。

セレスのように幼いうちから薬師の誰かに弟子入りしているのはどちらかというと庶民に多い。

それに貴族ならば宮廷薬師に弟子入りするのが通例となっているので、いくらギルド長の弟子とはいえ、家系的に薬師の一家でもないセレスがすでに弟子入りしていることがおかしいのだ。

「僕の姉様がいかに規格外で素晴らしい方なのかを再認識しました」

「まて、今の会話でどうしてそうなる？　君の思考回路はどうなっているんだ？」

凡庸、お花畑の夫婦から生まれたどちらにも似ていない天才。

ディーン・ウィンダリアの一般的な評価はそれなのだが、影たちから言わせると残念ながらお花畑の方はしっかり遺伝している。

両親のお花畑は長姉に行ったが弟のそれは、すぐ上の姉に現在進行形で発揮されている。

「やれやれ……本当にほどほどにしてくれよ」

ベンチから影の人が何事もなかったように去って行った。

それからしばらくしてからディーンも読みかけの本を閉じると、公園から外へと出た。

これで万が一、第二王子の手の者に見張られていても問題はない。時間を潰してから家に帰りました、というだけだ。今のところそんな気配はないがクラスメイトに見られても面倒くさいので、ディーンはおとなしく帰路についたのだった。

◆

アヤトは今日も執務室で書類と睨《にら》めっこをしていた。

「もう、なんでこんなに書類が多いのよ。いったい誰よ、こんな無茶苦茶な発注してくるバカ。しびれ草？　こんなにいるわけないじゃない」

ぶつぶつと言いながら可と不可の書類に分けて可の書類だけにサインをして、不可の書類には大きく×印をつけていった。

こうしておかないと、却下した発注を勝手に可にして発注するおバカさんたちが大量発生するのだ。以前それをやって勝手に発注したおバカさんには、それなりの代償を払ってもらった。なので今はアヤトのサインがない発注は、基本受け付けないようになっている。

「……あら？」

書類に飽きてきた頃、よく知っている気配が扉から感じられた。

「ちわーッス。伝言をお持ちしましたー」

声とともに元気よく扉を開けたのは、ディーンと話をしていた王家の影の者だった。

ただ、さきほどディーンと話をしていた時とはしゃべり方も雰囲気も全く違っているので、知らない人が見たらよく似た別人にしか思わないだろう。

「アヤトせんぱーい、ディーン・ウィンダリアから伝言ッス」

「……ねぇ、君。本当に王家の影の人？　軽すぎない？」

王家の影であるはずの後輩君はどこまでも明るく隠れる気が一切ない。

「何言ってんすか。先輩がオレを王家の影にぶち込んだんじゃないッスか」

「そうなんだけどさぁ、だんだん自信がなくなってきたわよ」

「ええー!!　こんなモブ中のモブ、他にいないッスよ」

この後輩とは学園で出会ったのだが、百人に聞いたら百人ともが「あれ？　いたっけ？」となる顔立ちと気配のなさに王家の影にアヤトが推薦してぶち込んだ。

宰相からの情報によるとその才能をいかんなく発揮して、影の中でもトップクラスの実力者だという。そう、こんな感じでも実力者、のはずだ。

当の本人は、勝手に棚からお菓子を取り出して紅茶を入れてまったりとソファーでくつろぎ始めた。

「ちょっと、私の分は？」

「先輩も休憩ッスか？　すぐに入れます!!」

鼻歌を歌いながら、アヤトの分までいそいそと紅茶を入れ始めた姿を見て怒る気も失《う》せたので、アヤトもソファーに移動して休憩することにした。

ついでにこの後輩が乱入してきたことで今日はもう仕事をする気も失せた。残りは明日、気合いを入れて処理をしよう。

「で、私に伝言って？」

「あ、ディーン・ウィンダリアからで、僕の元に第二王子殿下が来ました、だそうッスよ」

「あらあら、今頃？　ギルドの方にも誰も来てないみたいだし、セレスちゃんのことをあまり深くは知らないのね」

セレスが信用して話していない。それがアヤトの中では第二王子の評価の全てだ。

「みたいッスね。実際、今日もディーン・ウィンダリアに好き勝手にからかわれてましたよ」

「どんな風に？」

「バカみたいな話ッスけど、第二王子がディーン・ウィンダリアに『ウィンダリア侯爵家にいるもう一人の姉であるセレスティーナ嬢』について聞きたいって言ったんスよ。で、お坊ちゃんの返答は『我が侯爵家にセレスティーナという名を持つ者はいない』だったッス」

「あらあら、うふふ。ディくんは嘘をついてはいないわねぇ、おほほほほほ」

セレスに育てられたわりには素直じゃないけれど、こういう時にはそのひねった感じが役に立つ。

嘘はついていないので、第二王子に対する不敬にもならない。

「君。ひょっとしてその軽い感じでディくんに接したの？」

「とんでもないッス。ちゃんとキリッとした大人の男性を演出したッスよ」

どこかに向かってキメ顔をした後輩君は、本当に王家の影なのか不安になる。

ぶち込んだのは自分だが、あの時はどうしてこの後輩に影の適性があるって見抜けたんだろう。確かな自分の目が怖い。

「ってか先輩、あのお坊ちゃん、どうなってんスか!? オレ、めっちゃバレてました！」

「おほほほ、誰が師匠だと思ってるのよ。私とあの家の執事さんよ？」

「つーか、あの人、なんであの家の執事やってんスか？」

ウィンダリア侯爵家を本格的に調べたら、真っ先にこっちの業界では有名な人が執事をやっていることがわかった。

何度かウィンダリア侯爵家にこっそり侵入してみたのだが、侵入するたびに帰り道にそっと夜食やおやつが置かれていた。初めて執事と対面した時には、とりあえず謝って逃げようと思ったくらいだ。むしろ逃がしてもくれなかった。

「さあ？ 私も久しぶりに会ったら小さい子供を連れて来て、この方が今日からお嬢様の師匠ですよ、とか言って問答無用で巻き込まれたわよ。おまけに師匠になるのを承諾してから『ウィンダリアの雪月花』だって言われたわ」

「うわー、先輩さえも軽く巻き込むその行動力。尊敬に値するッス」

初めて会った時から巻き込まれっぱなしで、挙げ句の果てに王家の影に放り込まれた身としては、アヤトを容赦なく巻き込む執事は憧れの存在となった。

「ところで、君、ディくんの専属になったの？」

「違いますよー。今日はたまたま弟くんの方に行ったんスけど、基本的には、お嬢さんメインッス。んでリド先輩がお嬢さんの護衛が出来ない時はオレが行くことになってるんッス。なので近々、お嬢さんに挨拶に伺いたいッス」

王家の影は当然ながら顔出しや身分の開示はしない。だが、後輩君はセレスに堂々と会うつもりでいる。

「護衛するには顔出しして一緒に行った方がいいんじゃないかって話になったんスよ。で、リド先輩がオレなら先輩方に逆らえないからちょうどいいって、お嬢さんの専属に指名して下さりやがりました」

「理由がソレなの」

「うぃッス。リド先輩とアヤト先輩にオレが逆らえるとでも思ってるんスか？　そんな自殺行為はしたくないッス」

「失礼ねぇ。リドと一緒にしないで」

「オレから言わせてもらえばどっちもどっちッス。ま、あの王子様から離れられたんで結果オッケーだったんスけど」

「相変わらず、第二王子のことが嫌いなのね」

「嫌ぃッス。実の父親にそっくりすぎてムカつきます。仕事はちゃんと割り切りますけど、個人的にはムリッス」

あの王子の父親の顔を思い浮かべると、どうしてもセットでその隣で笑っていたあの女の顔が思い浮かんでくる。学生時代、自分たちの将来を大きく変えてくれやがった少女。

ルークの実の父親は常に彼女と一緒に行動をしていた。ルークの父だけではなく、多くの学生が彼女に夢中になり、彼女の言うことだけを盲目的に信じていた。

彼女を非難することがおかしい、そう言われて常に敵対していた。

その集団の筆頭のような存在だったのがルークの父親だ。父にそっくりなルークの顔を見ているとどうしてもその横にいた彼女を思い出してしまう。

「あの女とセレスちゃんは全然違うわよ。第二王子がセレスちゃんに夢中になったからってあの時みたいにはならないわ」

「……うぃッス」

それもわかっている。あの女とセレスティーナ・ウィンダリアは似ても似つかない。だが、ルークと実の父親は似すぎていてどうしても過去のことが思い出される。

よほど厳しい顔をしていたのか、アヤトの指が伸びてきて額にデコピンをくらった。

「痛いッスよー、先輩」

「バカなことを考えてるからよ」

「ヒドイ！　可愛い後輩を労《いたわ》って下さいッス」

可愛い後輩とやらは、勝手に棚を漁《あさ》っておやつを食べたりしないはずだ。

「あ、そうそう。面白い話も持ってきましたッス。この間アイツ、リド先輩からローズ様にお土産持って行けって言われて固まってたッス」

後輩君の言うアイツとは宰相のことで、後輩くんとは同級生になる。

「……いつローズのところにお土産を持って行こうか迷いに迷って一月は過ぎるに一万ギル」

「さらに、自分もお土産を用意しないと、って気付いたはいいけど思い浮かぶのが今王都で流行《はや》ってる物ばっかりで、ありきたりすぎるってムダに考えまくってさらに一月は過ぎるに一万ギル」

「賭けになんないわね。あの子、どうしてローズのことになるとああなのかしら？」

「わかんないッス。最大のチャンスだったあの婚約破棄騒動の時に、ローズ様を口説けなかったのが拗《こじ》れた最大の原因ッス」

エルローズは定番の「みんなの前で婚約破棄」をされたのだが、その時、本人は扇の後ろでこっちに向かって親指を突き立てていた。元婚約者以外は、エルローズが婚約破棄をしたくてしかたなかったことを誰もが知っていた。

「あの子ってば、昔から自分が年下だからってうじうじ悩みすぎなのよ。その間にローズはしたくもない婚約をさせられた挙げ句、婚約破棄までされたのよ」

「そうッスよねー。どうせ今回もローズ様のところに行ったはいいけど、うまくしゃべれなくて落ち込んで帰って来るんスよ」

「ローズも似たようなものね。あの二人、向かい合って会話しても、今日の天気はいいですね、って雨の日に本気で言ってんのよ」

「二人ともツンが過ぎるッス。お互いが見えないところでデレても仕方ないッスよ」

はたして宰相がいつエルローズの元にリドからのお土産を渡しに行くのか見当もつかないが、せめて一歩前進してほしいと願ってはいる。

これでも三歩進んで四歩下がるすれ違いぶりを見せつけてくれているあの二人を、周囲はそれなりに心配しているのだ。

「もういっそ、王命とかで結婚させちゃえばいいんじゃないッスか？」

「で、すれ違いまくって家庭内が最悪の雰囲気になるのが目に見えるわ。その結果、しわ寄せがこっちに来るのよね」

結婚するならぜひお互いにすっきりと話し合いをしてからにしてほしい。なんとも言えない空気感が漂う執務室で二人は同時にため息を吐《つ》いたのだった。

◆

アヤトとちっとも進展しない二人の話をした数日後、今日も元気に先輩からこき使われた可哀想《かわいそう》な後輩くん（自称）は、ノックすることもなくその執務室の扉を勢いよく開けた。

「ちょっ!!　聞いてくれよ、今日もリド先輩は鬼畜だったよぉう!!……って何してんの？　リヒト？」

この部屋の主でありこの国の宰相である友人のリヒトは、机の上に両肘を突いて指を組み、その上に軽く顎を乗せるスタイルで、微動だにせずに机の上に置かれた書類を見ていた。

机の上のよく見える位置に置かれた丸く巻かれた白い布地に見覚えがある。

「……なんつーか、お前、やっぱりまだ迷ってんの……？」

確かあの布は、リドがエルローズに持っていけとリヒトに渡したお土産だったのではないだろうか。

何でも隣国の珍しい蚕から取れる、細い糸を職人が腕と時間をかけて織り上げた布だそうだ。白い布地に光が当たると様々な色になるという、隣国の王族でも一生に一度、その布で作った服を着られるかどうかというほど珍しいものだったはずだ。

これを貰《もら》った本人であるリドは、さほど興味はなさそうだったが、布を見かけた王妃が遠回しに欲しいと言っていた。ただ、リドはすでにこれをエルローズに贈ると決めていたようで、すぐに却下していたようだったが。

そして、親愛なるリドは、その布地をリヒトに渡してエルローズに持っていけとの命令を下していた。

「やはり、ラ・フローラのチョコレートがいいだろうか」

「あ、それこの間アヤト先輩が買ってきてくれたから、ローズ様とお嬢ちゃんと一緒に食べた。すっげーうまかった！」

「……それとも、プティの焼き菓子か」

「坊ちゃんが持ってきてくれたやつだ。ローズ様が自ら紅茶を入れてくれたんだけど、相変わらずうまかった。紅茶って入れ方一つで味があんなに変わるものなんだなー。ちなみにローズ様は少しふわっとした感じの焼き菓子が美味《おい》しいって言ってたぞ」

「……ベアルのケーキ……」

「お嬢ちゃんとローズ様がすっげー並んだって言ってた。一人何個までっていう個数制限があったらしくて、一緒に買いに行ったんだってさ。でもそのおかげでオレも食べさせてもらえたから感謝だよねー」

「ヨシュア！　貴様!!　どうしてローズと一緒にお茶してるんだ！　それにさっきは聞き流したが、ローズが自ら紅茶を入れてくれただと!?」

常に冷静沈着で一分の隙もない、と評される氷の宰相閣下が一瞬で崩壊した。

「ローズ様、お優しいんだぜー。オレのこともちゃんと覚えててくれたしさー。紅茶に関しては、ローズ様のこだわりが強すぎて、他の人が入れた紅茶だと納得してくれないんだって。めちゃくちゃうまかった。オレ、おかわりしたもん」

「ローズの入れた紅茶をおかわりした、だと……！　私は飲んだこともないというのに!!」

腹の底から出てくるような低いうなり声が聞こえてきた。

というか、ローズは昔から自ら入れた紅茶じゃないと納得しないので、学生時代の生徒会室で出されていた紅茶は全てローズが入れてくれていたはずだ。

「お前、ひょっとして生徒会に入ってた頃、休憩時間にローズ様が入れてくれていた紅茶に一切手を出してなかったのか？」

恐る恐る聞いてみたところ、リヒトはしっかりはっきり頷《うなず》いた。

「当たり前だ。もったいなくて飲めるか」

言い切ったが、ついこの間、こんなに美味しい紅茶なのに飲んでくれない人もいるのよね、と寂しそうにエルローズが言っていたのをヨシュアは思い出した。

「バーカ！　バーカ！　お前が飲んでくれないから、ローズ様がめちゃくちゃ寂しそうにしてたんだぞ!!」

このポンコツ宰相は、色んな意味でエルローズに対する態度が間違っている。なんでもっと素直になれないんだ。

これで思いっきりエルローズのことを口説いていればまだ救いはあるのに、いざ本人を前にしたら、学生時代は途端に無口になってそっけない態度を取っていた。

大人になった今はようやく言葉を交わすくらいは出来るようになったが、全く中身のない当たり障りのない話しかしない。

さらに言うなら会いに行くという決意をするだけで軽く一月は過ぎそうだ。

「あほらしー。あ、そう言えば、ローズ様、この間アヤト先輩に男の髪が長いのはうっとうしいって言ってたぜ」

「すぐに切ろう」

肩より少し長い髪の毛を後ろで束ねているリヒトは、迷うことなく髪の毛を切ると宣言した。

「でも、お嬢ちゃんの髪の毛を触りながら、絹のような触り心地ならずっと触っていたいって言ってたぜ」

「ヨシュア、今すぐ髪の毛に良いと言われている食材を片っ端から取って来い」

エルローズに触ってもらうために、あっさりと方向転換をして影を私用で使うことに迷いはない。

「オレ一応、王家の影なんだけどー」

「食材を集めるだけの簡単なお仕事だ」

これでいいのか、この国の宰相。上司（国王陛下）は面白がって許可をくれるどころか、さっさと集めて来い、と言って送り出してくれるだろう。

王家の影の仕事が髪の毛に良いとされる食材探しなんてやりがいがなさすぎる。

どこそこのあの食材が良いという噂を聞いたな、などどずっとぶつぶつ言っているリヒトにヨシュアは追い打ちをかけた。

「髪の毛さらさらにしたところでいつローズ様に会いに行くんだよ、このヘタレめ。マジで『貴女《あなた》に会いに来ました』って言って抱きしめればいいだけなんじゃねーの？　んでプロポーズでもしてこいや」

「…………」

ヨシュアの言葉をしっかり想像したのか、リヒトはその場で固まってますます動かなくなってしまった。

「おーい、リヒト？　オレもう帰るからな。ローズ様、王都の美味しいお菓子はほとんど食べ尽くしてるけど、そのリストの中だったらラ・フローラの月に一度しか販売しないっていうチョコレートを食べてみたいって前に言ってたぜ」

友人としての最後の情けでエルローズの有力情報を流しておいた。

後はもう恋愛ポンコツが仕事をするだけなので、これ以上、首を突っ込む気はない。

「マジで何でうちの宰相閣下は、政治のことはあれだけ優秀なのにローズ様に対してだけああなんだろ？」

固まったままの宰相を部屋に置いたまま、ヨシュアは首をひねりながら廊下を歩いて行ったのだった。

第四章　次女の拾いもの

学園を自主退学したセレスはそれほど朝早くに起きる必要はないのだが、『ガーデン』に住むようになってからは日課の庭の確認と水やりのため、それなりの時間には毎朝起きている。ただし、前日の夜に夜更かしした場合は別だ。

昨日はギルドにある資料室に面白そうな本があったので借りてきて、ベッドの上でずっと読んでいたらいつの間にか本を片手に寝落ちしていた。

それでも習慣というものは怖いもので、だいたいいつも同じくらいの時間になると目が覚めるはずなのだが、その習慣も本日は違っていた。

「……やっちゃった……」

キリのいいところまで読んで寝ようと思っていたのだが、思った以上に面白かったので寝落ちするまで本を手放すことが出来なかった。

そして一人暮らしをするようになってから初めて寝坊というものをしてしまった。といっても一人だし本日はお休みの日なので誰に迷惑をかけるわけでもない。

「あ、でも買い出しには行かないと……」

食料の買い出しに近くの市場に行くつもりだったので、セレスは起き上がってグッと腕を伸ばした。

まだ少し眠気が残っているので、ちょっと頭がぼーっとした感じはあるが、二度寝したら起きられる自信がない。

服を着替えて下の階に行くと、紅茶を入れて残っていたパンを食べ始めた。

そう言えば、「寝坊した場合は、パンを食べながら走ると曲がり角で運命の出会いがある」というのが知識の中にあった。寝坊はしてしまったが、今日は時間の縛りがないので走る必要がない。なのでこの知識はあまり役にはたちそうになかった。これは今度、まだ学生のディーンに教えてあげよう。それで本当に運命の出会いがあったら、ぜひともお姉さんに教えてほしいものだ。

「青春だねー」

別にディーンがそういう出会いをしたわけでもないのに、セレスの頭の中ではすでにディーンがそういう出会いをしたことになっている。ディーンが聞いたら、「姉様、妄想のしすぎです」と言われて呆《あき》れられただろう。

一人暮らしで困るのは髪を染められないことなのだが、先日侯爵家の侍女が来て綺麗《きれい》に染めてくれた。

何でもセレスの家に誰が行くかで揉《も》めたらしい。今回はいつもセレスの身の回りの世話をしてくれていた侍女が来てくれたが次回は別の侍女が来てくれると言っていた。順番でセレスの様子を見に来てくれることになったらしい。

ぐっと涙を堪《こら》えながら髪の毛を染めてくれた侍女は、そのまま家の掃除を手伝ってくれて簡単な食事まで作ってくれた。

今までセレスの周りには、彼女に愛情を注いでくれていた侍女や侍従たちがいてくれたのだが、こうして一人になると食事も寂じい感じがしたので、お願いして一緒に食卓を囲んでもらった。

いつも一緒にいてくれてありがとう、私を育ててくれてありがとう、そうお礼を言ったら侍女が「おじょうざまぁ……」と言って泣いていた。

屋敷に帰る彼女にディーンのことをお願いしたら、「坊ちゃまは……大丈夫ですよ」とちょっと間が空いて言われた。そのちょっとの間が何なのか怖くて聞けなかったが、侯爵家の方は執事と彼女たちに任せておけばきっと大丈夫だろう。

セレスの方は、先代が開いていたという薬屋をどうやって再開させるか悩み中だった。

アヤトの弟子とは言え、まだまだ駆け出しの薬師だ。主な収入は薬師ギルドに納めている薬品類だが、品質も一定の物を納めているのでそれなりの収入はきちんとある。アヤトと少し話したのだが、もし薬屋を再開させるのだとしても、店の規模は小さいので売る薬を絞っていこうということになった。

薬師ギルドは、基本的にある程度何でも対応出来る種類と量の薬を常備している。街の薬屋は、大きい店だと色々な種類を置いてあるし、規模の小さい店はその周辺の特徴に合わせた薬を置いている。

セレスも、この辺りの人たちがどんな薬を求めているのかまだわからないので、きちんと調査をして本当にここに薬屋が必要かどうかを検討した上で、再開させることを決めようと思っていた。

ちなみに先代の時は薬屋としても趣味全開だったらしく、当時のこの店は普通の店なら置かないような怪しい薬で溢《あふ》れていたとのことだった。

本当かどうかは知らないが、魅了の薬まで置いてあったという。ちょっと興味を持って調べたのだが、魅了の薬の害について載っている本はあっても、作り方が載っている本はなかった。

セレスの目指すお店は薬だけではなく、異世界のドラッグストアのようにお化粧用品にも力を入れようと思っていた。

セレスが絶対お店に置こうと思っているのが、異世界の知識の中にあった化粧水と乳液、それに美容液だ。

それらは、屋敷にいた頃に侍女たちにモニターになってもらいながら作ったもので、この世界ではまだないお肌の手入れのための物だった。

驚いたことに、この世界ではお肌の手入れは基本的に保湿成分が入った水のような物を肌に使うくらいで化粧水とかは一切なかった。お水もどうやらどこかの温泉水らしく、人の手で生み出している物ではないらしい。

そのことを初めて知った時、ちょうど良い感じのお年頃になっていたセレスは愕然《がくぜん》とした。ぷにぷにの幼児ならいざ知らず、お肌の手入れはちゃんとやっておかないと後に響く。

貴族令嬢だが令嬢っぽくない育ちをしていたセレスは化粧などもしていなかったが、普通の令嬢たちは幼い頃からお化粧をしてお茶会などに出向いているらしい。

化粧水や乳液などもせずに荒れたお肌をどうしているのかと聞いたら侍女がその温泉水を持ってきてくれたのだ。

これぱっかりはどんなに疑問を持たれようが早急に開発するべきだ、と他の薬よりも先に作り出そうと決意したセレスは、知識の中にあった異世界の化粧水と乳液、それに美容液をこちらの世界にある似た効果を持つ薬草などを使って作った。

試行錯誤の末に満足のいく物が出来た時は心の底から嬉《うれ》しかった。ついでにモニターになってくれていた侍女たちも大喜びだった。

正式に売り出されている物ではないので、あくまで試作品として侍女たちが使っていたのだが、ウィンダリア侯爵家では主の奥方と長女よりも侍女たちの方の肌艶が良いという逆転現象が密《ひそ》かに起こっていた。

一度最高品質のお肌の感触を知ってしまった侍女たちは、「給金は侯爵家から十分に貰《もら》っていますので」と言ってセレスからの給金を受け取ってくれずむしろ何かを期待するかのようにセレスを見ていたので、恐る恐る「美肌三点セットの現物支給でどうでしょう」と提案したところ大変喜ばれた。

試作品を渡してはいたのだが、侍女たちの悩みはお嬢様から貰った美肌三点セットがなくなった場合はどうすればいいのか、ということだったらしく、給金よりも美肌三点セットの方がよかったらしい。

その時に侍女が、「お嬢様、出来ればお嬢様のお店にこの美肌三点セットを置いていただきたいのですが。実は以前、私の友人にこの化粧水を少し分けたところ、後日、売っているお店を教えてほしい、と言われて困ってしまったのです。ですのでお嬢様、お店の片隅でもかまいませんので、これらを売って下さい」と必死の形相で言われたので、お店で売ることを承諾した。


のんびりと朝食を食べ終わった後に奥の庭を一通り点検してから、買い出し兼リサーチのために市場に行くべく表通りの扉を開けたところ、扉のすぐ横の壁に一人の女性がもたれかかっていた。

「……え……？　ちょ、大丈夫ですか!?」

顔色が悪く――というか少し青あざになっている気がする――今にも意識を失いそうな感じの女性と目が合うと、セレスはすぐに彼女のそばに近寄った。

「……お嬢ちゃん、あそこから出てきたってことは薬師かしら？」

「はい、そうです。なので少し触らせて下さい。青あざになっているところはなるべく触らないようにはしますが、ちょっとだけ痛いかもしれません。よければ中に入って下さい」

女性が頷《うなず》いたので、セレスは女性をゆっくり起こすと家の中へと招き入れた。

「ゆっくりでいいので歩いて下さい。はい、そうです」

歩き方もどこかおかしいので、足の方にも何かケガを負っているのかもしれない。

手持ちの薬を思い出しながら、セレスは女性を店舗側のイスに座らせて患部の確認を始めた。

「けっこう腫れてますね。大丈夫ですか？」

家の目の前で行き倒れていた女性は顔に青あざを作っていた。

聞いたら足もぶつけたらしく、痛みが引かないと言っていたので、セレスはイスに座った女性のケガの具合を見ていた。

「湿布を貼っておきましょうか。二日くらいで腫れは治まると思いますよ。骨までは折れていなさそうなので良かったです。それに顔の青あざも塗り薬をお出ししますね。痕が残ったら大変ですから」

骨が折れていたら骨が治りやすくなる薬を塗って固定しておくのだが、そちらだと薬特有の匂いがきついので嫌がる女性は多い。幸いこの女性は、腫れは酷《ひど》いが骨は折れていないので匂いのない湿布だけで済みそうだ。

さすがに顔には貼れないので顔の青あざには軟膏《なんこう》を塗ることにした。軟膏はお肌に良い成分が入っているものを使用した。こちらはリラックス効果のある匂いを少しだけ付けてある。

「ごめんなさいね。ありがとう」

さっきはうつむいていてわからなかったが、顔の左側に青あざを作っているとはいえ艶《あで》やかな色気を持つ綺麗なお姉さんだった。

「一応、ケガの原因をお聞きしても？」

「たいした理由じゃないわよ。私、花街でお店のオーナーをやってるんだけど……。あ、花街ってわかる？」

「あ、はい。まぁ、それは」

知識の中にもちろん入っているし、こちらでも花街のことは聞いたことがある。薬の中にはそういう系統の薬も多いのできちんとと勉強はした。

さすがに行ったことはないし、その手の薬も、今のところアヤトから作るのは禁止だと言われている。

「あら、そう。ま、薬師だものね。色んなお薬扱っている以上は当然よね」

「はい。それにそこが必要な場所なのだというのもわかっています」

「そうねぇ、色んな意味で必要な場所よねぇ。で、私はその中にある吉祥楼《きつしようろう》ってお店のオーナーをしていて、ユーフェミアって言うの。ちょっと昨日はたちの悪いお客様が来ちゃってね。お店の女の子守ろうとしたら階段から落ちちゃったのよ」

ころころと笑っているが、一歩間違えば大ケガを負ってしまう。ケガだけで済めばまだ良い方だ。下手をしたら死んでしまう可能性だってある。

「……無事でよかったですね」

下手に騒いでお店に何かあっては困る。だから彼女は、何でもないことのように言うのだ。

「そうねぇ。でもさすがに痛みには耐えられないからどうしようかと思って。で、最近この家に明かりが点《つ》いてるって聞いたから、あのへんた……じゃなくて、薬師が帰ってきたのかと思って薬を貰いに来たの。へんた……ちょっと変わった性格の薬師だったけど、腕は確かだったから」

言葉の中ですでに二回ほど「へんた……」という言葉が聞こえてきた。もう後に続く言葉は「い」しかないだろう。繋《つな》げると「へんたい」になる。

先代はどうやら「変態」だと思われる方だったらしい。歴代薬師ギルドの長って個性的な方しかいないんだろうか。

「えっと、申し訳ないですが、ここには私しか住んでいません」

「みたいね。でもお嬢ちゃんも薬師なんでしょう?」

「駆け出しですが。私のお師匠様が今の薬師ギルドの長なので」

「じゃ、アヤト様のお弟子さん?」

「はい、そうです。お姉様をご存じですか?」

「有名だもの。花街の女性陣より美人よねぇ。おかげで私たちはちょー嫉妬してるわね。憧れてもいるけど。ま、男性だけどね」

男性だけど花街のお姉様たちから見てもやっぱり美人な方なんだと改めて思う。

「アヤト様のお弟子さんなら腕は確かね。実際、この湿布を貼ったら痛みが和らいできたわ」

「まだ剝がしちゃだめですよ。少なくとも明日までは絶対貼っておいて下さい。換えも渡しますので痛むようならしばらくは貼り続けた方がいいですよ」

「ありがとう。おいくらかしら？」

さらっと値段を聞かれたが、まだ店も開いてないし、この湿布は試しで作ったものの残りなので売り物ですらない。けれど、薬師がお金を払える人から貰わないわけにはいかない。払える人からは貰い、時と場合によっては無料で治療する、それが薬師の基本的な考え方だ。

「そうですね。申し訳ないのですが、私はまだお店を開いてないんです。それも売り物ではないのでして……あ、お金の代わりに少しこの辺りのことを教えてくれませんか？」

値段はまだ付けられない。けれど何かを貰わないといけないので、情報料というかたちで払ってもらうことにした。

「これ、売り物じゃないの？　この軟膏、けっこういい匂いがするから売ってたら欲しいと思ったのだけど……。まあいいわ。この辺りの情報ね、どんなことを知りたいの？」

「この辺りの方たちが、どういったお薬を必要としてそうなのか教えて下さい。それから花街には薬師はいないのですか？」

この女性は、わざわざ花街から少し離れた場所にあるこの店まで来たのだ。花街の中に薬師がいるのなら、こちらにまでは来ないはずなのに来たということは花街、もしくはその近くに薬師がいないということなのだろうか。

「いると言えばいるんだけど……ほら、私たち女性特有のあれこれがあるからちょっと男性の薬師のところに行くのはイヤでねぇ。それで避けてたら、あちらもあちらで花街の女性は……みたいな感じでお互い避け始めちゃって……正直、関係はよくないわね」

花街の中にある薬屋は、先代の女性店主から孫の男性に代わったのだがどうにも行きにくくなってしまった。

何となく同じような考えになった花街の女性が避けたせいか、あちらも意固地になって花街の女性のことは診ようともしなくなった。

「お嬢ちゃんみたいな女性の薬師って珍しいからねぇ」

女性は月の魔力に影響を受けやすいらしく、普通の生活程度ならともかく、月の魔力を凝縮させた『月の魔石』は酷い人だと船酔いのように気持ち悪くなる。

大半の女性は月の魔石を持つと気分が悪くなるので薬師を目指すためには、最低限、月の魔力に左右されない人間じゃないと薬が作れないのだ。薬師ギルドの受付や事務のお姉さんたちはなるべく月の魔石には近付かないようにしている。

薬に混ぜてしまえば薄くなるので影響はまずないのだが、純粋な濃い月の魔力が平気な女性は案外少ないのだ。ただ、月の魔力が平気な女性は男性よりも相性が良いのか月の魔石に籠もった魔力を最大限引き出せるようで、女性薬師が作った薬の中には男性薬師が作った薬よりも効き目が良い物も存在した。

「そうですね。確かに月の魔力の問題で、女性の薬師は少ないですね」

「そうそう。お嬢ちゃん、この辺の情報が欲しいってことは薬屋を開くつもりなの？」

「はい。一応、開く方向で今は考えてるんですが」

「本当!?」

食いつき気味の言葉に、セレスはちょっとびっくりしながら頷いた。

「ならさっきの軟膏も売ってくれる？」

「あ、はい。あと、化粧水とかも売る予定です」

「化粧水？　何それ？」

「お肌に使うものなのですが……よければ付けてみますか？」

「悪いものじゃないのよね？」

「むしろお肌にすごく良いものです」

「やるわ!!」

目の前の女性は、お肌に良いものと聞いて即答した。お目々がきらきら輝いている気がする。

セレスは奥の棚から美肌三点セットを持ってきて、女性に渡した。

「これが美肌三点セットです。おおざっぱに言うと、お肌を整えて綺麗にしてくれます。使い続けるとお肌に張りが出てきますし、くすみがなくなったりします。……ここだけの話、お姉様もこれを使っています」

さっそく花街のお姉さんはお肌に付けてうっとりしている。

「……すごいわ。なんかいつもと肌触りが違う感じがする。それにこれ、アヤト様も使ってるの？　いつかあの美肌の秘密を知りたいって思ってたけど……こんな形で知られるなんて。いなくなったあの変態に感謝ね」

花街のお姉さんは、ついに先代の薬師ギルドの長のことを「変態」と言い切った。

セレスの考えは間違っていなかったのだが、出来れば間違っていてほしかった。これで薬師ギルドが全体でおかしな集団になってしまった気がしてならない。先代は「変態」で当代は「女性より女性らしい」と言われる男性だ。

「ここって案外花街から近いのよ。裏道を通ればこの近くに出られるから。だから、個人的には女性のものを中心に置いてほしいの。……ダメかしら？」

確かに女性の薬師が少ない以上、花街のお姉様の言うように、気兼ねなく女性が話せる薬師は必要なのかもしれない。

「この化粧水とかもいいわ。ぜったい何度も買いに来るから。ね、お願い」

お肌のトラブルの解消は薬師の役目だ。それにこれから先、基本的には一人で店番をしなくてはいけないので、女性のお客さんの方がセレスも相手がしやすい。

「この美肌三点セットなんて、うちの子たちは大喜びするわよ。他のお店にも宣伝しておくわ」

のちに行き倒れていた吉祥楼のオーナーが、花街でも実力者と言われる存在で、セレスが女性ものを中心としたお店を開いた後は、本当に常連のお客様として通ってくれることになるのだった。

吉祥楼のオーナーである女性は上機嫌で花街へ帰る道を歩いていた。

昨夜は変な客に絡まれたお店の女の子を守るために階段から落ちて大変だった。あちこちぶつけたせいで身体中《からだじゅう》が痛いし顔には青あざが出来るわで最悪の夜だった。

でも今日はそのおかげで貴重な女性の薬師に出会えた。しかも美肌三点セットをお試しで貰えたので、プラマイゼロどころかむしろプラスだ。

可愛《かわい》らしい女性薬師は、所作がとても綺麗だったので貴族出身だろうと思い聞いてみたところ、その通りだった。

「ねえ、貴女《あなた》、貴族の出身？」

「……はい。絶縁はしているので元、ですが。わかるものですか？」

「もちろん。所作がねぇ、やっぱり綺麗なの。幼い頃から礼儀作法を仕込まれてると、それがもう自然に出ちゃうものなのよ。うちの子たちにも教えるんだけど、どうしてもぎこちないの。私も貴族の端っこの家に生まれた身だから、自然に出来ているかどうかの違いはすぐにわかるわ」

お店では元貴族の女性が教育係をしているが、やはり幼い頃から仕込まれるのと大人になってから覚えるのではちょっとした仕草で差が出てくるという話をよくしている。

「お姉さんも貴族なんですか？」

「貴女と一緒で、元、ね。十年くらい前にまとめて貴族の処分があったんだけど、知ってる？」

「……知らないです」

「年齢的にそうよね。うちはその時に潰れちゃって。それからずっと花街で働いてるんだけど、やっぱり全然違うわよ。今になって貴族の教育ってすごい、って思うわ」

「そういうものなのですね」

少女は実感がない感じだったが、これから庶民に接していけばいつかわかってくるだろう。彼女はおそらく上位の家の生まれだ。一つ一つの動作が最上級の礼儀作法を仕込まれている感じを受けた。

吉祥楼のオーナーは知らなかったが、セレスの礼儀作法は王太后と離宮の侍女の皆さんによる指導なので、国内でも随一の厳しい礼儀作法を仕込まれていた。

「それにアヤト様のお弟子さん、か。アヤト様、私があの子の周辺に出没するのはお気に召さないかしら？」

くすくすと笑いながら女性は花街へと帰って行った。

◆

「そういうわけでお姉様、私、あそこで女性に必要な薬品や化粧品を中心としたお店を開こうと思うのですが」

いつものように薬師ギルドのアヤトの執務室でセレスは先日会った花街の女性からの言葉と、あの辺りに住む人たちからの情報を元に出した結論を伝えていた。

「そうね、確かに女性の薬師は少ないし、花街の薬屋は代替わりで男性になってしまったはずだから、女性中心のお店っていいかもしれないわね。セレスちゃんにはあの美肌三点セットをぜひ売り出してほしいしね。女性が気軽に行ける薬屋は貴重だもの」

にこにこと笑顔でアヤトは賛成してくれた。当然ながらアヤトも出入りするつもりでいるが、外見が外見なので問題も違和感もない。

「……花街の女性たちも相手にするつもりなんでしょう？　なら、今まで基本的なことしか教えてなかったけれど、そっち方面の薬についても詳しく教えなくちゃいけないわね」

「はい。私の方も色々と思うことがあるので、少し研究したいと思っています」

「余計なトラブル回避のためにも、本当はそっち方面の薬は成人してから、と思っていたんだけど、セレスちゃんが女性中心のお店を開くなら、必要になってくるものね」

女性の薬師が少ない上に薬師それぞれに得意不得意の分野がある。特にそっち方面の薬が得意な女性薬師ともなれば、貴族のトラブルに巻き込まれる可能性だってある。

そういう薬が欲しいのは一般庶民や花街の関係者だけじゃないのだ。むしろ貴族間のどろどろに巻き込まれる可能性の方が大きい。

ただ、セレスには王家の影が守りに付くし、薬師ギルドの長である自分もしょっちゅう店に出入りして牽制《けんせい》するつもりだ。

場所も先代の薬屋なので、セレスの後ろには薬師ギルドが付いていることを理解出来ないバカはいないだろう。もしそんなおバカがいたら、その家は確実に潰す。

「セレスちゃん、そっち関係の薬はどうしてもトラブルが付いて回るわ。変なお客が来たら売る必要はないからね。薬師ギルドの長に言えって言っていいから。それから花街の上役を紹介するわ。何かあればその人たちを頼りなさい」

薬師ギルドの長なんてものをやっていれば花街の上役との接点だって当然持っている。彼らだって自分たちのお店の女性たちを診てくれる女性薬師を下手なトラブルに巻き込みたくはないだろう。

「それと……吉祥楼のオーナーの女性と知り合ったって言ってたわね」

「はい。ちょっとケガとかされてましたけど、綺麗な方でした」

「そう……」

アヤトは少し複雑そうな顔をした。

「……彼女は大丈夫よ。これから先、セレスちゃんは花街の中に入って行くこともあると思うけど、万が一追われたりしたら吉祥楼に逃げ込むといいわ。花街の中であの店の存在は大きいもの。花街の上役の中に彼女も入っているから守ってくれるわ」

自分は彼女を誤解したまま守り切れなかった。むしろ傷つけてしまったと思っている。

その彼女が自分の弟子を守ってくれる存在になるなんて皮肉でしかない。

あの時以来、会うことはなかったが、彼女はきっと変わっていない。セレスの話だと相変わらず誰かを守って傷ついているようだった。

花街の上役になっても、自分が同席する場にはけっして顔を出さなかったが、これから先はひょっとしたらセレスの店で会うことがあるのかもしれない。

会った時には一度きちんと話をして謝罪をしよう、密かにそう心に誓った。

それにどうやら先代が不甲斐《ふがい》ない自分に代わって彼女を助けてくれていたようだ。

「あ、そういえばお姉様、その吉祥楼のオーナーのお姉さんが先代のことを変態って言ってたんですが……」

「……否定はしないわ」

たっぷり間を置いた後にアヤトは先代について否定しなかった。

「残念なお知らせをするけど、先代って私の師匠だから。セレスちゃんは孫弟子にあたるわね」

つまり、「変態」↓「外見女性（男性）」↓「セレス（ウィンダリアの雪月花《せつげつか》）」の師弟関係が出来上がっている。

「……私も何か変な特徴を持った方が……？」

「『ウィンダリアの雪月花』っていう立派な特徴があるわ」

「それって特徴なんですか？　表に出せないですけど」

「表に出せなくても、先代の孫弟子で私の弟子っていうだけで、何かやらかしても妙な納得のされ方をするわよ」

「……師匠が偉大だと大変だって言いますけど、師匠がおかしな方向性を持ってると弟子もおかしな目で見られるんですね」

「腕は確かよ」

間違いないのだが、きっと周りから見たら一緒に見られるんだろう。

師匠は尊敬しているし大好きだけど、歴代の薬師ギルド長はちょっと個性的な方が多い気がする。

過去に遡って調べたら墓穴を掘りそうな気がしてならない。

「セレスちゃん、別にどうしてもって決まっているわけでも何でもないんだけど、薬師ギルドの長って代々師弟関係ばかりなのよ。引き継ぎが楽っていうのと、出世したい人たちは宮廷薬師の方に行くからこっちに残った人間は、庶民か好きな薬を研究したいっていう薬バカな人ばかりだから書類が大っ嫌いなのよね。だから初代の長が押しつけられた役職を、代々弟子の中にいる貴族出身者に押しつけてるだけっていう感じなのよ。つまりこのままいくと、私の唯一の弟子で貴族出身であるセレスちゃんに、いつか薬師ギルドの長っていう地位が押しつけられるわけなのよ」

「ええー、イヤです」

薬師ギルドの長という地位がまさかの理由で代々受け継がれて、というか押しつけられていた。

確かに出世したいなら地位も名声も完璧な宮廷薬師を目指した方がいい。かといって庶民が薬師ギルドの長になると仕事柄どうしても貴族や富裕層の相手が多くなるので、礼儀作法や貴族間のアレコレを考えると危険ではある。

一貴族や一部の富裕層が薬師ギルドを独占するような事態は避けなければならない。

薬師ギルドの長は、貴族や富裕層相手にいかにうまく立ち回って薬師と薬を守るかが求められる。

「お姉様、私に出来ると思いますか？」

「大丈夫よ。にっこり笑って礼儀正しく却下すればいいだけだから。歴代の努力のおかげで薬師ギルドの長は触っちゃいけない何かになってるから」

それもどうかと思う。そしてやはり歴代の薬師ギルドの長は、個性的な方ばかりだったようだ。

第五章　次女と幻月の花

セレスとリドはのんびりと街道を歩いていた。

この街道は王都から続く道で多くの旅人が歩いている。街道ではたまに見回りの兵士たちとすれ違うこともあり、比較的安全な道として知られていた。

きょろきょろと物珍しそうにあちこち眺めるセレスを、リドは笑いを堪《こら》えた顔で見ていた。

「セレスはこの街道を行くのは初めてなのか」

「はい、こちら側は初めてです。反対側の山には行ったことがあるんですが、今回みたいに少し遠出をするのは初めてです」

反対側の街道の近くには山があり、そこには薬草が豊富に生えていて、なおかつ魔獣もいない安全な場所として知られているので、薬師たちはそちらに行くことが多い。それ以外の薬草は、腕に自信がない人が多い引きこもり集団なので、冒険者ギルドに依頼を出している。

セレスは師匠たちから、ある程度は剣の扱い方を叩《たた》き込まれているので、自分で取りに行くこともある。しかし本職に比べたら全然なのと、保護者と弟が危ないことにはうるさいので、基本的には冒険者ギルドに依頼を出すかディーンにお願いをしていた。

今回は向かう場所が街道沿いの比較的安全な村であることと、本人曰《いわ》くたまたまヒマだっただけ、というリドが一緒に行ってくれることになったので、セレスも少し遠出をすることにしたのだ。

セレスは知らないが、第二王子がディーンの元を訪れたので、さてどうしようかと保護者たちの話し合いが行われた。

結果、前々からセレスが見たがっていた薬草が花を咲かせる時期なので、ちょうどいいからその花を摘んでくるという名目で少しの間王都から出すことにしたのだ。

最初は後輩君が一緒に行く予定だったのだが、無理やりお休みをもぎ取ったリドが自分が行くと言い出したのだ。もちろん先輩には逆らえない後輩は喜んで譲った。

「こうなったらリド先輩のデートを陰ながら見守らせてもらうッスー！」

大変いい笑顔で言い切った後輩はその直後に先輩からグーパンを貰《もら》っていたが、今は文字通りそこら辺の影から見守っているだろう。

「でもよかったのですか？　リドさんもお忙しいのでは……？」

「大丈夫だ。何年も働きづめだったからな。少しくらい休んだところで文句は出ない」

心配そうなセレスにリドは微笑《ほほえ》んだ。

仕事に関しては問題ない。託した相手は仕事に関しては間違いなく優秀なのでしばらくリドがいなくても何とかなる。

それにそろそろ仕事を次代に譲っていこうと思っていたところなので、ちょうどいい期間が設けられた。リドがいない間、仕事をきちんとこなせるかどうか、帰ってからどうなっているのかを試す良い機会だ。

「貴重なお休みなのに、私に付き合わせてしまって申し訳ありません」

「俺としては楽しみだよ。それにこうしてのんびり外に出るのも久しぶりだ。セレスのおかげだな」

セレスは申し訳なさそうに言うが、そもそもセレスが王都から少し離れた村に行くと言わなければ、まだ馬車馬のように働かされていたかもしれないのだ。むしろ感謝しかない。

こうして王都から離れてのんびりと歩くのは本当に久しぶりだ。

「セレス、俺的にはいい気分転換だ。街道は安全だから、それほど危ない目にあうこともないだろう。むしろ、女性の一人旅に護衛とはいえ俺が付いてきたんだ。知らん人間から見たら俺がセレスを誘拐してきたかのように見えるかもな」

はははは、と上機嫌でリドは笑っているが、確かにそういう見方をされる可能性もあるのかとちょっと驚いた。

自分が成人しているように見えない外見をしているのは確かだし、実際まだ成人前だし、未成年が大人の男の人と一緒にいるだけで怪しさが倍増されているのかもしれない。

もちろんそんな心配は杞憂《きゆう》で、他の人から見ればリドが冒険者の格好をしていることもあって、旅慣れない少女とおそらく雇われたのであろう冒険者が仲良く談笑しているようにしか見えない。

二人が醸し出す雰囲気に見た人たちは何だか微笑ましく思っていた。

「馬車に乗ってもいいが、せっかくいい季節なんだ。こうして歩くのも悪くない」

目的地の村までは直通の乗り合い馬車も出ているが、あえてセレスとリドは徒歩で向かっていた。

徒歩の方が途中でのんびり出来るし、何かしらの薬草が見つかるかもしれないと思ってセレスが提案したら、リドは問題ないと言って請け負ってくれた。

セレスは最初、馬車で行くべきか迷っていたのだが、こちらの馬車はがたがた揺れるし、何より座り心地が悪くてお尻が痛くなる。

道も知識にある世界のように平坦《へいたん》に整地されていないので、すぐに車酔いならぬ馬車酔いしてしまうのだ。王都内のわずかな距離でも酔ってしまうので、普段から出来る限り徒歩で移動していた。

とはいえ薬師として馬車酔いに負けるわけにはいかないので、酔い止めの薬は新しく作った。自分で試して効果はあったのだが、まだ他人では試していないので何人かに試してもらって効果が確認出来たら売りに出そうと思っている。


今は村まで歩いて向かっている最中なのだが、こちら側の街道を歩くのが初めてのセレスが、すでにちょこちょこと寄り道をしていた。

日程的に余裕を持って組んであるため、大幅に遅れることもないので、リドはセレスの好きにさせていた。むしろ、こうして王都のすぐ近くという場所に来ることがなかったリドも、新鮮な気持ちで街道を歩いていた。

出かけるともなれば馬車で何日もかかるような遠出ばかりだったし、近場はせいぜい王都内だけだ。王都を出たすぐ近くの場所というのは案外盲点だった。

「俺もこの辺は歩いたことがないから面白いな」

「そうなんですか？」

「ああ、もっと遠くに行くことが多かったから。この辺だとせいぜい馬車から見た覚えくらいしかない」

「歩いていると小さな発見が多いですよね」

「セレスみたいに何でもかんでも珍しがることはないがな」

「初めて見たらあんなもんです！」

セレスは街道の途中にある石像を見てはしゃいでいた。王都から延びる街道は途中、いくつもの分岐点がある。

基本、分岐点ごとに石像が置いてあり、そこが分かれ道であることを示しているのだが、石像は設置した時代や統治者によって様々な形をしている。セレスはその一つ一つをじっくり見て、それがどの時代に作られた石像なのかを確認して楽しんでいた。

それに街道から少し離れると薬草の生えている森もあるので、少しだけ森の中に入ったりしていた。

リドは何の文句も言わずにセレスに付き合ってくれるので、我に返ったセレスの方が何度か反省をしているのだが、気になったものがあったらすぐにふらふらと近寄って行くのは止められなかった。

「別に時間に縛られているわけでもないしな、好きなように歩いて行こう」

「はい」

今日はもう少し先にある宿場町まで行って泊まる予定なのだが、まだ日が高いし、いざとなれば野宿する準備も持ってきている。

最近は机に縛り付けられての仕事ばかりだったので、こうして外で身体《からだ》を動かすのが楽しくて仕方がない。

今の仕事を次代に譲ったら、改めて冒険者として各地を巡るのもいいのかもしれない。

「セレスは、他の国に行ったことはあるのか？」

「ないです。でも、いつかは行ってみたいと思っています」

「そうか。その時はまたこうしてのんびり行こうか」

「……一緒に行ってくれるんですか？」

「ああ。もう少ししたら時間的余裕が出来るからちょうどいい。俺も直接、他の国を見てみたいんだ」

「なら、一緒に行きましょうね」

嬉《うれ》しそうに笑ったセレスを見て、リドもつられて笑顔になった。

本当にルークの趣味は良い。見た目だけならあの姉の方を選んでもおかしくはないのだが、ルークは外面ではなく、中身のセレス本人が気に入っている様子だった。

確かにこうしてセレスと話していると、現実問題のアレコレで荒《すさ》んだ心が癒やされてくる気がする。

歴代の『ウィンダリアの雪月花《せつげつか》』がみんなセレスのような雰囲気を持つ女性だったのだとしたら、王家の者が執着する理由がわかる気がした。

◆

チチチッという鳥の声が聞こえてセレスは目が覚めた。

「……知らない天井だ……」

取りあえず知識の中にある定番のセリフを言ってみた。それからぼーっとした頭で考えて、今が旅の最中だということを思い出した。

「そういえば、宿屋に泊まったんだよね」

昨日は日が落ちる前に宿場にたどり着いて、そこでリドが宿屋を選んでくれた。

冒険者ギルドとも提携していて、料理も美味《おい》しいと評判の宿屋で確かに地元の食材をふんだんに使った料理は美味しかった。朝食もパンなどを出してくれると聞いたので、お願いしてある。

セレスはもぞもぞと動いてベッドから抜け出すと部屋に備え付けてある洗面所で顔を洗った。

「やっぱり、ちょっと足が重い気がする……」

普通の令嬢と違ってセレスは普段から動いているので体力もある方だし、長距離を歩くのも慣れているつもりだったが、やはり一日中歩いて旅をするのは足への負担が大きい。

寝る前に自作した特製湿布を貼っておいたのだが、それでもまだ足が重い。

「うーん、もうちょっと旅慣れて体力を付けておかないと、他の国に行くのに苦労しそう」

リドと他国に行く約束をしたので、今から鍛えておかなくては。

それに薬草を求めて秘境と呼ばれる場所に行く日が来るかもしれない。それはそれでちょっとわくわくしてくる。

「帰ったら、もうちょっと鍛えてもらわなくちゃ」

師匠の執事にお願いしようと決めて着替えを済ませるとちょうど部屋の扉がノックされた。

「セレス、起きているか？　そろそろ朝食に行こう」

「はい。すぐに行きます」

宿屋の壁は薄いので、セレスが起きてごそごそと動いている気配は、隣の部屋に泊まっていたリドには丸わかりだっただろう。

起きてから少し時間が経《た》った頃にリドが呼びに来てくれたので、急いで仕度を済ませると部屋の扉を開けた。

「おはようございます、リドさん」

「おはよう。足は痛くないか?」

「ちょっと張ってます。湿布を貼って寝たんですが、まだまだ鍛え方が足りませんでした」

身体のどこにも異常がなさそうなリドはくすくす笑っていた。

「いい経験だな。普通は馬車で行くことも多いだろうから、そこまで鍛える必要はないぞ。むしろまだ成人前なのにこの距離を歩いている方がすごい」

いくら王都から比較的近い場所にある村とはいえ、乗合馬車が出るくらいには遠い。そこに向かって歩いて行っているのだ。足の張りだけで済んでいるのならたいしたものだ。

「そうだな。もっと鍛えたいと言うのならせめて身体が出来上がってからにしろ。成長期に無理に鍛えると、身体を壊す原因にもなりかねない」

「そうですね、あまり無理をしない程度に鍛えていきます」

意外と体育会系の気質を持つセレスなので、鍛えないという選択肢はない。無理をしない程度には身体を動かすつもりではいる。

「ほどほどにな」

一時期、自分も身体を鍛えることにはまっていたリドは、何となくその気持ちがわかるので無理には止めようとは思わなかった。鍛えすぎだと思ったら、アヤトやあの執事が止めるだろう。

何事も動ける身体というのは大事なので、引きこもったままよりはいい。

「朝食が済んだら出発しよう。今日中には目的地の村に着けるとは思うが、気になる物があったら言ってくれ」

「はい」

「しかしあの村でそんな薬草を育てているとは知らなかったな」

目的地の村は人口もそれほど多いわけでもなく、何の特産品もないごく普通の農村だと思っていた。

「基本は農業ですが、一部の人たちが薬師ギルドと提携して薬草を育てているんです。今回見せていただく幻月《げんげつ》という薬草は、根に鎮痛効果があるので王都には乾燥した根の状態で入荷してきます」

幻月は、花が薄い黄色をしていて、それが満月の晩に一斉に咲く。

その様子が地上に現れた月のように見えることから地上に咲いた幻の月、幻月という名になったのだという。

「どうしてその花を見たいと思ったんだ？」

薬師に必要なのは根の部分なので、花は関係ないと思うのだが、セレスはその花が見たくてこうして旅をしている。

「……ちょっと前に聞いた話ですが、その花が咲いた時に亡くなった恋人を見た、と言っていた方がいたらしくその話が気になって」

根に鎮痛効果はあるが、花に幻覚作用があるとは聞いていない。

その話を聞いた人によると、一部地域では、昔から幻月の花の咲く頃に死者が舞い戻る、と言われているらしい。

「ふーん、亡くなった恋人、ね。幻でもいいから会いたいと思うと出てくるのかな」

「わかりませんが、そこに囚《とら》われてしまったら抜け出すのはなかなか難しいと思います。本当に魂になってまで会いに来ているのならともかく、ただの幻に囚われるとなると問題かと」

「そうだな。ただ、幻月の花にそんな作用があるなんて聞いたことがない」

「私も聞いたことはないです。花が散った後、根に鎮痛効果が現れるので村では必ず花を咲かせているんですが、今まで死者を見たという話は聞いたことがありませんでした。その恋人を見たという方は他国から来た方だったらしいんですが、調べたら確かにそういう言い伝えがある場所もあったんです」

その言い伝えがある場所は点在していて、調べた限り共通点はなさそうだった。セレスは自身が『ウィンダリアの雪月花』という謎めいた存在として生まれているので、そういう不思議なことがあってもおかしくはないのかな、と思っている。今回はちょうど花が咲く時期なので見に行きたいと思ったのだが、よく考えたら特に会いたいと思う死者の方もいないので、セレスの前には何も現れない確率の方が大きい。

「月の女神セレーネ様の気まぐれかな。最後の未練を断ち切るための」

「それならいいんですけど。リドさんは会いたいと思う方はいますか？」

「うーん、いないな」

幻でもいいから会いたい、と思う人がいない二人は、今回の伝承の検証にはちょっと不向きな二人だった。

「どこまで本当かはわからないが、死者に会えるというのなら少し見てみたい気もするな」

「はい。私も怖いもの見たさと言うのが少しだけあります」

正直にセレスが言うとリドも「まぁ、そういうのもあるな」と同意してくれた。


朝食を食べ、宿屋を出発したセレスとリドは目的地の村に向かってのんびりと歩き始めた。

この辺りは開けた場所になっているので、街道から外れた場所のあちこちに大小様々な動物たちや畑などが見える。

家畜もいれば野生の動物たちもいて、見ているだけで時間を忘れそうだ。

「いいな、こういうのんびりした風景も。王都にいるとなかなか見られない光景だな」

「そうですね。王都は王都で人が生きてるって感じがして好きですが、こちらは自然の中で生きてるって感じがして全然違いますね」

「ああ、自然相手も大変だが、ずっと人の中で揉《も》まれているとたまにはこういう場所に行きたくなるな」

「リドさんも大変そうですね。でも確かに気分転換にはいいですね」

セレスはともかく、常に腹黒いやつらを相手にやり合っているリドとしては、たまにはこういう場所でのんびりしたい。嬉々《きき》として腹黒い相手とやり合っている宰相には必要なさそうだが、一般人のこっちには癒やしも必要なのだ。

宰相が聞いたら、「失礼ですが一般人ってどんな人たちか知っていますか？」と聞かれそうだが、気にしない。

後輩君が聞いたら、「リド先輩みたいな人は一般人にはいないッス」と全否定されるかもしれないが、他人が何を言おうと、自分はごく普通の一般人だと信じている。

分岐点に着くと石像があったので、早速セレスがその周りを熱心に見ていた。ここの分岐点の石像は女性をモデルにしているようだ。

懐から地図を出して道を確認すると、目的地の村の方向で間違いないし、村のすぐ近くまで来ている。

「今日中には着きそうだな。セレス、どうかしたか？」

セレスが石像をじっと見つめていた。

「リドさん、多分形的に、あの石像が持っている花が幻月の花です」

石像は胸の位置で一輪の花を抱いていた。色は付いていないが、形はこれから見に行く幻月の花そのものだ。

「へぇ、あれがそうなのか。小さそうな花だな」

「幻月は、膝くらいの高さの植物です。花は、私の握りこぶしくらいの大きさですね」

セレスが未成年の小さな手で握りこぶしを作ったのだが、立派な成人男性、しかも剣を扱う手を持つリドに比べると相当小さい。セレスの握りこぶしなど、リドの手の中に綺麗《きれい》に隠れてしまう。

「小さいな」

「はい。ですが群生していて、一斉に花を咲かせるそうなので見応えはあると思いますよ」

栽培されている花もそうだが、自然の状態でも幻月の花は群生して咲いている。

「石像に用いられてるということは、昔からこの辺にある花なんだな」

「みたいですね。基本的には森の中に生えているそうですから、村の近くに森があったら自然の状態で残っているかもしれません」

セレスが興味あるのはどちらかというと、森の中にある自然の状態の幻月の花の方だ。

なにせ、村で栽培し始めるよりもっと前から、幻覚、というか死者が戻ってくる、という伝承があるのだ。自然の方で何らかの条件が整っているのかもしれない。

「セレスは自然の状態の方が興味あるのか？」

「はい。栽培している農家さんは死者に会ったことはないそうなので、自然の中にある花の方が気になります」

幻月は一時期乱獲されていた時期があり、自然の中ではその数を減らしていると聞いたことがあった。

だが、栽培に成功し安定供給されるようになってからは自生している花の乱獲は減っている。

「そうか。なら、村で自生している場所を聞いて、そっちに行くか」

「いいんですか？」

「セレスの興味がある方に行けばいい。そのための護衛だからな。一応、それなりに腕に覚えはあるから、少しくらい強めの魔獣が出ても大丈夫だ」

森の中だと多少の危険はあるが、それほど奥まで行かなければリド一人でもセレスを守ることは出来る。昔はアヤトに無茶を言われて、アヤト曰く「ちょっと危険」、護衛からしてみれば「それなりに危険」な場所によく連れて行かれたものだった。

おかげで後輩君は泣きながら実践で剣を振るって強くなった。

今では良い思い出の一つなのだが、こうした積み重ねが後輩の「リド先輩とアヤト先輩には逆らいません！」という決意に繋《つな》がったらしい。

ちなみに同級生のポンコツ宰相にはしょっちゅうちょっかいを出しているのは知っている。学生時代から妙に気が合うらしい二人は、身分の垣根を越えての友人なのだが、後輩君は宰相をからかうことに常に全力で挑んでいっている。

氷の宰相閣下の氷点下の眼差《まなざ》しも彼には心地良いそよ風程度らしい。

「満月は明後日だな。なら明日の朝から森に入ろう」

「はい。今日は村で情報収集ですね」

「村人の中で、死者を見たという人がいればいいんだがな。そしたら死者を見る場所や時間が多少は特定されるんだがな……」

管理されている栽培された花では幻覚は出ないようなので、自然の花を探し出すしかない。

自然の幻月の花は、最近は少し増えてきていたらしいのだが、まだまだ乱獲前の最盛期を下回っている。森の中でも少し深い位置に行かなければないかもしれないが、村人が行ける範囲ならば問題ないだろう。

そんな風にたわいもない話をしながら歩いていると、前方から見回りらしき兵士が近付いてきた。

「あれ？　兵士の服装が違う？」

王都を出てから見かけた街道の見回りの兵士は基本、同じ服を着ていたのだが、村に近いこの場所で急に服装が変わった。

「うん？　あぁ、そうか。セレスはこちら側は初めてだと言っていたな。あの服装の兵士はティターニア公爵家の者だ」

ティターニア公爵家。四大公爵家の筆頭と言われている公爵家。軍事、政治、商売、全てにおいてトップを走る一族。だが、一番有名なのはそのどれでもない。

「この辺りはもうティターニア公爵家の領内だからな。公爵家の兵士たちが守っているんだ」

「ティターニア公爵家、薬のティターニア、ですね」

「そうだ。王国内の薬草の多くはティターニア公爵家の領内で採れる。薬師にとって一番用事のある場所だな。今から行く村もティターニア公爵家の領地だ」

「王都からけっこう近いんですね。もっと遠い場所だと思ってました」

「筆頭公爵家だけあって領地はものすごく広い。王都に近いとは言え、この辺りは公爵家の領内では端っこもいいところだ」

そうこうしている内に、見回りの兵士がこちらに気付いて近寄ってきた。

「こんにちは、お嬢さん、それに冒険者の方。本日はどちらに？　出来れば身分証を見せていただきたいのですが」

三人組の兵士の一人が代表して質問をしてきた。リドは冒険者の身分証を持っているし、セレスも薬師ギルド発行の身分証を持っているのだが、今回はギルド長であるアヤトが直々に身分証を発行してくれた。

「この近くの村にある幻月の花を見に行く途中だ。身分証はこれ。それからこの子は、薬師ギルドの長の弟子だ」

リドは慣れた手つきで、懐から冒険者の証《あかし》であるタグと身分証を取り出した。

「薬師ギルドの長……というともしやアヤト様の……？」

「そうだ。アヤトの弟子だ。薬師ギルドに問い合わせてくれてもかまわない。その身分証もアヤトが書いてくれた物だ」

「え？」

まじまじと兵士はセレスを見て、慌てて身分証の中身を三人で確認した後に丁重に折りたたんで返してくれた。

「失礼しました。アヤト様のお弟子さんでしたか。身分証もアヤト様のご記入された物で間違いございません」

さすがに薬師ギルドの長ともなれば、ティターニア公爵家の末端の兵士にまでその名を轟《とどろ》かせているようだ。

「村はもう近いのか？」

「はい。このまま真《ま》っ直《す》ぐ行っていただくと着きます」

「もう一つ聞きたいんだが、自生している幻月の花の中で死者に会った、という人間を知らないか？」

三人組は小さく何かを話し合った後、その内の一人が恐る恐るしゃべり始めた。

「……あのー、昔、森の中で死者に会ったことがあるって、うちのじい様が言っていました」

「森の中、か。やはり自然の方が出てくるんだな。ありがとう、助かったよ」

「いえ、これくらいでよろしければ。では、良い旅路を！」

旅人に言う定番の言葉を告げて、兵士たちはまた見回りへと戻って行った。

「やっぱり森の中なんですね」

「みたいだな。やはり明日は森の少し奥に入ろう」

「はい」

この道を真っ直ぐ行けば村にたどり着けるそうなので、リドとセレスは再び目的地の村を目指して歩き始めた。

ティターニア公爵家の領地に入ったからと言って今までの景色がそう変わったわけではないが、街道沿いにある森や草原の中にある薬草類の数が多くなった気がした。

「リドさん、ティターニア公爵家の領地に入ってから野生の薬草も多くなった気がします」

「ああ、そうだな。これが〝薬のティターニア〟と呼ばれる所以《ゆえん》の一つだよ。昔、ティターニア公爵家は王家に捕らわれていた『月の聖女』を助けたことがあるんだ」

「月の聖女、ですか？」

「そうだ」

リドの目が優しくセレスティーナを見ているが、『月の聖女』の別名は『ウィンダリアの雪月花』である。

王家に捕らわれていた月の聖女は、間違いなくセレスの先祖の一人だ。

「当時のティターニア公爵に助けられた月の聖女は、残りの時間をこの公爵領で過ごした。公爵家に守られて彼女は穏やかに過ごしたそうだよ。彼女が亡くなった後、公爵家の領地には今まで見たこともないような薬草類が生え始めたんだ。ティターニア公爵領にはまだ世に知られていない薬草も生えているらしい。薬師たちがこういう効果の薬草が欲しい、と思って探せばだいたい公爵家の領内で見つかることが多い。ティターニア公爵家が女神の愛娘《まなむすめ》である月の聖女を助けたから、女神がティターニア公爵家に祝福を与えたのだろう、と言われている。ティターニア公爵家はいつ何時、何があろうとも月の聖女を守る一族だ。月の聖女の願いならば何でも聞き入れるだろう」

それはまるでセレスティーナに言い聞かせているようだった。

もし何かあれば、自分が月の聖女である『ウィンダリアの雪月花』だと言ってティターニア公爵家に逃げ込め、と。

今は黒く染めているがセレスの髪の色は銀。銀の髪に深い青の瞳という容姿を持つのは『ウィンダリアの雪月花』しかいない。

本来ならばウィンダリア侯爵家が守るべき月の聖女なのに、今その役目を担っているのはティターニア公爵家なのだ。

「セレス、ティターニア公爵家の当代は王宮内でも実力者だ。〝薬のティターニア〟と呼ばれているように薬草に縁深い一族は、薬師を大切にしている。なので基本的に薬師は、貴族間の面倒事に巻き込まれるとティターニア公爵家を頼るんだ。何かあればセレスも頼るといい」

リドにはまだ自分が『ウィンダリアの雪月花』であるとは言っていない。なので一般的な薬師が知っておくべき話の一つとして教えてくれたようだ。

リドがどこまで自分のことを知っているのかわからないが、知っていて知らないふりをしていてくれるのなら、今はまだ甘えたままでいよう。

いつか堂々と『ウィンダリアの雪月花』です、と言う日が来るかもしれないが、自分から『月の聖女』です、と言うのは何だか気恥ずかしい。こちらでは当たり前の常識でも、異世界の知識が中二病感満載じゃん、と言ってくる。

「そうですね。もし何かあればお願いするかもしれませんね」

一応、今のところ将来的に薬師ギルドの長という役目を押しつけられる予定だ。

そうなったらティターニア公爵家に頼ることもあるのかもしれない。薬師ギルドの長+『ウィンダリアの雪月花』、という肩書きがあればティターニア公爵家がどこまでもやってくれそうで怖い。

「そうだな、今はまだその程度でいい」

リドはセレスに向かってそう言って微笑んだ。

◆

ティターニア公爵家の領地に入ってからセレスの寄り道は多くなっている。それも仕方がないことで、今も街道脇の草原の中に何か薬草を見つけたらしく、いそいそと採取している。

セレスは知らないが、ティターニア公爵領の薬草は全て『ウィンダリアの雪月花』であるセレスのものだ。なので好きなだけ摘めばいい。

月の女神の愛娘である聖女が久方ぶりに訪れたせいか、季節的にないはずの薬草まで頑張って生えているようでセレスが「あれ？」というような顔をして驚いている。

驚いてはいるが少し考えた後に、生えてるなら摘んでいいよね、と言いながら採取しているのを微笑ましく思って眺めていた。

しばらくの間、薬草を摘むセレスとのんびり歩いていたら、前方で大型の馬車が止まっていて、なにやら騒がしくしていた。

「セレス、こっちに来てくれ。しばらく傍《そば》を離れるな」

「はい」

前方の馬車の周りでは、複数の人間が忙しく道の脇に敷物を敷いていた。近付いていくと馬車の中から小さな女の子がぐったりした様子で従者らしき男性に抱えられて出てきた。

「あの子、どうしたんでしょうか？」

薬師らしく具合の悪そうな人を見ると診たいのかセレスが少しそわそわしている。くすり、と笑ってリドがセレスに近くに行ってみようか、と提案すると勢いよく頷《うなず》いた。

「あの、どうかされましたか？　旅の途中ですが、薬師ですので、もし具合が悪いようでしたら診ますが」

セレスが声をかけると、従者らしき男性が対応してくれた。

「薬師様ですか？」

「はい。王都で薬師ギルドに所属している者です」

「薬師ギルドの？　でしたらアヤト様のことはご存じですか？」

「もちろんです。お姉様は私の師匠ですから」

従者が「え？」というような顔をしてリドの方を見たので、リドは懐から身分証を出して従者に見せた。

「これはギルドの長直筆の身分証だ。意味はわかるな？」

「……！　もちろんです。失礼いたしました」

薬師ギルドの長直筆の身分証、それはティターニア公爵家の領地では特別な意味を持つ。それを持つ少女を疑うことは出来ない。

セレスの方は、敷物の上で青白い顔をしてぐったりしている女の子が気になって仕方なかった。

「少し診させていただいてもいいですか？」

「よろしくお願いいたします」

アヤト直筆の身分証を持つ少女だ。問題はない。いや、むしろティターニア公爵家が守らなくてはならない少女だ。

「お嬢さん、大丈夫ですか？　気持ち悪いのはいつからです？　馬車に乗ってからですか？　それともその前から？」

女の子が小声で「馬車に乗ってしばらくしてから……」と答えた。症状から考えてもまず間違いなく馬車酔いだろう。

「気持ち悪いようでしたら吐いてしまった方が楽になります。それから少し落ち着いたらこれを舐《な》めて下さい」

セレスが取り出したのは、小さな包み紙だった。

中にはラムネのような薬が入っている。これはセレスは作った酔い止めだった。

ラムネタイプにしたのは、子供が使うことも考えて、薬に少しだけレモンやライムのような味付けをして簡単に舐めるだけでいいお菓子のような薬にしたのだ。

今回の旅は、基本的に徒歩なので今のセレスには必要ない。もし必要になったのならまた作ればいいだけのことだ。

幸い、このティターニア公爵領では薬草に事欠かない。

「馬車酔いに効く薬ですので、口の中で溶けるまで舐めていて下さい。しばらくしたら気持ち悪さも治まってくると思います。完全に治まってから馬車に乗って下さいね」

「……でもまた、気持ち悪くなるのでしょう……？」

「いいえ、この薬はそういった気持ち悪さも抑えてくれます。今日はこれで大丈夫だと思いますが、予備を渡しておきますので、また馬車に乗るようでしたら出発前に舐めて下さい」

「……本当に？」

「はい。私も馬車酔いが酷《ひど》くて、この薬を作りました。味はレモンやライムで付けたのですっきりしますよ」

女の子のすがるような表情にセレスは優しく微笑んだ。

馬車酔いで困っている人が多そうなので、王都に戻ったらアヤトに相談して早めに売りに出した方が良さそうだ。使っている薬草もそんなに高いものではないので、お値段も良心的にいけるはずだ。

「ありがとう、お姉さん」

薬を舐め始めてしばらくすると、女の子の青白かった顔に少しだけ赤みが差してきた。女の子がセレスにお礼を言ってきたので、味の感想を聞いてみると、

「今はこの味がいいけれど、馬車に乗る前だったら甘い方が好きかも」

という返答だった。

好きな味は人それぞれなので、いくつか違う味の薬を作って売り出そうと決めた。

セレスが少女の手当をしているのを、少し離れた場所から見守っていたリドに従者が話しかけてきた。

「私どもはティターニア公爵家の分家に当たる家の者です。失礼ですが、護衛は必要ですか？」

アヤト直筆の身分証を持つ者はティターニア公爵家では守るべき対象だ。だが、今現在どの家にもその連絡は来ていないはずだ。来ていたのなら街道を行く自分たちにも知らせが来ている。

なぜならもし途中で出会った場合、守るべき最重要人物だからだ。

「必要ない。彼女のことは、今はまだ内密にしておけ」

「かしこまりました」

この青年にもどこか高貴な雰囲気を感じる。恐らく自分たちの知らない何かがあるのだ。

あのご当主のやることだ、巻き込まれないためにも言われた通り内密にするよう全員に口止めをしよう。

◆

その日、宰相の手元に届いたのは表紙に「㊙」と書かれてある報告書だった。

「……何だ、これは？」

渡してきたのは文官の振りをした影に属する人間だ。王家の影と呼ばれる存在の中でも上の方の役職に就いている、本人曰く「しがない中間管理職」のはずだが、こんなふざけた報告書を提出するような性格ではなかったはずだ。

「ヨシュアから届きました」

「……ちっ」

思わず舌打ちをしてしまった。あいつなら納得出来る。

『よしゅあの㊙報告書』


表紙をめくった一行目を見ただけで破り捨てたくなった。

『リド先輩とお嬢ちゃん、無事にしゅっぱーつ。でもお嬢ちゃんってばあっちこっちに寄り道ばっかりしてるんだよね。リド先輩、文句も言わずに付き合ってるんだけど、何あれ？　オレにはすっげー厳しいのに、リド先輩ってばめっちゃ優しいの。その優しさの何割かでいいからこっちに向けてほしいよね』

最初の数行を読んだだけで報告にもなっていないふざけた文章だった。お前に対する優しさは一割切っても問題ない。

「今すぐヨシュアを消してこい」

「ダメです。あれでもうちの中では優秀な人材ですから。それに閣下の唯一のお友達です」

笑顔で却下された。あとついでのように言われた「唯一のお友達」という言葉が妙に精神をえぐってくる。

確かに身分や利害関係抜きで付き合っている友人はあいつくらいだが、その強烈な言葉は精神をごりごりとえぐってくるものがある。

『お嬢ちゃんは分岐点にある石像に興味を持ったみたいだよ。いやー、それ以外は天気もいいし、ぽかぽか陽気で気持ち良かったから、オレは眠気との戦いに突入した』

勝手に突入してろ、そして爆《は》ぜろ。

『あ、リド先輩とお嬢ちゃんが無事にティターニア公爵家の領地に入って、末端の兵士に身分証とか見せてた！』

時々、重要報告を挟んでくるんじゃない。

だが、セレスティーナ・ウィンダリア。

『ウィンダリアの雪月花』が久方ぶりにティターニア公爵家の領地に入ったか。

『ちゃんとリド先輩が兵士にアヤト先輩の弟子で先輩直々の身分証だって伝えてたよ。途中で分家のお嬢ちゃんが馬車酔いしてるところに遭遇して美味しそうな薬を渡してた。酔い止めだってさ。俺も欲しいー』

お前、酔うのは酒だけだろうが。それも常人の何倍もの酒を飲まないとほろ酔いにもならないくせに何を言ってるんだ。

セレスは、表面的な言葉だけ聞いて理解していれば何の問題もない。薬のティターニアの領内に薬師ギルドの長の弟子が来た、ただそれだけのことだが、ティターニア公爵家に属する者には違う意味を持つ。

今も昔もアヤト直筆の身分証を持つ者は公爵家が守るべき最重要人物とし認識され、そのことは末端の兵士にまで徹底される教えだ。

本来ならその身分証を持つ者が現れた場合は護衛が付くことになっている。堂々と護衛するか隠《おん》密《みつ》にするかはその時の状況次第なのだが、今回は秘密裏に護衛が敷かれる事案だ。なにせ、ティターニア公爵家の現当主である自分からの連絡が一切ない。

当主の連絡がないのに現れたアヤト直筆の身分証を持つ者。それは緊急事態の可能性も秘めている。

「さて、私のところにいつ連絡が来るかな」

通常ならば半日以内に連絡が来るが、ここのところ戦争もなく大型の魔獣の討伐もない状態なので、騎士や兵士たちのたるみ具合を見る良い機会だ。

試されるのは騎士や兵士、その司令官たちだけではなく、ティターニア公爵家そのものが試されている。

本家や分家の人間の内、誰がどういう行動を起こすのか、その動き方によっては処分しなくてはいけない者も出てくるだろう。

そして王家。

リドが単独でこれだけの長期間、王宮を不在にするのは初めてのことだ。

リドが不在の間、後継者たる青年はそれをカバーして周りの人間をうまく使いつつ、自身が利用されないように出来るのかどうかを試されている。

もちろん政務に関しては、宰相である自分が見ているので下手なことはさせない。

リドは今回の出来次第でその地位を譲るのを早めるつもりでいる。後継者である青年もそのことは重々承知しているだろう。

元々、自身は正統な後継者が育つまでの中継ぎだと宣言しているリドなので、王宮全体で「いつかは……」という思いもあった。

ただ、リドが優秀すぎる中継ぎだったので、もう少しという声が無きにしも非《あら》ずの状態だ。

後継者の青年、リドが不在なのを好機と見て動き出す者たちと王妃。いくら自分の息子が王位を継ぐことが決まっているとはいえ、何かしらの動きをする可能性は高い。

「さて、こちらも誰がどう動き出すのか……。しかし、やはりあの二人は嫌だな」

自分たちのことを一般の薬師だの王宮の魑魅《ちみ》魍魎《もうりょう》たちとやり合うのは苦手だのと言ってこっちに押しつけてきたくせに、こういう機会は逃さず平然と策謀してくる。どうせ自分が知らない罠《わな》もいくつか仕掛けているに違いない。


セレスティーナ・ウィンダリアがちょっと王都からお出かけする。

言葉にすればただそれだけのことなのに、便乗が過ぎる。

どうしてそれを好機と捉えて各方面に一斉に罠をしかけるのか。

「閣下、『ウィンダリアの雪月花』の不文律には抵触しないのですか？」

「しないだろう。セレスティーナ・ウィンダリアの身を案じて王都から出しただけだ。ティターニア公爵家の内情も王宮内のことも彼女には何の関係もない。何の関係もないところで、他者が勝手に自滅していくだけだ。本人は好きに観光でもして、リド先輩やヨシュアがしっかりと守っていればいいだけの話だ」

セレスティーナは自由に動いて心の赴くままに好きな薬草に触れていればいい。幸い行き先は薬のティターニア公爵領だ。彼女が興味を引かれるものはたくさんあるだろう。公爵領の薬草は全て彼女が自由にして良いものなので、好きに摘んで持って帰ればいい。その裏で蠢《うごめ》く者たちを始末するのはこちらの役目だ。

「影たちは先行してティターニア公爵家の領地に入っておりますが、しかし閣下……損な役割ですなぁ」

しみじみと影に言われた。

「あの兄を持った時から諦めている」

つまり生まれた時から諦めていることになる。

アヤト・ティターニア、ティターニア公爵家の嫡男として生まれ、本来なら今頃公爵位を継いでいたはずの人間。公爵なんかになったら大好きな趣味の服が着られないし薬草作りが出来ない、とかいうふざけた理由で弟である自分に爵位を継がせた稀代《きたい》の策士と言われた兄。だが、その影響力は各方面に伸びており、なんなら貴族だった時より今の方が大きい。

「所詮、私もお前たちもあの二人の操り人形に過ぎん」

「はっはっは、困ったものですな。ですがあのお二方は、こちらが心地よく踊れるようにして下さいますから嫌いにはなれません。同じ操られるなら楽しくさせて下さる方がいい」

「違いない」

これから水面下で色々と動かなければならないのだが、それも仕方ないと諦めている二人は大人しく仕事に戻った。

◆

大人たちの思惑など知らないセレスは、これから「本家のお兄様」に会いに行くという少女と分かれて再び歩き出した。

「リドさん、あの子、可愛《かわい》かったですね」

弟しかいないセレスは、自分より年下の可愛らしい少女に出会えてご満悦だった。

「セレスも十分可愛いよ」

「……さらっと言われてちょっと恥ずかしいです……」

可愛い、と言っただけで少し顔を赤くして背ける姿も可愛らしい。本人にこれ以上言うと、逆にすねそうなので言わないが、リドは本気でそう思っていた。

確かに酔い止めが効いて少し元気になっていた少女は、綿菓子みたいなふわふわした可愛らしい印象だったが、リド的にはよくいる貴族の女の子といった感じでしかなかった。

その点、セレスティーナは出会った時から間違いなく貴族なのだが、持っている雰囲気といったものが少し違う感じを受けた。

少女とその一行は、名前こそ名乗らなかったが、「本家のお兄様」に会える程度にはティターニア公爵家の分家の中でも地位が高い家の出身なのだろう。

「本家のお兄様」とやらは恐らく今頃、王宮で缶詰状態なので会えるかどうかはわからないが、公爵家の中でもより本家に近い家はさすがにきちんとしているようだ。

「セレスはあんな感じになりたいのか?」

「……可愛らしくてちょっと憧れますが、私では持ってる雰囲気が少し違う気がします」

「セレスはふわふわと言うよりは、真っ直ぐな感じだな。ドレスも甘めよりは少し大人びた雰囲気の物でも着こなしそうだ」

「ローズ様にも言われました。デビュー用のドレスを楽しみにしていて、って言っていましたが、試着する日、私は無事に帰って来られるんでしょうか……?」

だいたいいつもローズとお針子のお姉さんたちに捕まって着せ替え人形と化しているのだ。日常で着る服でも一騒動になるので、ドレスともなればもの凄《すご》く大変な気がする。

平民になったのでデビューする予定はないけれど、せっかくのローズの好意を無にする気もないので、その日はどこまでも付き合う気ではいる。

ずだ。
「そうか、その日は監視を送り込もう」
エルローズの監視役として「本家のお兄様」を放り込もう。きっと双方ともに感謝してくれるは
ずだ。
そうやってたわいもない話をしながら歩いて行っているうちに幻月の花を栽培している村に着い
た。セレスは、たくさんあるまだ蕾《つぼみ》の花を見ていると目を輝かせて喜んでいた。
「リドさん、あれが幻月の花です。あの状態でまだ蕾なんです」
形は知識でいうところのチューリップの花に似ているが、チューリップの花が咲いているような
形は幻月の花ではまだ蕾状態に当たる。
幻月の花は外側の大きな花弁の中にさらに幾重もの花弁がぎっしり詰まっていて、開花する時は
それが一斉に薔薇《ばら》の花のように広がって咲く。外側の厚めの花弁は茎につくぐらいまで垂れ下がる
のが特徴だ。
「石像だと色が付いていなかったから葉だと思っていたんだが、外側も花びらなんだな」
「はい。上から見ると下の茎は一切見えなくなります。これが群生して花が咲く様子を、一度見て
みたいと思っていたんです」
「自然の状態でもこんな感じなのか？」
リドが問いかけたのは、この村の村長だという壮年の男性だった。
「そうです。森の中にいくつか自然に群生している場所がありますが、どこもみんなそんな感じで

す。隙間なく咲くので地面も見えません」

「で、死者が戻ってくるというのは本当か？」

開花する様子も見たいがセレスの本命はそっちだ。

「……どうでしょう。確かにそう言った話は聞いたことがあります。それに、どうも一度会ったからと言って、何度も会うことが出来るものではないそうです」

「どういうことだ？」

「昔、祖母から聞いた話では、幻月の花が咲いている時に死者に会えるのは運が良い一握りの人間だけ。次に同じ場所、同じ時間に行ってもそこにはただ幻月の花だけがあり死者には二度と会うことは出来ない。ただ、死者が出てくるのは必ず満開になった時だけ、なんだそうです」

「栽培している花ではそんなことはないんだな」

「はい。村の中で会ったという者はおりません。会ったことがある者は、森の中に行った者だけです。それも昔の話で、最近は死者に会ったという話は聞きません」

「そうか、ありがとう。森の中の幻月の花を見たいんだが、場所は教えてもらえるのか？」

「はい。村の入り口を出てすぐの森の道を道なりに行って下さい。途中で小さな湖があるんですが、道とは湖を挟んで反対側に獣道のような狭い道があります。その奥まった場所がこの辺りで一番大きな群生地ですね。森の少し奥の方になるのでちょっと遠いですが、行く価値は十分にあると思いますよ」

村長は隠すこともなく教えてくれた。

村の中でこれだけ栽培出来て安定供給しているので、自然の中の幻月の花をわざわざ取っていく必要もない。見に行くのはセレスのような好奇心を持った人間だけなのだろう。特に群生地を秘密にしているわけでもなさそうだった。

「セレス、少し買い出しをしに行こう。それから森に出発だ」

「はい」

一通り栽培されている幻月の花を見て満足したのか、あちらこちらにふらふらすることもなくセレスはリドの傍に帰ってきた。

「全部咲いたら綺麗な金色の絨毯《じゆうたん》みたいになるんでしょうね。幻月の花は三ヶ月間の間、満月の時にだけ花が全開に咲いて、それ以外の時は、さきほどの蕾状態で待機しているそうですよ」

「一度咲いてから、また閉じるのか？」

「はい。雨や曇りで満月が見えなくてもきちんと咲いているそうですよ」

植物の本能として咲く時をわかっているのか、満月が見えなくても花は咲いている。そして花の季節が終わると今度は根に養分を蓄える。そして、その養分が鎮痛効果のある成分を持つ。薬師たちの用事があるのは根の部分だけなので、花をわざわざ見に来る者は少ないとのことだった。

「残念だな。絵の才能でもあれば金色の花の中にいるセレスの絵の一つでも描いてやれるんだが」

「……私もリドさんの絵を描くのは、無理そうです……」

リドの絵の才能はわからないが、服の絵を描いたにもかかわらずエルローズから言葉での詳しい説明を求められた以上、自分が〝迷画伯〟であることは承知している。弟の可哀想《かわいそう》なものを見るような目も忘れられない。

「金色の花……金色の……よ、予言出来る大ばば様を捜して来た方がいいのかな……？」

自分で言った言葉で思わず知識の中にある、あの有名なシーンを思い出してしまった。

「予言？　何のことだ？」

「何でもないです！」

リドの疑問に慌てて頭を横に振った。予言が出来る大ばば様はここにはいないし、腐海《ふかい》もない。あるのはきちんと循環していて人も行ける健全な森だけだ。ちょっと魔獣が出没するが、それはこの世界では一般的なことなので問題ない。

「そうか。なら買い物をしてから行こう」

「はい」

今度こそ準備のために村にある何でも屋のようなお店に行き、道具と食料を揃《そろ》えると二人は森の中に向かって出発した。

森の中と言っても何の道もない場所ではなく、人が通る道はきちんと整備されているし地図もある。

森の中では、魔獣もこういう人が通る道にはあまり出ない。小型、中型までならともかく、大型の魔獣が出たら緊急事態なので、すぐに近くの兵士に知らせるのが旅人の常識だ。

もっともそこまできちんとたどり着けるかどうかの問題はあるのだが。

大型と一括《ひとくく》りにしているが、その大きさは様々なので場合によっては国軍を投入しての一大討伐戦になる時もある。幸い、ここ数年はそんな被害は報告されていないようだが、いつ現れるかわからないので、毎年その予行練習は各地で行われている。

もちろんここ、ティターニア公爵家の領地でも行われているが、最近少したるんでるんじゃないか、と一部の声が出てきたので今回の計画が練られたのだ。

少し周囲の気配を探ると、お馴染《なじ》みの王家の影の気配とは別口の気配を感じる。これがティターニア公爵家の手の者だろう。

「今日は、もう少し先にある湖の傍で野宿しよう。夜も天気が良さそうだし星が綺麗だろうな」

「王都だと夜でもそれなりに明るいですからね。森の中で満天の星空を見るのって憧れです」

ここにいるのはセレスとリドだけ（表向き）なので、どれだけ星空を堪能しようとも咎《とが》められることもない。

森の中にある湖の傍でキャンプしながら満天の星空を眺める。しかも隣には絵になる美形付き。

絵は描けないので、カメラが欲しい。知識の中にある高性能のカメラが今、切実に欲しい。

王都に戻ったら知り合いの魔道具屋さんにぜひカメラを作ってもらおう。

そう心に誓っているセレスと違って、リドは少しだけズルをしていた。現在来ている影の中には絵がうまい者もいるので、彼は護衛の任をいったん解かれて、せっせとセレスの絵を描いている。

ヨシュアを通じて、アヤトからもぜひ欲しいと言われているので気合い十分に描いているらしい。

出来上がったらセレスにも一枚進呈しようと思っている。弟くんやエルローズも欲しがるだろうから少し多めに描いておくように指示は出してあるので、後は描いている影の腕前次第になるだろう。

湖までの道は脇道などない一本道だったので迷うこともなく、夕方には二人は湖までたどり着いていた。

テントを張り、買ってきた食材で夕飯を食べる頃にはすっかり周りも暗くなっていて、見上げた星空は思った以上に綺麗だった。こちらの世界は知識の中にある世界とは違い、普段住んでいる場所でもそれなりに綺麗な星空を見ることは出来るのだが、やはり空気が澄んだ場所では全く違う星空が見える。

「すごいです……圧倒されます」

「そうだな。ここはそれほど標高の高い場所でもないのに星が綺麗に見えるな」

「空気に澱《よど》みがなくて、とても綺麗なんですね」

「ああ、綺麗だな。だが、子供はもうそろそろ寝る時間だ」

ご飯を食べて星空を見ながらお喋《しゃべ》りをしていたので、それなりの時間になっている。明日も歩くのでリドはセレスにテントで寝るように言った。

「途中で交代しますから起こして下さい」

リドがこのまま夜番をすると言ったので、セレスが交代を申し出たのだが、当然ながら却下された。

「大丈夫だ。これでも一応、冒険者だからな。一日くらいは寝なくても保つ。それに完全に起きているわけじゃなくて、少し仮眠をとるつもりではいる」

仕事が立て込んでいる時などは二日だろうが三日だろうが徹夜するし、なにより自然の中で徹夜する方が書類に囲まれた閉ざされた空間で徹夜するよりもよほど精神的には楽だ。それに、影たちが見張っているのもわかっているので、木にもたれながら仮眠する予定でいる。

「ですが……！」

それを知らないセレスが純粋な好意でそう言ってくれているのはわかるが、未成年の少女一人に夜番させるのは大人の男の矜持《きょうじ》が許さない。

「セレスはゆっくり寝て、明日に備えてくれ。と言っても納得してない顔だな。じゃあ、明日の朝ご飯を作ってくれるか？　セレスが作っている間に少し休むから」

万が一、夜の間に何かがあったとしても、未成年の少女一人に対処出来ることなど少ない。陽《ひ》が昇れば危険度は減るので、食事を作っている間に少し身体を休めると言っておけばセレスの罪悪感も少なくて済む。

「いいんですか？」

「むしろ、セレスが一人で夜番をしている方が気になって仕方なく、結局眠れないままだろう」

「確かにそうかもしれないです……」

生憎《あいにく》、魔法チートとか戦闘チート的なスキルは付いていないので、何かあれば今のままのセレスで対応するしかない。そうなると確かに何も出来ないだろう。

「わかりました。では、お休みなさい」

「はい、おやすみ。良い夢を」

子供の寝かしつけに定番の言葉を投げかけると、セレスはこくりと頷いてテントの中へと入っていった。

しばらくするとテントの中で動いている気配がなくなったので、ちゃんと眠れたようだ。今までは宿を使っていたので、慣れないテントで寝られるのかと思っていたが杞憂だったようだ。

「リドせんぱーい。見てきましたよー」

木の陰からひょこっと顔を出したヨシュアが小声でしゃべりつつもしっかり気配は消して近付いてきた。

「……近い……」

小声でしゃべっているので、リドに聞こえるように近付いてきたヨシュアが思った以上に近くに来た。

「しょうがないッス。お嬢ちゃんを起こすわけにもいかないッス」

ヨシュアなりの配慮だったようだ。

「それで、どうだった？」

「村長の言ってることに間違いはないッス。この先に幻月の群生地がありました。三方をちょっとした崖に囲まれた場所で、まあまあな巨木もありましたッス」

「危険は？」

「今のところないッスね。幻月の花しかない場所なんで、お嬢ちゃんみたいに自然の幻月の花に興味がなければ誰も近付かない場所ッスよ」

森の中とはいえ、ティターニア公爵家の警備は行き届いているので、盗賊などはいないようだ。危険な魔獣もいなそうなので、明日は順調に進むことが出来るだろう。

「お嬢ちゃんの足でも、休憩しながら歩いて夕方頃には着けると思うッス。一応、あっちにも見張りは立ててきましたから、何か危険なことがあったらすぐに連絡が来る手はずッス」

こんな感じでもちゃんと仕事はこなすので、少々おかしな言動と言葉遣いは見逃している。

「ヨシュアは誰か会いたいと思う相手はいるのか？」

「そうッスねー、死んでんのに会いたいと思うような相手はいないッスね。仮に会えたとしてもめっちゃ文句言って終わりそうッス」

へらっと笑ってヨシュアが放った言葉に目からうろこだった。

「……そうか、好きだからもう一度会いたい、とかじゃなくて、くっそ文句言いたいから会いたいっていうのも有りか」

死者に会える、という言葉で「大切な」とか「愛する」とかいう言葉が最初に付くのかと思い込んでいたが、文句を言いたいからという理由も確かにある。会いたい理由が愛情なのか憎悪なのかはその人次第だ。

「関わりのある人間が出てくることに違いはないが、必要なのは愛情ってわけでもないのか」

「そうッスね。思いを残してるだけなら愛情じゃなくてもいいと思うッス。文句を言いたい相手ならちょー頭に思い浮かぶんですが……純粋に、ただもう一度会いたい、と思う人は思い浮かばないッス」

ぽりぽりと頬をかくヨシュアは、たまにこちらの想定外の意見を出してくる。

「あ、そういえば、リヒトんところに連絡がまだ来てないらしいッス。どこの誰が止めてるのか探ってる最中らしいッスけど、リヒトがいい笑顔だったそうッス！」

「……そうか、いい笑顔だったか……」

二人の感想は「相手、終わったな」だった。宰相閣下は、なぜかぶち切れた時に一番良い笑顔が出る。心の底からの笑顔に見惚《みと》れる貴婦人も多いのだが、リヒトの本性を知っている人たちから見れば一番要注意の時の顔だ。

「うちの上司（本人曰く、しがない中間管理職）も、今現在、宰相室に駆り出されて書類と格闘してるらしいッスよ」

「ああ、あいつか。あいつ、妙に書類の整理とか処理能力が高いんだよな」

何度かこっちの書類仕事を手伝ってもらうために部署異動を打診したのだが、本人が影の仕事を気に入っているらしく、お手伝いはするけれど部署異動は拒否します、と言って断られた。

仕方がないのでその都度、お手伝いをお願いしている。

今回はリヒトの補佐兼影たちとの連絡係として、宰相の執務室に置いてきた。

「他の動きは？」

「今んところないッスねー。先輩がいつ帰ってくるのかの探り合いの最中です」

リドのだいたいの日程を知っているのはほんの数名だけなので、動いている人間は少ないようだ。

「多少は流せよ」

「もうそろそろ色んな噂《うわさ》が駆け巡ってるんじゃないッスかね」

噂の出所はよくわからないだろうが、帰る頃には面白い噂話が流れているかもしれない。

「そういえば、ウィンダリア侯爵がリヒトんとこに来たらしいッス」

「何の要件でだ？」

「上の娘さんを第二王子殿下の婚約者に、って話だって言ってました」

「……ルークが夢中なのは次女の方だが？」

「お嬢ちゃんの存在そのものを忘れてたみたいッス」

ヨシュアは少し困惑気味で答えた。前々からちょっとそうじゃないのかな、という感じで見てはいたのだが、今回リヒトがウィンダリア侯爵と直《じか》に話したことで確信が持てた。

「……『ウィンダリアの雪月花』が一族を見放し始めたのか」

「たぶん、としか言いようがないッス。何せ不可思議なことが多すぎて。どうも侯爵夫人は、上の娘さんを『ウィンダリアの雪月花』だと言ってるみたいッス」

「おかしな話だな。月の聖女としての外見的特徴を持たない娘を『ウィンダリアの雪月花』だと信じているのか。……それも聖女を守るための目くらましかな……」

真の『ウィンダリアの雪月花』を隠すために、一族にかけられた目くらましの可能性が高い気がする。そうなるとその目くらましをかけたのは誰か、ということになるのだが、歴代の『ウィンダリアの雪月花』たちの願いか、それとも愛娘を助けたい月の女神セレーネご本人か。いずれにせよ、『ウィンダリアの雪月花』はウィンダリア家から離れようとしていると見ていいだろう。

「いいさ。月の聖女は国として重要な存在だが、それが必ずしもウィンダリア侯爵家に属する存在じゃなくてもいい。どちらかと言うと今の彼女に近いのはティターニア公爵家の方だろう」

当代の『ウィンダリアの雪月花』であるセレスティーナの師匠はティターニア公爵の兄だ。ティターニア公爵家自体も〝薬のティターニア〟と言われるほど薬草に縁が深い。薬草の女神でもある月の女神の愛娘を守るのに適しているのはティターニア公爵家の方だ。

「そうッスねー。そのために家中の大掃除を今やってる最中ッスもん」

いざとなればセレスティーナを公爵家に迎え入れるために始まった大掃除だ。きっちり成果を出してくれるだろう。

「怖い兄弟だよなー」

しれっと言ったリドに「あんたもなんスけど……」と心の中でしかつっこめなかったヨシュアは、笑って誤魔化していた。

◆

パチリと炎の中で木が爆ぜる音がした。リドは木の幹に身体をもたれさせながらその炎をぼんやりと眺めていた。

真夜中とは言え雲一つない空には美しい月が輝いている。おかげで全くの暗闇ということもない。

「……リドさん」

テントの入り口の幕が開いてセレスが顔をのぞかせていた。

「どうした？　眠れないのか？」

「はい。少し目が冴《さ》えてしまって……」

もぞもぞとセレスがテントから出てきてリドの隣へと座った。

「少し眠っていたんですが、一度、起きてしまったら中々眠れなくて」

「そうか。じゃあ少し俺とおしゃべりでもするか」

くすりと笑ったリドにそう提案されるとセレスは「はい」と頷いた。

昔からお子様の寝付けには温かいミルクが有効だと言われているので、リドは途中の村で買ったミルクを温めてセレスに渡した。

「そんなにお子様じゃないです」

「そうか？　セレスからすれば俺は十分おじさんの枠に入ってくると思うけどな。おじさんとしてはセレスはまだまだ可愛いお子様だ」

「リドさんはおじさんというよりはお兄さんです。リドさんがおじさんなら、お姉様は……おば様？」

アヤトをおば様呼ばわりした日にはギルド内にものすごいブリザードが吹き荒れそうだ。雪山でもないのに凍結するとかちょっと嫌だ。

しかもアヤトの場合、うっかり手元が滑って謎の薬がばらまかれる可能性が無きにしも非ずで怖い。きっと誰もが見惚れる笑顔で「ついうっかり」とか言って薬の瓶を床に叩きつけて割る映像しか浮かばない。

「呼ぶんならあいつはおじさんでいい。女装はただの趣味だしな」

長年の友人は強かった。アヤトの周りに吹雪が吹き荒れようがリドは平気でアヤトをおじさん呼ばわりしそうだ。

「趣味……確かにそうですが、お姉様の場合は筋金入りですから」

聞いた限りでは、幼い頃からずっと女装をしているらしい。

セレスが小さなアヤトを想像してくすくすと笑っていると、小さくパキッと木が折れるような音がした。

リドが素早く立ち上がって音のした方に向かって警戒するような顔をすると、木々の間から一頭の鹿が現れた。

それもただの鹿ではない。通常では有り得ない体色である純白の鹿。その目がじっとこちらを見ていた。

「……珍しいな、純白の鹿、か。となるとここら辺のボスか神の使いかな？」

警戒は解いていないが、少し軽い口調で背中にセレスをかばっていたリドがそう言った。

白い動物、というのはこの世界でも特別な存在らしい。異世界の知識ではそれは色素が抜け落ちた突然変異だということがわかっているが、この世界ではどうなのだろう。セレスも両親の色を持たない突然変異なので、ちょっとだけ親近感が湧いた。

セレスが立ち上がって鹿の方を見ると、鹿がひょこひょこと歩いて二人の方に向かってきた。だが、歩き方がおかしい。後ろの左足をちょっと引きずるように歩いている。

「あれ？　ケガしてるの？」

リドの後ろからセレスが出てきて鹿にゆっくりと近付いた。

「待て、セレス。危ないから俺が見る」

「いいえ、ケガをしているのでしたらそれは薬師の仕事です」

セレスは鹿だけを真っ直ぐに見てリドに言い切った。護衛としてセレスを守るのがリドの仕事なら、ケガや病気をしている存在が治るように手助けするのが薬師の仕事だ。

「どうか、私にそのケガを診せていただけませんか」

ゆっくり近付いてくるセレスの言葉に反応するように鹿がケガをしている部分が見えるように座った。

「ありがとう、少し触るね」

鹿を驚かせないように静かに手を伸ばして傷に触ると、痛かったのかピクリと耳が動いたが鹿は嫌がる様子も見せずにセレスが自分に触ることを許してくれているようだった。

「折れてはいないね。でも少し傷が深いかも。薬を塗ってもいい？」

鹿が傷に触れているセレスの手をペロリと舐めた。

「ちょっと待ってて、すぐに持ってくるから」

そう言うと、セレスはすぐに自分のテントへと戻って行った。残されたのは傷を見せて座っている純白の鹿と一応いつでも剣を抜けるようにして立っているリドだけだった。

鹿がチラッとリドの方を見た。リドも何となく鹿の方を見ていたので一人と一匹は真っ直ぐ見つめ合った状態になってしまった。

「……ただの鹿、だよな。それとも本当に神の使いか？」

リドの言葉に応えるように鹿は耳と鼻をひくひくさせた。

薬の入った小瓶を片手に戻ってきたセレスが見た光景は、なぜか見つめ合う一人と一匹という光景だった。

「……お邪魔？」

「何の？　これが雌鹿だろうが、一応俺は人間の部類に入るから興味は持てないな。というか雄だろう？　角が立派だし」

これだけ立派な角を持っているのだから間違いなく雄鹿だろう。

「それよりセレス、薬を塗るんだろう？」

「あ、はい」

鹿の傷は、今はまだ直接死に関わるものではないが、きちんと手当をしなければ足から徐々に悪くなっていくのは目に見えている。最悪、その傷が原因で命を落とすような事態になる可能性も秘めている。

「その薬は動物でも大丈夫なのか？」

「はい。これは基本的に自然に生えている薬草しか使っていませんから。そういった薬草は動物たちも普段から食べていますから問題ありません」

調合や食べ合わせで具合が悪くなる草もあるが、この薬は普段から薬師ギルドで扱っている物なので先人たちによる人体実験済みの安心安全な薬だ。場合によっては馬などの動物にも使われたきた実績もある。

「……あ……」

そして思い出した。この塗り薬は確かに安心安全で過去の実績もばっちりな問題なしの薬だが、この薬はセレスが旅の間にちょこちょこと見つけた薬草で作ったものだ。薬草を見つけてはすり潰して薬液だけをこの瓶に入れてきた。薬の効能として必要な薬草は全て入れてある。月の聖水も入れてある。全ての薬液を入れてから数日経っているので、いい感じで混ざり合っていて性能も問題ない。

たった一つの液体を除いては。

それは効能とは全く関係がないが、この薬を作る時の必需品とされていた。

「どうした？」

急に黙り込んだセレスにリドと鹿が不思議そうな顔をした。

「……リドさん、少しの間、離れていた方がいいかもしれないです」

「それは断る。離れていたらいざという時に守れない」

「それはそうなんですが……」

セレスが若干言いにくそうに口をもごもごさせた。

「何かあるのか？」

「その、ですね。これは私が旅の間に作ったんですが、どうしても必要な香草がなくてですね……

この瓶を開けるとものすっごく臭い薬草臭が全開で辺り一面に広がると思います」

それは薬師ギルドでも伝説の薬草臭テロと呼ばれるものだ。

これが生み出された当初、すごく効くけど死ぬほど臭い、と評され一度臭いが付けば三日は臭くて自爆する、とまで言われたシロモノだった。当時はあまりお風呂に入る習慣がなかった時代だから髪の毛などに臭いが移るとなかなか取れなかったらしい。

そこで当時の薬師たちは頑張った。臭いを何とか消そうとありとあらゆる手段を試してようやく薬草、というより香草に近いものを入れれば臭いがちょっと臭い程度に収まることを発見したのだ。

今現在、薬師ギルドではこの薬を作る時はまずその香草を入れることが何より推奨されている。

ただし、見習いの薬師たちはこの薬を初めて作る時に香草なしの薬草臭テロを必ず体験させられる。身を以《もっ》て知れ、というやつだ。

当然セレスも経験済みだ。あの時は本当につらかった。王都の郊外にある薬師ギルドの薬草採取拠点になっている小さな館に全員で行き、何日も前から周囲に警告を発して館の窓全開で作り上げた。臭いに悶絶《もんぜつ》し、すぐさまお風呂に入ったがあのアヤトでさえ「これだけは毎年つらい」とぼやいていたくらいだ。

今ここにある量は小瓶一つ分だし、今日は風もあるので臭いはすぐに霧散するだろうが、少しの間は確実に臭う。

セレスがこれを作ったのは旅の間に偶然必要な薬草が揃ったのと、もし良い匂いの香草があったら入れて試してみようと思ったからだ。だから別にこれを使う予定はなかった。でもこの際、仕方がない。

「混ぜてからまだ一度も開けていないので、最初の臭いはなかなかのものになるかと……ですから少し離れた場所にいないと臭いが移るかも知れないんです」

「だが、セレスも鹿もその臭いに耐えるんだろう？　それはずっと臭うのか？」

「一応、この薬を塗った後に蓋をするようにこちらの薬も塗ります。それでほぼ臭いは消えると思うんですが、むき出しの時はつらいかも」

セレスが持ってきた小瓶は二つあり、一つが例の塗り薬でもう一つが薬の効果を継続させるための薬だった。

「セレスが耐える以上、俺も耐えてみせるよ」

大人しくしているとはいえ相手は野生の鹿だ。急に暴走することだって有るかも知れない。そうなれば近くにいないと守れない。薬師ギルドの人間が、あのアヤトでさえ耐える臭いなら自分だって耐えてみせる。

「わかりました。でもどうしてもダメそうならすぐに離れて下さい。こう見えて薬師たちは薬草の匂いに浸《つ》かって仕事をしているので慣れているんですよ」

リドが耐えてみせると言った以上、セレスも覚悟を決めて小瓶を開けた。

その場に広がったのは何とも言えない薬草臭さと鼻の奥に入り込む刺激臭。

思わず手で口と鼻を覆ったがおかまいなしに臭いは身体全体に入ってくる感じがした。

人間以上の嗅覚を持つ動物である鹿がうにっと口を開けて歯がむき出しになったすごい顔をしている。

「……相変わらず臭い……塗ります!!」

気合いを込めた宣言をしてセレスは鹿のケガをしている箇所に丁寧に薬を塗り込んでいった。ちょっと目が涙目になるのは仕方ない。手早く臭い薬を塗って瓶を閉めるとその上からすぐに蓋をするようにもう一つの瓶の中にあった薬を塗り始めた。

「うぅ、こ、これで大丈夫です……」

少々咳《せ》き込みながらセレスは薬を塗り終えた。鹿もリドもこの臭いに耐えきったのだが、これを日々大量に作っている薬師たちをある意味尊敬する。

「効果はすごいんです。痛み止めの薬草も入っていますからしばらくしたら痛くなくなると思います」

鹿に説明しても聞いていないんじゃないかな、と思ったが鹿の方は案外真剣に聞いている、気がする。

「しかし、この臭いはどうにかならないのかな」

「〝良薬口に苦し〟って言うじゃないですか。それと同じで良く効く塗り薬は臭いんです」

「初めて聞いたよ、そんな言葉」

この世界にはそんなことわざはないらしい。

「まぁ、毒薬とかが臭くて苦い味がしたらすぐにバレるじゃないですか。なので毒薬は無味無臭か甘いやつが多いんですよ。薬だってわかっている物は飲めれば良い程度にしか味付けはしてないんです。これもちゃんと香草入れれば大丈夫な薬なんですが。ギルドで作る時は絶対先に香草を入れてから作るのでそんなに匂わないんですよ」

さすがに王都でこれが充満したら薬師たちを取り締まらなくてはならなくなるので、そんな事態にはならないようにアヤトにきちんと管理するように伝えよう。ただでさえ、薬師ギルドの長は被験者を常に捜し求めているとか噂されているのだ。こんな臭いがばらまかれた日には、薬師ギルドの人体実験か！　と絶対に言われる。

「薬師たちは好奇心旺盛なやつらが多いから、薬の実験をする時は匂いにも気を付けるようにアヤトに言っておこう」

「……否定出来ないところがツライです」

セレスも日々『ガーデン』で薬草の調合の実験をしている身だ。確かに時々とんでもない匂いの物が出来上がってしまうのでリドの言葉にちょっとだけ心当たりがなくもない。

学園から帰ってきたディーンに無言でお風呂場に連れて行かれたことだってある。ご近所に変な匂いがいかないように、と思って窓をあまり開けていないと最初からその匂いが充満した空気の中にいることになる。そうなると感覚が麻痺《まひ》してどんな匂いなのかわかっていない時もあるのだ。

「ケガや病気を治すための薬だとは言え、薬師本人が気を付けてくれなくてはどうにもならないからな。セレス、もし危ない実験をするような時は教えてくれ」

セレスにも心当たりがありそうなのでそう伝えておく。アヤトは……放っておいても問題はないだろう。

「気を付けます」

それがセレスの精一杯の返答だった。

鹿が見える位置に座ってリドとおしゃべりしていると、鹿がゆっくり立ち上がってセレスに近付いてきた。

「もう大丈夫なの？　無理はしないでね」

先ほどとは違って足の引きずり方もそれほどではなくてきちんと歩けている。痛みがなくなってきたのだろう。とは言え、まだ無茶は禁物だ。

鹿は座っていたセレスの頭の匂いをくんくんと嗅ぎ始めた。

「……臭くはないと思うんだけど」

何となく頭の匂いを嗅がれるのは嫌だ。相手は野生の動物なのでセレスに染み付いた薬草の匂いとかを嗅いでいるのかもしれないが、それでも止《や》めてほしい。

鹿はセレスをぐいっと持ち上げて立たせようとした。

「立つの？　何かあるの？」

鹿はセレスが立ち上がると満足したようにくるりと背を向けて顔だけをセレスの方へ向けた。

「セレス、こいつはついて来いって言っているような感じなんだが」

「リドさんもそう思いますか？」

「そうだな。ついていくか」

「はい」

言葉がわかるのか、リドとセレスが鹿についていくと決めると鹿はゆっくりと歩き始めた。時々ちらりとセレスの方を見てちゃんとついて来ているのか確認しているようだ。

向かっていた幻月の花がある場所とは少し違う方向にしばらく歩くと、少しだけ森が開けた場所に出た。そこにあったのは大小の池。大きめの池の方は普通の池っぽいが、もう一つの小さめの池からは湯気が立っていた。

「あれ？　これって……温泉？」

知識の中では、動物たちが傷を癒やすために浸かっていた温泉を後から人間が見つけた、という所もあったので、恐らくこの場所もそういう温泉なのだろう。ここの利用者は主に動物。それからひょっとしたらこの場所のことを知っている一部の人たちだけの秘湯というやつだ。

「ケガを治しにここに来たの？」

温泉の縁に膝をついて手で温度を確認したセレスは傍に来た鹿にそう言った。

鹿は先ほどのように口を開いてにっと笑うような顔をした後、思いっきりセレスの背中を鼻先で押して温泉に落とした。

「きゃ！」

「セレス!?」

ドボンッという音と共にリドの視界からセレスが消えて水柱がパッと立った。

「びしょびしょです」

そこまで深くない温泉の中でセレスが服ごとびしょびしょに濡《ぬ》れていた。頭の上まで水浸し……

ここは温泉浸しとでも言えばいいのだろうか。とにかく服ごと全身、温泉の中に浸かっていた。

リドが鹿の方を見ると、鹿はとても満足そうな顔をして立っている。

「はは、この鹿はどうやらセレスを温泉の中に入れたかったようだな」

「そんなに臭かったんでしょうか？」

頭を嗅がれた後に温泉の中に突き落とされたのだ。そんなに頭が臭かったんだろうか。

そう思った時、セレスは、あっと思い出した。

セレスは今、髪の毛を染めている。

銀髪を黒髪へ。

出発前に侍女がやってくれたのだが、この染め粉はそこまで匂いがないとはいえ多少は匂う。

ひょっとしてその匂いが嫌だったんだろうか。

恐る恐る髪の毛の先を見ると、温泉に浸かったことで染め粉が取れていた。

「……あ……」

セレスが気が付いたのと同時に、リドもセレスの変化に気が付いた。

月明かりの下、温泉に浸かったセレスの髪の色が変わっていたのだ。

黒髪から銀髪へ。

セレスと目が合うと、ちょっと困った顔をしている。セレスは知らないがこちらはセレスが『ウィンダリアの雪月花』であることはとっくの昔に知っていた。なので本来の髪色が銀髪なのは知っているのだが、セレス本人は隠しているつもりだ。

「お前、あの黒髪が気に入らなかったのか？」

鹿に聞くと鹿はにっと歯を見せた。

「そうか。綺麗な髪色だな、セレス。隠しているのはもったいない」

「……ちょっと珍しい色合いなので……」

「そうだな。だがそっちの色の方が似合っていて綺麗だ。最近は王都でも色々な染め粉が流行《はや》っているからセレスみたいな髪色の子もいる。平民なら隠す必要もないんじゃないか？」

そう、問題なのは『ウィンダリア侯爵家』の娘がこの髪色をしていることで、平民がこの色だろうと関係ない。

確かに生まれつき銀の髪と深い青の瞳の持ち主はこの世界ではたった一人『ウィンダリアの雪月花』のみ。だが最近の王都では髪を染めるのが流行っていて、平民の中にはおとぎ話の『ウィンダ

リアの雪月花』に憧れて銀髪にしている娘もいた。

本当の『ウィンダリアの雪月花』が黒髪に染めているのに、王都の娘たちが銀の髪にしているのはどこの誰の思惑が入っているんだろう。

おーほっほっほっほ、と笑う友人の姿が脳裏に浮かび、そういえば最近の質の良い染め粉は薬師ギルドが総力を挙げて開発した、とかいう報告があったことを思い出した。何のために？　とその時は疑問に思ったが、間違いなくセレスのためだ。

王都に銀の髪の娘さんたちが増えれば本当の『ウィンダリアの雪月花』が紛れていても気付かれない。

別に『ウィンダリアの雪月花』のように銀髪に染めることを禁止する法律はないので、やりたい放題といえばやりたい放題だ。

「そんなに綺麗な色合いなんだからその色を隠すことはない。何か言われたら染め粉です、とでも言っておけ。今まで黒髪だったんだから気分転換に染めました、とでも言えばいい。たまにはアヤトとお揃いの金髪にでもしてみればいいんじゃないか？」

セレスの髪の色がたまにでも変わっていれば、流行の染め粉だと誰でも思うだろう。

「そうですね。染めるのも大変なので……そうします」

染めるのは侍女たちがやってくれるのだが、わざわざそのためだけに来てもらうのは申し訳なく思っていたのでこの際、銀の髪に戻してみるのもいいのかもしれない。良いきっかけが出来たと思おう。

「ああ、その方がいい。……ところでセレス、俺的には女性が服のまま温泉に浸かっているという滅多にお目にかかれない眼福な光景が見られて大変光栄なのだが、そのまま出ると戻るまでに風邪をひいてしまうな」

「ふぁ！」

言われてみれば確かにその通りで……セレスは一気に羞恥心が上がった。

「そのまましばらく温泉に浸かって待っていろ。拭くものとくるまれるような布を持ってくる。濡れた服はたき火の近くで乾かせば今夜中には乾くだろう」

「……はい……」

「どうせならその黒い染め粉を全部落としておくといい。頭までしっかり入ってろ」

「鹿の思惑に乗せられたみたいです」

「鹿もセレスの本当の姿が見たかったんだろうさ。しばらくセレスを守ってくれよ」

リドが鹿にそう言うと鹿がわかっているとでも言いたげにふふん、と鼻を鳴らした。

セレスから見えない位置にいるヨシュアも確認出来たので、リドは来た道を戻って夜営をしている場所へと歩いて行った。

残されたセレスが鹿をじっと見ると、鹿が近寄って来て温泉の縁から再度セレスの頭の匂いを嗅ごうとした。

「そんなに嫌だったの？　わかったわよ。全部落とすからちょっと待って」

ざぶん、と服ごと温泉に浸かってゆっくりと髪の毛を洗う。

黒い染め粉が取れて本来の髪色である銀色が月の光に反射している。

「すごいね、この温泉。こんなに綺麗に染め粉が落ちるなんて」

確かに染め粉はお湯に弱いがここまで綺麗に色が落ちるのは温泉の成分が作用しているのだろう。

なぜだか鹿はそれをわかっていてセレスをここに突き落としたとしか思えない。

どうせなら、と思い、髪を綺麗に洗って旅の間満足にお風呂に入れなかった分をしっかり温泉に浸かって堪能する。セレスだって服のまま入浴するのは初めてだが、いつリドが戻ってくるのかわからないので服は脱げない。

しばらくぼうっとしながら天然の露天風呂に浸かっていると鹿がいつの間にかすぐ近くの場所で手足を折りたたんで座っていた。

「ふふ、突き落としてくれたのはちょっとあれだけど、こうして温泉を堪能出来たのは嬉しかったわ。ありがとう」

鹿にお礼を言うと、どことなく得意気な顔をしている。

「鹿ってこんなに表情豊かだっけ？」

「俺も初めて見るな」

手に布を持ったリドが戻ってきて鹿のすぐ傍に来た。

「あっちの木の陰にいるから上がって布を巻き付けて。さ、お前もあっちに行くぞ。お前、雄だろ？」

残る気満々だった鹿をリドが促すと、鹿は多少不満そうだがリドと一緒に木の陰へと向かった。

「終わったら呼んでくれ」

「はい」

リドと鹿の姿が見えなくなるとセレスは温泉から上がって服を脱いで身体を拭き、手早く布で全身をすっぽり覆った。

リドが持ってきてくれた布は長さも十分あるので、セレスが外に出している部分は首から上だけだ。

「出来ました」

声をかけるとリドと鹿がセレスの近くへと戻ってきた。

「靴も濡れてるな」

「夜営のところまでこのまま履いていきます」

「しかし……」

セレスがそう言うと、鹿が足を地面に打ち付けて音を鳴らした。その音が響くと木々の間からのそっと大型の鹿がやって来た。

「大鹿だな」

それは普通の鹿よりも何倍も大きくて、ちょっとした馬くらいはある。

「……乗っていいの？」

大鹿はセレスの前まで来ると、手足を折り曲げて地面に座った。まるでセレスに乗れ、と言っているように見える。

「何だ、お前は本当にこの森の主なのか？　セレス、どうやらこの鹿がこの森の主らしい。主が乗れと言っているんだから遠慮なくその大鹿に乗ればいい」

この白い鹿は本当にこの森の主かもしくは鹿の王様のようだ。そうでなければ、大きな身体に反して臆病で滅多に人前に出てくることがないと言われている大鹿がこんな風に人をその背に乗せようとはしないだろう。

「じゃあ、夜営の場所までお願いね」

布が広がらないように慎重に鹿に横乗りすると、鹿も乗っているセレスを気遣ってゆっくりと起き上がった。

「よかったな、セレス。鹿が来てくれなかったら俺がお姫様抱っこで連れて行くところだったぞ」

「さすがにそれは恥ずかしいです……」

日々ありがたく拝んでいる美形にお姫様だっこされるとか何の罰ゲームだ。森の中なので誰も見ていないのに、何故《なぜ》かものすごく女性陣の恨みを買いそうで怖い。彼女たちのすさまじいセンサーに引っかかりそうな気がしてならないので、リドとの関わりは極力無難に行きたいところだ。

大鹿はセレスが落ちないようにゆっくりと歩いてくれている。その横でケガをしていたはずの白い鹿が足の痛みをもう感じないのか、普通の歩き方をしながらついてきた。

夜営地まで何の問題もなくたどり着くとセレスを降ろした大鹿と白い鹿は、なぜかその場に座り込んだ。

「なんだ、まだ帰らないのか？」

リドの問いかけに鹿たちは居座ることで返事をした。

肩をすくめたリドはそこら辺の木の枝で器用に洗濯物を干す物干し竿《ざお》とその土台を作ると、セレスの服をぎゅっと絞ってからそこに干した。

「さ、セレスはもう寝ろ。温泉にも入ったし身体が温かい内に目をつぶれば自然に眠れるだろう」

「鹿たちはどうしましょう？」

「ん？　居座る気満々だから好きにさせるさ」

野生の鹿たちなのでこちらの言うことを聞くとも思えない。害もなさそうなのでリドは鹿たちの好きにさせることにした。

「わかりました。おやすみなさい」

「ああ、おやすみ」

セレスがテントの中に入っていくと、白い鹿の方がテントの入り口に移動してそこを守るように座った。

「……お前、セレスの護衛なのか？　この場合、危険人物は俺か？　やれやれ、どうやら女神様の信用はなさそうだな」

月の女神の愛娘を守る白い鹿なんて神獣以外の何者でもない気がする。どうやら女神様はリドを危険人物認定して御使《みつか》いを送り込んできたらしい。

「うーん、信用ないなぁ」

ご先祖たちのやらかしたことを考えたら仕方ないのかもしれない。子孫としては女神様の信用を取り戻すために必死になって愛娘を守るだけだ。

危険人物認定された本人は、先ほどと同じように木の幹にもたれかかろうとしたら、大鹿の方が寄ってきてリドの傍に座り込んだ。

「なんだ、身体を預けてもいいのか？　硬い木よりは全然気持ちいいな」

鹿に身体をもたれかけさせると少し硬めの毛質が心地良い。鹿の体温と相まってこちらも寝てしまいそうだ。

「……まぁ、いいか」

本来ならこんな場所で気を抜くことはないのだが、今この場はこの鹿たちがいることで安全地帯と化している。

根拠はないのだが何となくそう思ってリドも目を瞑《つぶ》った。

◆

テントの中に朝日が差してきて、セレスはゆっくりと目を開けた。

野外の森の中だというのにぐっすりと眠れた気がする。これも夜中に温泉に無理矢理だったが入った効果もあったのかもしれない。寝ぼけた頭で何となく不思議に思ったが、外に信頼出来る人がいてこの森の中で『ウィンダリアの雪月花』である自分が危険な目に遭うことがないからだと、本能が理解しているのだということに気が付いた。

「……あ、そっか。ここ、前に誰か来てるんだ……」

身体を起こして目をこすりながらそう思った。この森にずっと昔、月の聖女として生まれた誰かが来たことがある。その人に対する想《おも》いが森の木々や草花に残っているから同じ月の聖女である自分にも優しいのだ。

「もう少し早く気が付けば、リドさんに夜番してもらわなくても良かったのに……」

だが最初からテントは一つしか持ってきていないので、そうなった場合リドがどこで寝るのかという問題になるのだが、セレスは一切気が付かなかった。ついでに、一応、まだリドには自分から『ウィンダリアの雪月花』です、と伝えてはいない。リドも何も言わないので、知っているのだとしてもそれを秘密にしてくれている。

リドの方は、もしそう言われたとしても、未成年とは言え女性と一緒のテントで寝る気はさすがになかった。なので最初から外で夜番をするつもりでテントを一つしか用意していなかったのだ。

終わってしまったことなので仕方ないか、と思いながらセレスが朝ご飯の仕度のために外に出ると、木にもたれながら目を閉じていたリドが気が付いて微笑んでくれた。

「おはよう、セレス。良く眠れたか？」

「はい。バッチリです。リドさんは大丈夫ですか？　鹿さんたちは？」

「明け方に帰って行ったよ。どうやらセレスを温泉に落とすことが最大の目的だったみたいだな。俺の方は大丈夫だ。すごく調子が良いよ」

朝日の中で微笑む美形に心の中で「朝からありがとうございます！」とお礼を言っておく。

「そんなに私の黒髪が気に入らなかったんでしょうか。でもあの子たち、可愛かったです。じゃあ朝食を作りますね。リドさんはもう少し休んでいて下さい」

「あぁ、ここでこうして休んでいるから、出来たら声をかけてくれ」

「テントで寝ないんですか？」

「そこまでじゃないさ。こうしているだけで十分だよ」

「わかりました。じゃあ、少し待ってて下さいね」

リドにはリドなりの調整の仕方があるのだろうと思い、セレスは朝食を作るためにお湯を沸かし始めたのだった。

◆

王宮にある宰相の執務室では、書類に埋もれた部屋の中にある仮眠用のベッドから起きたリヒトが温かい紅茶を飲みながら報告書を読んでいた。

「連絡が来ないと思ったらあの辺りの一族の者か。ティターニアの末端もいいところの家が何を偉そうに勘違いをしているんだ」

妨害をしていたのは、ちょうどセレスたちがいる辺りを仕切っているティターニア公爵家の末端の分家の者たちだった。王都に近い場所を任されている自分たちは公爵家の中でも力ある家なのだと勘違いしているようで、本家の指示＝リヒトの指示を無視しているようだった。

一方でセレスとリドに偶然出会ったという分家の方からは密《ひそ》かに連絡が来た。二人に出会った者全員の口止め完了の報告と密かに護衛を付けるかどうかの確認の連絡だったので、手を出すな、と伝えておいた。

「潰すか」

リヒトの指示を実行出来ない分家など要らない、代わりの家はいくらでもあるのだ。たまたま王都に近い位置に配されただけで何を勘違いしたんだか。代わりは密かに連絡をしてきた分家にしよう。リヒトは使えない方の分家を丸ごと消すように指示を出すと、昨日から全く減らない書類に朝から向かい合った。

「おはようございます、閣下。今日こそ書類の山を崩しましょうね」

臨時の手伝いである影の者が扉を開けて入ってきて開口一番にそう言った。

「全くだ。ここのところ邪魔が多すぎる」

家の大掃除もしたいのに、くだらない理由でリヒトを訪ねてくる者が多い。たいていはリドがいつ帰ってくるのかとか、どこに行ったのかなどの探り要員が多いのだが、先日来たウィンダリア侯爵だけは違っていた。

ウィンダリア侯爵、今現在、リドと仲良く旅をしている月の聖女の父親（血縁上）。全く似ていない父親は、一見穏やかそうな容貌の持ち主だ。報告によれば、妻と長女にいいように操られているだけの凡庸な男。セレスティーナやディーンの父親とは思えない。並んでいたって親子だとわからないくらいに、何もかもが違いすぎる。

そんな侯爵は、先日ちゃんと手順を踏んでからリヒトの前へと現れた。

「お忙しいところ申し訳ございません、閣下。相談があって参りました」

「今は忙しいのでな、手短に頼む」

リドがいない余波をもろに食らっている身としては、時間がなさすぎる。ここに来たやつらは容赦なくこき使ってやろうかと思っていたのだが、思った以上に使えない人間ばかりがやって来る。そもそも使えるやつらは大なり小なり余波を食らっているので、リヒトと同じように仮眠室で寝泊まりしながら仕事をしている。

「それで、何の用だ？」

年齢的にはあちらが上だが、貴族としての身分も国の要職に就く身としてもこちらの方が上だ。

「はい、第二王子殿下のことなのですが、ご存じの通り我が娘と大変仲が良いとのこと。ゆえに閣下から陛下に我が娘を殿下の婚約者にしていただけるようにお願いして下さいませんでしょうか？」

「我が娘……？　それは誰のことだ？」

ウィンダリア侯爵家の二人の娘のうち、今現在一人は旅に出ている。仲が良い、というかルークが執着していると噂の娘はその次女の方のはずだ。

「もちろん、殿下と同じ年齢のソニアのことです」

仲が良い、どころか第二王子に付きまとっているという噂の長女の方が出てきた。だが、侯爵は次女の方が『ウィンダリアの雪月花』であると知ったはずだ。この感じだと次女のことは忘れている可能性が高い。

「ソニア・ウィンダリア嬢を殿下の婚約者にするメリットが何もない」

「閣下、ソニアは『ウィンダリアの雪月花』です。王家がずっと欲しがっていた月の聖女を嫁がせようと言っているのですよ」

「……何だと？」

「今までの聖女たちは何故か王家の者を嫌っていました。ですが、ソニアは殿下のことを心から慕っているのです。王家としても『ウィンダリアの雪月花』は欲しいところでしょう」

夢見るようにうっとりと言い切った侯爵は本当にそう信じているようだった。

「話にならんな。侯爵、ウィンダリアの当主ならば彼女たちの外見的特徴をよく知っているはずろう。銀の髪に深い青の瞳。その特徴なくして『ウィンダリアの雪月花』とは名乗れない」

「そ、それは」

「聞いた限りだとソニア嬢はその特徴を全く持っていない。なのに何故、彼女が月の聖女だと言うのだ？」

「……妻がそう言っていましたので」

先ほどまでの勢いはどうしたのか、少し突くと一気にしぼんだような顔になった。こうして話をしていてもウィンダリア侯爵は完全に次女が『ウィンダリアの雪月花』であることは忘れているようだ。むしろ次女の存在そのものを忘れている。リドやヨシュアとこういう可能性があることは話し合っていたのだが、実際に本人と話して確信した。

「……手伝ってくれてもいいではないですか……」

小さく呟《つぶや》かれた侯爵の言葉に眉をひそめた。

「ティターニア公爵家は……閣下の領地は我が家の恩恵を受けているはずだ!!　ならばそれを今返してくれてもいいはずです!!」

なりふりかまわず言い出したウィンダリア侯爵をリヒトは冷たい目で見た。

「勘違いするなよ、ウィンダリア侯爵。我が公爵家に恵みをもたらしてくれたのは、『ウィンダリ

ア の雪月花』本人だ。決してウィンダリア侯爵家ではない。それも当時の王に無理矢理嫁がされ心身共に弱った聖女を救い出し、わずか数年ながら我が公爵家で束縛することなく愛情を注ぎ、守り抜いたがゆえの恩恵だ。そもそも当時の聖女は、お前たちの一族が王家に売り払った存在だった。王の後宮に閉じ込められ弱っていった彼女を救い出した当時のティターニア公爵が王家と敵対してまで守り抜いたことに対する聖女の、そして月の女神セレーネ様の礼とも言うべき恩恵だ。我が公爵家は『ウィンダリアの雪月花』本人は守るがウィンダリア侯爵家がどうなろうと知ったことではない」

それが『ウィンダリアの雪月花』を救い出し、月の女神セレーネ様の恩恵を受けたティターニア公爵家の絶対的家訓とも言うべき方針だった。

◆

朝食を終えたセレスとリドはきちんと片付けを済ませると、再び森の道を歩き出した。とはいえ、今度の道は今までの道とは違ってずいぶんと狭くなっている。周りに茂っている草花もセレスの腰くらいまで育っている種類のものもある。あまり人が通る道ではないようだ。

「気を付けろよ、セレス。蛇なんかが潜んでいるかもしれないからな」

「そうですね。蛇、蛇か……生きてるものはちょっと苦手です……」

薬師である以上、蛇なども取り扱うが、それはあくまで処理されたものであって、生きているものの捕獲経験はさすがにない。ただ、一般的な女子の感覚としてあのにゅるっとした感じが苦手なのだ。

「まあ、得意な女性は少ないな。虫やカエル系統も苦手な女性は多い」
「それ、人によっては男性も苦手ですよね」
「冒険者や騎士、兵士なんかは討伐対象になってる時もあるから苦手だ何だのとは言ってられないが、肉体派じゃない者は苦手かもしれないな」

討伐していけば自然と慣れるしかないが、たまにしか出会わないとなるとさすがに苦手にしている者もいるだろう。リド自身はそれほど苦手とはしていないが、言葉に出さないだけで苦手な者は多いのかもしれない。

しばらく歩くと、少し開けた場所に出た。セレスとリドの気配に驚いたようで、その辺りにいた小動物が一斉に姿を消した。

「今、あっちに行った動物、多分黒うさぎです。鹿っぽい子もいましたよ」

セレスは野生の動物を見られたことに対しての喜びが隠しきれていない。うさぎや鹿などは特に害はないからいいが、驚いてこちらに向かってくる攻撃的な動物や魔獣もいるので、森での出合い頭は案外危険だ。

「セレス、本当に気を付けてくれよ」

「あ、それなんですけど、多分、私はこの森にいる限り大丈夫です」

「どういう意味だ？」

妙に自信満々にセレスは言い切った。初めて来たはずの森の中で大丈夫と言われても意味がわからない。

「えっと、何というか、その……うまく伝えられるかな……。多分、私のご先祖様に当たる女性がこの森に来てると思うんですが……。その方と、この森との間で何があったのかはわかりませんが、この森は多分、ご先祖様と一緒の存在である私に対して妙に過保護になっているようでして……」

言いながらセレスの声がどんどん小さくなっていった。

セリフだけ聞くと、私って不思議ちゃんになっていないだろうか。でも不思議ちゃんだろうが何だろうがそれ以外に説明のしようがない。そもそも、この世界は知識の中の世界とは違って魔石もある。魔獣もいるし、神様という存在ももっと近いし、『ウィンダリアの雪月花《わたしばな》』という存在もいるし、これで納得してくれないだろうか。そんな風に思いながらチラッとリドを見ると、ちょっと考え込むような素振りを見せていた。

一方、リドはリドでセレスの説明から、恐らくこの場所に来たことがある女性は、過去にティターニア公爵家が王家から救い出した『ウィンダリアの雪月花』の女性だったのだろうと当たりを付けていた。

不思議なことだと言えばそうなのだが、『ウィンダリアの雪月花』が月の女神セレーネに属する存在である以上、ただの人であるこちらの考えなど超越してきてもおかしくはない。

そんなことを言い出したら、セレスの存在を一切忘れるように出来ているウィンダリア一族など説明が付かない。何かしらの力が働いているとしか思えない今の状況で、森がセレスに優しいくらいで驚いていたら、これから先セレスの傍にはいられないだろう。

「そうか、セレスがそう感じるのならそうなんだろう。昨日の鹿の件もあるしな。だが、念のため用心だけはしておいてくれ。ちょっと油断してセレスに傷でも付いたら俺がアヤトに怒られるからな」

「はい。私もお姉様に怒られるのは嫌ですから」

リドが何故か納得してくれたことに少しほっとしながらも、確かにセレスに何かあった場合、アヤトのお怒りは頂点に達して大変良い笑顔になるだろうことには気が付いた。

薬師ギルドの長は、心の底からの笑顔が美しければ美しいほど迫力があって怖い。セレスは知らないが、ティターニア公爵家の兄弟は同じ性質を持っている。切れると笑顔になり、もしその笑顔が全開だった場合は即逃げた方が良い、というのを古い付き合いの者たちは知っていた。

「ついでにローズも怒ってくるぞ。ま、あっちの怒りは可愛いものだがな」

ぷりぷりと怒ってくるのだろうが、あの兄弟のように「ヤバイ逃げろ」ではなくて、心配しているのが丸わかりな感じで怒ってくるので正直ほっとする。ブリザード二つに比べれば可愛いものだ。

「そうですね、ローズ様にも怒られますね」

セレスもくすくすと笑っているので、一度くらいはエルローズの心配しているのが丸わかりなお怒りモードにあったことがあるのかもしれない。

ただ、エルローズがもし万が一泣いたりしたら、ポンコツが持ち得る全ての能力を駆使して報復に出る可能性がある。そうなった場合、報復する前に堂々とエルローズの元に行って抱きしめて慰めてこい、という助言をしたのだが、ポンコツにはまだ無理そうな話だった。

「……とっとと布を渡して来いっての。あのポンコツめ」

「布？」

「あ、っとすまない、こちらの話だ」

エルローズの話から思考がポンコツの元へと飛んでいた。そういえば、渡した観劇のチケットの日にちがそろそろだった覚えがある。

いいか、まずは観劇で久々の再会に喜び、そして何よりちゃんと会話をするんだ。後日、布を持って会いに行け。そこでプロポーズ、とまではいかなくてもせめて結婚前提のお付き合いの話までして来い。

なぜ切れ者のはずの宰相の恋愛にここまで首を突っ込まなくてはいけないんだろうか。そう思わないでもないのだが、見てるこっちがもう手助けするしかない、という状況なので仕方がない。

「……恋愛って難しいな……」

いきなりそう言ったリドをセレスはきょとんとした顔で見た。

「え？　恋愛ですか？　そうですね、きっと難しいんでしょうね。私にはまだわかりませんが、いつか誰かを想える時が来たら、少しは大人になれるんでしょうか」

「……そうだな……」

こちらもこちらで、ルークの想いに応えるつもりは一切ないようだった。

ただ、セレスが誰かに恋をして、その笑顔や想いをたった一人の男に向けるのかと思うと、それはそれで少しもやっとした嫌な気分にはなった。

「娘を取られる父親のようなもんか」

「娘さん？　リドさんには娘さんがいらっしゃるんですか？」

「ん？　いや、いないよ。俺自身に子供はいないよ」

子供はいるが、自分の子供ではない。あくまでも一番近い血縁者なだけだ。兄の方はそれを覚えているが、弟の方はあまり覚えていないかもしれないが。

「あ、リドさん、ありました。あそこが幻月の花の群生地です！」

いつの間にか着いていたようで、セレスが指さした場所には、村で見た幻月の花と同じ花があった。

三方を崖に挟まれた窪地《くぼち》に、今にも咲きそうな幻月の花の蕾がぎっしり詰まっている。唯一の出入り口には木々が生い茂っていて、まるで花をそこに閉じ込めているかのような感じを受けた。

「すごいな。村と違って間隔もなくぎっしりだな」

「それに今日は風もないせいか、花の香りが強いですね。村だとここまで匂わなかったんですが」

辺り一面に少し甘い香りが漂っている。甘いのだが匂いを嗅いでいると、頭がすっきりと冴えてくる感じも受ける。

「んー、幻月の花って食用でもいけるのかな？」

「食べるのか？　これを」

「ちょっと違います。紅茶に入れたらどうなるのかな、と思いまして」

こちらでは飲み物は紅茶がメインなのだが、よく考えたら紅茶と緑茶などは同じ茶葉から出来ているので、うまくいけば色々なお茶の種類を作り出すことが出来るかもしれない。その茶葉に花で香り付けしたり、身体に良い薬草を混ぜたりと、薬茶とも言うべきお茶を作り出せないかな、と思ったのだ。もちろん体調不良だけでなく、美容にも良いお茶を作り出してお店で販売したら喜ばれるだろう。匂った感じだと幻月の花の香りは精神に作用するようなので、問題ないのならば一度調合してみたい。

「紅茶に花を入れるのか？」

「はい。花茶と言います。ですが幻月の花に毒性があるとさすがにダメですから」

「そうか。村の花よりこちらの花の方が匂いが強いのなら、少し持って帰って研究してみたらどうだ？」

「五株ほど根ごと分けていただこうと思います。うちの裏庭に植えさせてもらいます」

『ガーデン』に幻月の花はない。王都近くで栽培されているし、必要な根っこの部分も王都内に出回っているのでそれほど珍しい薬草ではない。なので先代も栽培はしていなかった。

「うまくいったらリドさんにも飲んでいただきたいです」

「試飲するなら必ずアヤトがいる場所でするんだぞ」

何かあった場合、薬師ギルドの長がいるといないとでは大違いだ。好きなことを好きなようにやればいいと思うが、それと安全かどうかは別問題だ。何というか、セレスも好きな研究に一途《いちず》なところがありそうなので、リドは予《あらかじ》め釘《くぎ》を刺して置くことを忘れなかった。

◆

幻月の花の群生地に入ってからだいぶ陽が落ちてきてそろそろ夜になろうかという時間になってきた。

二人は、簡単な夕食を済ませると、月が昇る頃まで幻月の花の観察をしたり、セレスが持ってきた小さな鉢で少し外側の花をすり潰してみたりしていた。

「うーん、潰すともっと匂いが強くなりました……。これだと紅茶に入れるのは花弁だけの方がいいのかな」

あまり匂いが強すぎても紅茶として飲みにくくなってしまう。ちょっと香るくらいがいいのならあまり潰さない方がいいだろう。

「確かに濃い匂いがするな。ずっと嗅いでいるとおかしくなりそうだ」

セレスが自分の指で鉢の中からすり潰した花弁をすくって匂いを嗅いでいたら、横からリドがセレスの指の先に付いた花弁の匂いを嗅いだ。

「リドさんのお好きな匂いですか？」

「ちょっと香るだけなら。でもここまで強いと嫌いになりそうだ」

「そうですね。ここまで強いと厳しいですね」

そんな光景をしっかり見ていたヨシュアは、「え、何？　あの光景。ほのぼのしてていいねって言うべきなのか青春だねってからかうべきかどっちだと思う!?」という質問を同僚にして無言で頭をはたかれていた。

やがて上空に満月が昇った頃、幻月の花がゆっくりとその花弁を広げ始めた。外側の厚めの花弁が思いっきり下に垂れ下がり、幾重にもかさなった花弁が大輪の花を咲かす。それがほぼ同時刻に始まり、全ての花が開ききったのはちょうど月が真上に来る時刻だった。

「……綺麗……」

「ああ、そうだな。これを見に来るだけでもその価値は十分にある」

月の光の中で黄色の花の絨毯が地上に広がっている。上空の月と地上の月とも言うべき光景が目の前に広がっていた。

花の中から少し花粉が出始めたのか、空中まで少し黄色に染まっている光景は絶景だった。今日は風もないので、三方向を崖に挟まれ、出入り口とも言うべき場所に木々があるこの場所では、花粉がそのままその場に留《とど》まって漂っている。

「甘い香りが強くなってきてる気がします」

先ほどよりも甘い香りが強く匂う。すり潰した時とはまたちょっと違う匂いだ。恐らく、外側の厚い花弁と内側の薄い花弁では匂いが違うのだ。

やがて花が満開になってから一刻ほど経った時、花が急に今までより多い最大級の量の花粉を一斉に飛ばし始めた。ぶわっという音が聞こえそうなくらい一斉に吐き出された花粉はセレスとリドの背丈よりも高く舞い上がり、周囲を遮ってさらにその視界さえも奪った。むせかえる強い匂いの中、二人は黄色い花粉の霧の中に閉じ込められる形となった。

「ッ！　くそ、セレス!!　セレスティーナ!!」

息を吸うたびに黄色い霧が入ってくるので少しむせながら、リドはセレスの名を呼んだ。すぐ近くにいたはずの少女の気配が摑《つか》めない。

「チッ!!」

舌打ちしたリドが前方に目を向けると、そこにいたのはセレスではなく、豪華な衣装を身に纏《まと》った青年が静かに佇《たたず》んでいた。

「……なるほど、文句を言いたい相手だ」

不本意ながらヨシュアの説が正解だったようだ。個人的にものすごく文句を言いたい相手なので、確かに思いは残している。

だが、特別会いたかった相手でもない。とっくの昔に死んだはずの青年は何か言うわけでもなくうっすらと微笑みながらただ佇んでこちらを見ていた。

改めてこうして見てみると、青年の容貌はルークによく似ていた。ルークがもっと大人になったらこんな感じになるだろう。というよりルークが青年にそっくりなのだ。さすがは父と息子といったところか。

「……こんな風に会いたかったわけじゃないんだがな。でも文句は言いたい。あんたのおかげでものすごく大変だったんだからな……クソ兄貴」

青年は年の離れたリドの兄。

そして、ルークたち兄弟の実の父親。

リドは彼らを兄に代わって育てているに過ぎない。

「やれやれ、噂だけだと思ってたんだがなぁ」

現実に死者に会えるとは思ってもいなかったのだが、こうして目の前に現れると冷静さを失う者は多いだろう。

よく見ればちゃんと違和感はある。

まず、そこにただ立っているだけで、何かをしゃべるとか動くとかいうのがない。

死者だろうが目の前にいるのに何の気配も感じない。

服装だって、彼が死んだ時はそんな服は着ていなかった。あれは自分の記憶の中にある兄の生前の姿の一つだ。

何より、その目が虚《うつ》ろで何もうつしていない。

「……セレスが、この匂いが精神に作用するって言ってたな。一度に大量に吸い込むと幻覚を見る、ってところか……」

この程度で乱れる精神など持ち合わせていないので、目の前の死者が本人じゃないことはすぐにわかった。それでもせっかく出てきてくれたのだから、文句の一つも言ってやりたい。

「あんたが死んでからのあんたの扱いについては文句を言わないでくれよ。こっちはあれで精一杯だったんだからな。それと、自分の奥さんとその家族くらいは何とかしといてほしかったよ」

おかげで未婚なのに表向きは奥さんと息子が出来てしまった。いらないのに。

「だけど、もう放り出すからな。義務は果たした。……じゃあな、兄さん」

黄色い霧を払おうと腰に差していた剣に伸ばしたその手に、不意に小さくて温かな手が触れた。

「え？」

「リドさん!!　大丈夫ですか!?」

いつの間にか隣に現れた少女がリドのその手に自分の手を重ねていた。

「剣なんて抜いてどうするつもりですか？　ここには幻月の花以外には何もないのに？」

「……そうだな、何もないな。だけど、この黄色い霧で一度、セレスを見失ったんだ。安全のためにも霧を払うよ」

心配そうにこちらを見つめる深い青の瞳は感情に満ちている。そこにいる兄もどきとは全く違う。

「霧を払うことなんて出来るんですか？」

「この剣は特別製でね。ここに魔石を付けることで様々な効果を発揮出来るんだ。今は風の魔石を付けてあるからこの霧を吹き飛ばすくらいの風は起こせるよ」

柄《つか》の部分に魔石をはめ込んで使えば、風や炎などの効果を付けることが出来る特別製の剣を持ってきているので、これくらいの範囲ならば風を起こして視界をスッキリさせることが出来る。

それで幻影で現れた兄ともおさらばだ。

セレスには見えていないであろう兄の方を向いて、リドは剣を振るった。

たったそれだけの動作だったのだが、剣から風が起こり辺り一面を覆っていた黄色の霧がざっと動いて散って行き、後に残ったのは満開の幻月の花だけとなった。

「うわっ、すごい風が出ましたね」

風で髪が乱れたのか、少しぼさっとした頭をしたセレスがそこには立っていた。

「悪いな。少し乱れたな」

そう言って剣を収めた手でリドはセレスの頭を優しく撫《な》でた。

そうこうしている内にいつの間にか黄色の霧がなくなりその場にあるのは幻月の花だけとなって

いた。

リドは花と森の間の空き地にあぐらをかいて座った。セレスも何となくその隣にちょこんと座り込んだ。

「リドさん、何を見たんですか？」

「一応、死者ってやつかな？　俺の言葉、聞こえた？」

「少しだけ。私もリドさんを見失って……ようやく会えたと思ったらリドさんが剣に手をかけたんでびっくりしたんです。その時に、兄さん、という言葉だけ聞いてしまいました」

ちょっと申し訳なさそうにセレスは言ったが、別に隠すことでもない。

「兄を見たよ。でもあれは恐らく幻月の花が見せた幻だ。セレスがあの花の匂いは精神に作用すると言っていただろう？　少しくらいならいいが、一度にあそこまで大量に吸うと幻覚を見せるんだと思う」

「……そうですね。精神を楽にさせてくれる効果の匂いなどは過ぎれば幻覚を見せるものもあります。どうして死者限定なのかはわかりませんが、幻月の花はそういった花の一種なのでしょうね」

「ああ、だから平地で開けた場所にある村では幻覚を見た者がいなかった。ここは崖と木に挟まれて逃げ場がないある意味閉じた場所で、今日は無風だ。さらに俺たちはずっとここにいて匂いを嗅ぎ続けていたから、あの大量の放出で一気に幻覚を見る量を超えたんだろう」

村で花を育てている場所は開けた場所だったので、花粉が大量に放出されても霧になるほどその場に留まることもないし、風が吹けばすぐにあちらこちらに散って行く。

時刻も夜遅いのでセレスたちのようにその時間まで傍に居続けて、匂いを嗅ぎ続けている状態の人はまずいない。

大量に幻月の花がある閉ざされた場所に風のない花の咲く満月の夜に行き、開花する前からずっとその場に留まり続けて匂いを嗅いでおいて、開花して大量に花粉が放出された時にその黄色い霧の中に入っていること。

わりと条件としては知らないと厳しいんじゃないかと思う。「そんな偶然ってあるの？」くらいの条件だ。

知っていれば後は風と天候の問題なのだが、知らずに今まで死者に会ったことがある人たちは、この花の前でよほど落ち込んでいたとしか思えない。だからこそ思いを残した人間の幻覚を見たのだろう。

リドが兄の幻覚を見たのは、ここで出会うのが死者であるという情報があったこと。ヨシュアとの会話の中で出た文句の言いたい相手と言われて兄を思い浮かべていたこと。その二つが重なって文句の言いたい死者が出てきたのだと思う。

「お兄さんがいらしたんですね」

「ああ」

「……リドさん。私はお兄さんを直接知らないので、肯定も非難もしません。ただ、お話を聞くことは出来ます。どのような方だったのですか?」

幻覚で出てきたということはリドの兄はすでに亡くなっているはずだ。だが、出てきたということは、それがどんな思いであれリドが彼に思いを残しているということになる。

直接、関わりを持った者には言えないことでも、全く関わりを持ったことのないセレスに話すことで少しでも思いの整理になってほしいと思い、セレスはリドに聞いた。

リドはあぐらの上に片肘を乗せて頬杖《ほおづえ》を突きながら、セレスの方を見た。

「……兄とは少し、年齢が離れていてね。あの人は家業を継ぐのに一生懸命勉強していた。小さい頃の俺は、机に向かっていた兄とは対照的に家中を走り回ってよく怒られていたよ。もちろん兄を支えていくつもりだったけれど、家も責任も兄が全て背負ってくれるもんだと思っていたから気楽なもんだった。兄が結婚して甥《おい》っ子たちが生まれて、何もかも順調にいってたんだ。でも、兄は……あの女に捕まった」

リドのアメジストの瞳が小さく揺れたので、セレスはリドの手にそっと触れた。

「……詳しいことは省くけど、兄はたちの悪い女に捕まって墜《お》ちていったんだ。気が付いた時にはもうどうしようもないくらいだった。後で聞いたんだが、その女は最初は俺に目を付けていたらしい。でも俺が靡《なび》かないからターゲットを兄に替えたらしい。兄は見事に捕まって、家族を放り出して彼女に夢中になった。他人の声は一切届かなかったよ。さらに、兄とその女の行動や言動が周囲に大混乱を生み出して、罪のない人たちまで被害に遭い出したんだ。そこに乗っかる人間たちも出てきて家業の方にも影響が出始めた頃に、ちょうど父も具合を悪くしてね。もうどうしようもなかった。だから、俺は兄を排除するしかなかった……」

明言こそしていないが、兄を手にかけたのは自分だとリドは告白をした。排除＝殺害にはならないが、この場合はその意味で合っているのだろう。

「ま、うちはちょっと上流階級でも特殊な家でね。すぐに立て直さないと国やら何やらへの影響が出てしまう。実家が権力者の兄嫁のお父さんに直談判《じかだんぱん》して、うちにちょっかいかけない代わりに兄嫁さんをそのまま当主夫人の地位に置いて、次は甥っ子に譲るっていう契約をしたんだ。当主は俺で、結婚もしてないのに当主夫人とその跡取り息子がいるっていう変則的な家庭になってるんだ。甥っ子たちはそれなりに可愛がってる。兄が兄嫁の実家に対してもうちょっと何かしといてくれたら楽だったんだけど……。でも結果的には兄の浮気になるからダメか」

ははは、と笑うリドに対してセレスの方は何とも言えない顔をした。

お兄さんのことを聞いたつもりだったのだが、謎のリド一家の話まで付いてきた。

上流階級の特殊な家って何だろう。一応、貴族の家に生まれているので一通りの貴族のことは勉強したつもりだったのだが、全く思い当たる家がない。しかも兄嫁の実家がちょっかいをかけようとしてきたってことは、リドはけっこうな大貴族だったりするんだろうか。特殊の意味が理解不能なのでどの家なのかがわからない。

「えっと、リドさんって一応、独身になるんですか……？」

何より気になったのはそこだ。兄嫁さんとは当主と当主夫人の間柄だが、結婚していないことになるんだろうか。そんなケースは初めて聞いたので気になって仕方がない。

「一応ね。戸籍は綺麗なもんだし、教会にも届けはしてない。結婚の誓いとやらも結婚式もやったことはないな。ちなみに兄嫁とはそれはもう清い関係だよ」

「あ……はい」

セレスもお年頃なので、そう言われれば理解は出来る。

「あの頃は、アヤトにもすごい世話になったな。アヤトのおかげでちょっかいかけてきた連中もだいぶ減って楽になったし、仕事もやりやすくなった」

ちょっかいかけてきた連中には国外の者たちも多く含まれているのだが、今は矢面に立つ弟のリヒトはちょいちょい外交の時にその辺のネタを引っ張り出して、こちらに有利に働くように調整しているらしい。

「兄に対しては正直、複雑な思いはあるよ。あまり気にしてはいなかったけど、引っかかってたんだな。だから、変な幻影が見えたんだと思う」

「……お兄さんのこと、お好きだったんですね」

「うん。嫌いじゃなかった。今でもたまに思う時があるよ。あの時、あの女を無視せずに相手をしてやれば良かったのかなとか、もっと兄ときちんと話をすれば良かったとか。こう考えると後悔だらけだな」

時が戻らないのはわかっているが、それでも時々、そういう思いがよぎる。忙しすぎる時には思わないが、ちょっとした時に心のどこかから湧いて出てくる。

「亡くなったお兄さんや大変だった当時の方々には申し訳ないのですが、今こうしてリドさんと一緒にいられるのは、その時があったからこそ、なんですね」

触れているだけだったリドの手をそっと力を入れて握りながら微笑んで言ったセレスの言葉が、リドの心の中にすとん、と落ちてきた。

心のどこかであの時を認めたくなかったのかもしれない。仕事で忙しくして誤魔化しながらも、あの時をなかったことにしたいという思いがきっとどこかにあったのだ。周囲の人間も、あのアヤトでさえも気を使って兄の話は一切しない。でも、セレスはあの時があったからこそ今があるのだと、あの時がなかったらこうして会えなかったかもしれない、と教えてくれた。

愛《いと》しいな、という想いが自然と出てきた。

「……あー、ヤバイなぁ」

本当にヤバイ。完全に落ちた。今、自覚した。

セレスに会えなかったかもしれない可能性があった？

それは許せないことだ。

それに年齢差もある。

兄が生きていたら、もっと早い時期に自分の政略結婚があったかもしれない。ゴタゴタ続きで兄嫁を横に置いて甥っ子に家督譲るって言ってあるからこそ、誰も自分に結婚しろとか言えない今の状況が出来上がっているのだ。

「そうだな、あの時があったからこそ、こうしてセレスと一緒にいられるんだな」

「はい！」

かつて社交の場で紳士淑女たちから、一目見たら誰でも落とせると言われた極上の笑顔を向けたのだが、向けられた当の本人は、その笑顔に幼い無邪気な笑顔で返事をした。

完全に恋愛対象としてこちらは見られていない。こっちはこっちでつい先ほど自覚したばかりだ。だが、自覚した以上、全力で口説きにかかろう。

とは言え、身辺を綺麗にしてからじゃないとさすがに保護者たちがうるさい。

アヤトを敵に回せば、リヒトも敵に回る。いや、リヒトにはエルローズで回避するか。だが肝心のエルローズが、可愛がっているセレスがらみだと敵に回る可能性がある。やはりここはアヤトから攻略していくしかない。

そういえば、ルークにも狙われていたな。きっちり阻止しよう。

セレスティーナは『ウィンダリアの雪月花』でもあるので、そっちも手を回そう。セレスはセレスだから良いのであって、『ウィンダリアの雪月花』という特殊な存在であることは全く関係ない。

王家の呪いとも言うべき一目惚《ひとめぼ》れの恋情ではなくて、セレス本人と接して生まれた想いだ。

久しぶりに全力で取りかからなければならない事案が出来た。

「セレスティーナ、少し待っていてくれるか？」

「はい？　よくわかりませんが、待てというのなら待ちますよ」

「うん、今はそれでいいよ」

◆

リドの久しぶりの全開の笑顔を見て固まって、聞こえて来たその言葉に隠れていたヨシュアが、

「ヤバイ!!　あの人、何かお嬢ちゃんに待ってってって言ってる。これ、ひょっとしてオレってばものすっっっごくこき使われるんじゃない？　死んじゃうかも！」

と器用に静かに騒ぎ始めたのだが、やはり同僚に頭をはたかれた。

「黙れ。あの方にようやく訪れた春だぞ。こちらも全力で応援するに決まっているだろう」

同僚は完全にリドの味方だった。ヨシュアがそこら辺でぶっ倒れていようが、敬愛する上司の初恋のために全力でサポートする構えだ。

先ほどまで黄色い霧のせいで二人を一瞬見失って焦っていたのに、霧が消えたら何故かリド先輩が年下の少女をロックオンしていた。意味がわからない。

「……あれ？　これひょっとして、リド先輩よりも先にアヤト先輩にやられる案件？」

お嬢ちゃんには、師匠で実質的な保護者の先輩がもれなく付いている。もうすでに帰った時の笑顔が怖い。

「そうだ、リヒトに泣きつこう」

「バカ言え。閣下に泣きついたところで相手が相手だ、諦めろと言って突き放されるだけだ。しかも、敵側にエルローズ様がいるんだぞ」

色んな意味でリヒトが逆らえないメンバーが向こうに揃っている。

「リド先輩の命の危機？　それともオレの命の危機？」

「どちらかと言うとお前の方だな。あの方にやられるか、アヤト様にやられるか、だ」

「嫌な二択！」

セレスティーナには、ぜひ早くリド先輩の良さを知って、彼に恋してもらいたい。でもよく考えたら、先輩ってまだ身分とか明かしてないよーな……？

チラッと同僚を見ると、同じことに思い至ったのか、力強く頷いていた。

「……警護、増やす？」

「その方が良さそうだな」

ただでさえ『ウィンダリアの雪月花』という特殊すぎる存在なのに、リド先輩の想《おも》い人《びと》だってバレたらどうなるかわかったもんじゃない。早急に警備体制の見直しを図るか、とついため息が出た。

◆

リドとセレスの目の前で咲いていた幻月の花は月がだんだん下がり始めると、その動きに合わせるようにゆっくりと花弁を閉じ始めた。茎につくほど垂れ下がっていた一番外側の花弁でさえもゆっくりと起き上がって最初の位置に戻っていく。

満月の夜、月が頂点に達した時にだけ見ることが出来る特別な開花現象。

幻月の花の咲く場所で死者に会えるという噂に関しての検証も済んだので、後はこれをアヤトに報告して薬師ギルドからの注意喚起を各地にしてもらうだけだ。

そして、リドは自分の気持ちを自覚したので、これから色々とやることが増えた。

まずは、自分の今の地位を後継者である兄の息子に譲り、セレスの保護者を陥落させていかなければならない。なによりもセレス本人に自分を恋愛対象として見てもらわなくてはならない。

現在、セレスにその気はない。というよりも、セレスは誰のことも恋愛対象として見ていない。心がまだ幼いのだろう。

好きという気持ちは親愛の情までだ。保護者たちには、自分がセレスの傍にいるメリットを説ければまだ納得してくれるだろうが、セレス本人の気持ちがなければそちらも説得出来るかどうか危うい。

大切なのは、セレスティーナの想いだ。

なので、これからは自分のことを意識してもらうためにも、保護者としてではない顔も見せていくつもりだ。

「さて帰るか、セレス。ここでの用事は済んだのだろう？」

一応、危険なのはあの瞬間だけだろうが、長くこの場に留まって匂いを嗅ぎ続けるのもどうかと思うので、早々にこの場を去った方が良いだろう。

「はい。幻月の花のことをお姉様にも報告しないといけないですしね。リドさん、一緒に来てくれてありがとうございました」

「ジーク、だ」

「え？」

「ジークフリード、それが俺の名前だよ。長ったらしくて呼ぶのが面倒くさい、とか言われて、アヤトがリドって呼び出したんだ。仰々しい名前だろう？　騎士として活躍したご先祖の名前で、次男で家を継がない予定だったから、騎士として活躍してくれればという思いで付けられたらしい。昔は家族がジークって呼んでたんだが、今は誰も俺のことをそう呼ばないから、せめてセレスだけでも俺のことをジークって呼んでくれないか？」

懇願するように言われてセレスはちょっと戸惑ったが、本人がそう呼んでほしいと言うのならば、そう呼んだ方がいいのだろう。

「……ジーク、さん？」

「そう。いい子だ。これからも俺のことはそう呼んでくれ」

後でこの時の話を聞いたアヤトに「お兄さんの話をしたばっかりで、ちょっと同情心があった素直なセレスちゃんにつけ込むんじゃないわよ。このむっつり」と言って怒られた。どの辺でむっつりが出てきたのか知らないが、少なくともセレスに特別な呼び方で呼んでもらうことには成功した。

「リ……ジークさん、あ、あの……」

「ん？　どうした？」

「迷子にはならないので、手を離してもらっても大丈夫ですよ？」

リドことジークフリードは、左手でセレスの右手をしっかり摑んでいた。ジークフリードはセレスと手を繫いで彼女の歩調に合わせて隣を歩いていた。

子供ではないし、ふらふらどこかに行かないので大丈夫なのだが、こうして手を繫いで一緒に歩いている姿は、誰も見ていないのに妙に気恥ずかしい。

「でもセレス、さっきは急に出てきた黄色の霧に阻まれてお互いを見失ってしまっただろう？　空が少し明るくなってきたとは言え、まだ夜も完全に明けていないし、こうして手を繫いでいた方が離ればなれにならなくて安全なんだ」

夜も明けきらぬ森の中で、経験豊富な冒険者でもあるリド改めジークにそう言われれば、セレスは納得するしかない。そういうものなのかなと思ってジークフリードを見上げれば、にっこり笑われたのでセレスはそのまま手を繋いで森の中を歩いて行った。ジークフリードが内心で、まずはちょっとした触れ合いから、なんて考えているなんて思ってもいなかった。

◆

「お……お嬢ちゃん、素直すぎない……？　あれ、純愛そうに見えて絶対、内心は邪《よこしま》な思いに満ちてると思う」

「素直なのはいいことだ。あの方の好きなお嬢さんがああして素直な方であることは喜ばしい」

ちょっと遠目からヨシュアと同僚はその光景を見ていた。

海千山千の化け物軍団相手に勝利をもぎ取ってきたのは、それ以上に本人が相手の裏側を読んで様々な手を打ってきたからだ。そんなのの相手をしていれば精神的疲労度だって増す。まして、心を休める家族という存在はいないに等しく、この十年間ジークフリードは、常に孤独な戦いを強いられてきた。

ジークフリードの心を癒して支えてくれる人なら別に策略家でもなんでも良かったのだが、彼が恋したお嬢さんは、信頼した人を疑わない素直な心の持ち主だった。

「やっべ、オレ、こき使われるかもしれないけど、特等席で先輩があたふたする瞬間が見られるかもー、楽しみー」

「その前に見てるこっちが背筋が凍るような思いをする瞬間があるかもしれないぞ」

「……マジか!?」

セレスに何かあればジークフリードはきっと容赦しない。そうならないためにも、大切なのはセレス本人の安全とセレスが悲しまないように彼女の大切な人たちの安全確保だ。

「不文律に抵触しない?」

「彼女本人が望めば大丈夫だ。束縛してはならない、虐げてはいけない、何事も望むままに。どこにも王家に嫁いではいけない、という文章はない」

王家の執着、と言われてはいるが、今までの聖女たちがその心を王家の男たちに寄せなかっただけで、両想いになったうえで幸せな家庭を築いていっていればそんな不名誉な噂は流れなかった。

このままセレスティーナがジークフリードと想い合って嫁ぐことが出来れば、世間の見方は少し変わっていくのかもしれない。だがそれはジークフリードがセレスティーナの恋心を得られればの話だ。

「あーあー、見てよ、先輩のあの嬉しそうなデレッとした顔。あんな笑顔を女性に向ける先輩なんてオレ、初めて見たね!!」

「ふ、安心しろ、誰一人として見たことはない。他の奴《やつ》らの反応を見るのが今から楽しみだ」

同僚も相変わらず良い性格をしていた。でも普段、冷静な影の者たちが、誰も見たことのない笑顔を一人の少女に見せるジークフリードを見てどういう反応をするのか楽しみではある。

ただし、今現在、リヒトの手伝いに駆り出されている上司だけは絶対に驚くことはない。

あの人、何をやらかしたら顔色とか変わるのだろう、好奇心はあるがそこは触れてはならない領域だ。

目の前でいちゃつく恋人未満の二人を見ながら、王都に帰ったら、エルローズに対して絶対一歩も進んでいないであろうリヒトにジークフリードを見習うように進言しようと心に決めた。

第六章　次女と宝物

再び湖で一泊してから幻月《げんげつ》の花《はな》を栽培している村に戻ると、出発した時より妙に兵士の数が多いような気がした。

「リ……じゃなくてジークさん、何か兵士の数が増えていませんか？」

ジーク、という名前に言い慣れないセレスが「リド」と言いかけては直すのを微笑《ほほえ》ましい気持ちでジークフリードは見ていた。

「そうだな。きっとこの村にある宝物を守るためじゃないのか？」

のんびりとした村に似つかわしくない数の兵士に驚いたセレスが疑問に思って聞いたのだが、ジークフリードから返ってきたのは冗談のような答えだった。

「宝物、ですか？　ここに何かあるようには見えないんですが……？」

「はは、そうかもな。でもセレス、彼らの宝物は必ずしも俺たちが想像しているような金銀財宝ではないのかもしれないよ」

「そう言われれば、貴重な薬草も宝物になりますね」

「ああ」

金銀財宝より貴重な薬草の方に興味を持つセレスはわかっていないが、もちろんジークフリードは彼らの宝物が何かわかっている。彼らの守るべき月の宝物は、目の前にいる少女だ。

僅か数日でリヒトはこの辺りの大掃除を終えたらしい。指揮系統の再編や分家の統制などをきっちりしたらしく、今この場にいる兵士たちに緩んでいる様子はない。

よく見ると、一般人に混じって目つきや気配が、普通の人とちょっと違う人間が何人か混じっている。本家かリヒトに近い人間から派遣されてきた者たちなのかもしれないと思っていたら、その内の一人と目が合って小さく頷《うなず》かれた。何度かリヒトの傍《そば》で見たことがある顔なので、間違いなく今この場にいる兵士たちはセレスを守るために派遣されてきた者たちなのだろう。

「まあ心配することはない。兵士たちがいるってことは俺たちの安全にも繋《つな》がるからな」

「そうですね。しっかりジークさんを守ってもらわないと！」

「ん？　俺が守ってもらうのか？」

「そうですよ。だってジークさん、上の方のおうちの当主様ですよね。ちょっと気軽に会話しちゃってますけど、本当は私なんかと関わることのない方ですよね？」

セレスが真剣な顔でそう言った。当たり前のことだが、自分が護衛対象だとは考えてもいないようだ。

確かに彼らの護衛対象にジークフリード本人も入ってはいるだろうが、現在、彼らがもっとも守るべき人は、アヤト直筆の身分証を持つセレスだ。本人は一切知らなくても、ティターニア公爵家の者たちにとっては守るべき人だ。

「確かに俺は上の人間で、非常に面倒くさいが当主だ。ま、ぶっちゃけるとここの領主を良く知ってるくらいには上の方だな。でも気軽に話をしてほしいかな。セレスに距離を置かれたら、マジでへこんじゃうよ」

もし本当にセレスに距離を置かれたら、へこんだ挙げ句の果てに何をしでかすか自分でもわかったものじゃない。『ウィンダリアの雪月花《せつげつか》』に執着したご先祖の気持ちが理解出来そうで怖い。

幸いなことに、セレスはジークフリードに恋愛の情とまではいかなくても、親愛の情は持ってくれているし、未《いま》だ未成年の身なのでこちらも我慢が出来ている状態だ。

セレスが本来、貴族の成人の証《あかし》ともいえる社交界デビューする予定だったのは次の春だ。それまでに周囲をある程度綺麗《きれい》に片付けて、出来れば甥《おい》っ子に家督を譲って自由の身になっておきたい。

さすがに完全に貴族社会から身を引くことは出来なかったので、母方の祖父から爵位と領地を相続することにはなっているが、それは『ウィンダリアの雪月花』であるセレスを守る盾になるはずだ。面倒くさいが、継承することにしておいて良かった。

万が一、セレスにそれなりの身分を持った人間が妙な圧力をかけ始めた場合、この子はあっさりと国を出て行きかねない。

貴族の娘として生まれたはずなのに、その辺の行動基準がよくわからないので、突拍子もない行動に貴族側の人間の方があたふたするのが目に見えるようだ。

だが、ジークフリードが傍にいればそういった貴族たちの行動は抑えられる。向こうもジークフリードを敵に回してまでセレスにちょっかいをかけることはないだろう。

いろいろな意味でセレスティーナを国の外に出すわけにはいかなくなったので、国内の守りはしっかりしておきたいところだ。

帰ったら、影たちの再編成とそれからウィンダリア侯爵領の方に何人か人を入れよう。セレスティーナの存在をどれだけの人間が知っているのか、それとも忘れているのか。その辺もきちんと見極めなくては。

やることは多いが今までで一番充実した仕事が出来そうだ。それらをやりきれば、一番最後に待っているのがセレスティーナの笑顔だと思うとやる気も起きるというものだ。

「さて、セレス。帰りは行きと違う街道を通ってみるか？　違う景色や薬草、それに分岐点にある像も違う形をしているしな」

「いいんですか？　嬉《うれ》しいです」

行きは最短ルートで来たのだが、帰りは少し遠回りして帰るルートを提案してみた。

王都に帰ってしまえば、しばらくは忙しくてセレスに会いに行くことも出来なくなるだろうから、今の間に出来るだけ多くの時間を一緒に過ごしたいという、ちょっとしたわがままだ。リヒト辺りはすぐに帰って来い、とか思っていそうだが、もうしばらくは初恋を堪能したい。

村長へ取りあえずの注意事項だけ伝えてから村を出ると、確かに行きよりは街道に出ている兵士の数が増えている。それに変装しているつもりらしい怪しい商人や農民があちこちに見られた。

「……まぁまぁ下手くそだな」

「何がですか？」

「何でもないよ」

王都からあまり出たことがないというセレスは、この怪しさ全開に気が付かない。というよりも、セレスの興味を引くのはそこら辺にいる人間ではなくて薬草の方だ。少々怪しかろうが何だろうが、人間は気にしていない。そういえばセレスは薬師で、今度お店を出す予定だったな、ということを思い出した。

「セレスは今度、お店を開くんだってな」

「ええ、お姉様から聞きましたか？」

「そんなもんだ。それでどういったお店を出すんだ？」

アヤトからの情報プラス王家の影がえっちらおっちら集めてきた情報によれば、普通の薬屋とは少し違うお店を開くらしい。

「場所は、先代の薬師ギルドの長のお店なんですが、知っていますか？」

「もちろん知っている。俺も世話になったが、ちょっと変わった人だった、かな」

何となく濁して伝えてみたが、先代薬師ギルドの長は、患者が薬で治っていく様子をのぞき見ては遠くでうっとりとし、自分で生み出した毒を死なない程度で自ら試してはぞくぞくして楽しいという変態だった。花街の裏近くに店を構えていたせいか、花街のお姉さんたちが病やケガをした時には真っ先に駆け込む場所となっていた。真夜中だろうと何だろうと病人の元に駆けつけてくれるので、緊急事態になった時などには大変好評だった。だが、その治る様を興奮して見ては他人に見せるのは憚《はばか》られる顔をしていたので、「最高だけど最低」という正反対の評価を受けている人物だった。

「セレスは会ったことはあるのか？」

「いいえ、まだ一度もお会いしていないのですが……。その……えっと、大変個性的な方だった、とは聞いています」

教えてくれたのは、ついこの間仲良くなった吉祥《きっしょう》楼《ろう》のオーナーの女性だ。

基本的に花街で必要と思われる薬は全部置いてあった。

緊急事態用の薬なんかも常備していたので大変重宝していたとのことだったが、ただし『薬は最初だけは自分の目の前で飲むこと、じゃないと売らない』という張り紙をしていた人だったらしい。実際、その張り紙を関係ないとばかりに無視しようとしたおバカさんたちには一切薬を売らない人だった。

なぜ最初だけ目の前で飲めという指示があったのかというと、建前上は用法を間違えるといけないから、とのことだった。しかし実際は、先代が客が薬を飲み込む時の仕草や喉が動く様子が何よりも好き、ということだったそうだ。

世の中には色々なフェチの人がいるし、目の前で見せるだけだから害はないといえば害はない。

家から出られない人や緊急事態の人はともかく、普通に買いに来た人たちには薬を売る代わりに自分の欲求を満たしてもらっていた、とのことだった。中には何でもない薬を目の前で飲んでは誘っていたお姉さんもいたらしいが、全員見事に撃沈していたそうだ。先代はそういった意味で花街に行ったことのない人だったらしい。

「……そうだな、まあ、アヤトの師匠だし」

「……お姉様に、私は孫弟子だって言われました……」

そう言われて、今更ながら薬師ギルドの長っていつからあんな個性的な人たちが受け継ぐ役職になったんだろう、という疑問が湧いて出てきた。

もちろんジークフリードは薬師ギルドの長が代々師弟関係で、弟子が継ぐ主な理由は面倒くさいからだということを知っていた。それに貴族や富裕層の相手をしないといけないので、個性的な人間でないと押し切られて薬師ギルド全体が良いように使われるかもしれないという危機感からのことなのかもしれないが、歴代の個性が強すぎる気がしてならなかった。

◆

ジークフリードの目の前で、彼の愛《いと》しい少女は目を輝かせて薬草に興味津々な様子だ。とはいえ、それは大量に摂取すると毒になるタイプの薬草で、さらに言えば買い求めるお客の大半が花街の方々なので、まだ未成年のセレスにはあまり関わってもらいたくないタイプの薬草である。

行きとは違う道の途中にある宿場町に到着したので、町中を散策していたところ、裏路地にひっそりと看板が出されていた小さな薬屋を発見した。

見つけた瞬間に迷うことなく中に入っていったセレスに、もう少し危機感を持つように言うべきかどうか迷ったが、嬉しそうに薬を手に取る姿にジークフリードの心は和んだので説教はなしだ。

ただ、ジークフリードがぱっと見た限り、どうにもそっち系の薬や薬草が多い気がする。

セレスは今、ここの店主だと思われる女性と話し込んでいた。

「ここにある薬や薬草って、夜のお姉さんたちに需要が多いものですよね」

「そうよ。お嬢ちゃん、よく知ってるじゃない。見ない顔だけど王都の薬師かい？」

「はい。薬師ギルドの長の弟子です。今度、王都にある花街の近くで薬屋を開くことにしたので、夜の薬の勉強をしている最中なんですが、ここまで種類が揃《そろ》っているお店は珍しいです」

「ああ、何年か前にあのオネエな長が子供を弟子に取ったって噂《うわさ》は聞いてたんだけど、あんたがそうなんだね。王都の花街って、中にあった薬屋はどうなったんだい？」

「代替わりしてお孫さんの男性の方になったそうです。なので、花街のお姉さんたちが相談しづらくなったらしくて……たまたま私が薬屋を開く場所が花街の裏通りから抜けるとすぐ近くなんです。普通の薬だけじゃなくて、お姉さんたちの要望に沿った薬も置きたくて。気軽に入れる薬屋を目指す予定です」

「確かに、あたしが教えてもらった頃でもあの婆《ばあ》さんはまあまあな年齢だったからねぇ」

中年くらいの女性店主は若い頃に王都で修業をしていたそうだ。その修業先が花街にある薬屋で、当時の店主だったお婆《ばば》に色々と教えてもらったそうだ。

さすがに花街の中にあるだけあってその手の薬草の知識は、当時の薬師ギルドの長よりも豊富だった。

「誰もが一度は思い浮かべる魔女を体現したような婆さんだったけど、腕は確かだったし、あの当時のギルド長の暴走を止められる貴重な人材だったんだよ。物理的に」

物理……なんだ。魔女らしく人心を惑わす言葉とかじゃなくて、物理的に当時の薬師ギルドの長（おそらく変態と呼ばれている先代）を止められる人材、それはもう重宝しただろうと思われる。

「お姉さんでは止められませんでしたか？」

「あたしが？　無理だね。逃げ足がすっごい速かったんだよ、あの人。花街の婆は容赦なく軽い麻《ま》痺《ひ》薬とか使って足止めした後に、縄をかけてイスに縛り付けて仕事させてたから」

その光景を思い出したのか女性店主は豪快にあはははは、と笑い出した。

「イスもさぁ、すっごく上等なイスが執務室にあったのにわざわざそこら辺にある事務イスに縛り付けてたから、あれは完全に嫌がらせだったね。長時間縛り付けられてたせいでお尻がって嘆いてたんだけど、そっちの薬も渡してたっけ。……でも、一番やばかったのは、婆のヤバめの薬を身をもって体験出来た、とか言って喜んでたあの人だよ。婆も新作が出来るたびに長で試すのは、止《や》めてほしかったかな。見てるこっちがハラハラしたし、実験体（＝長）の様子を観察して報告書を提出しないといけなかったんだよね。面倒くさかったわ」

もう先代で間違いないだろう。あと物理というかそこは薬師らしく薬物の力だ。そして実験体になれたことを喜ばないでほしい。薬師ギルドの長、という文字にフィルターがかかりすぎているだけで実際にはマッドでサイコな方でしかない。

花街の婆の弟子だったというこの女性も豪快に笑い飛ばしているが、この店の品揃《しなぞろ》えを見る限り、先代の長と花街の婆の影響を十分に受けていそうだ。

「宿場町の品揃えとしてはすごいと思うんですが……。夜のお薬の需要はあるんですか？」

「お嬢ちゃん、まだまだウブだね。一応ここにも小さな花街っていうか、それぞれのお店はあるし、王都じゃ知り合いに会うかもしれないって思ってる人たちって、ちょっと離れた宿場町だと妙に安心してはめを外す人が多いんだよ。それに旅行気分で舞い上がってる人たちもね。表通りにある薬屋は一般的な薬が多いけど、ちょっと裏のこういう通りにある薬屋に来る人たちは訳ありが多い。あと、王都じゃ気恥ずかしくて買えないって人たちもここで買って帰るのさ」

需要はちゃんとあるらしい。しかも王都に持ち帰る秘密のお土産も兼ねているようだ。

「……つかぬことをお伺いしますが、魅了の薬とかもありますか？」

話に聞いただけで実際に見たこともなければ、作り方も知らない魅了の薬。

アヤトなら知っていそうだが、教えてくれるかどうかもわからない。先代は作り方を知っていたという噂があるので、交流があったこのお店の店主なら知っているかも、知ってたら材料とかだけでも教えてもらいたい、と思って聞いてみた。

「魅了の薬？　ああ、あの薬の作り方は知らないねぇ。当時でも、知ってたのは長と婆くらいじゃないのかな？　でも禁止されてる薬だから、あたしたちには教えてもらえなかったね。今は……オネエな長は知ってるかもしれないけど、基本的には禁止薬だから、お嬢ちゃんが関わるものじゃないよ」

「やっぱりそうなんですね。でも、もし魅了の薬が使用された時に解毒剤を作れるように材料だけでも知っておきたかったんです」

「そうだね、使われないとは限らないね。実際、あの時も使われたっていう疑惑があったし……お嬢ちゃんはオネエな長の弟子なんだろう？　ちゃんと聞いてみたらどうだい？　まあ、知ってしまったら出回った時に疑惑は持たれるかもしれないけどね」

作り方を知っている人間が限定的なら、万が一、魅了の薬が出回った時に疑惑の目を向けられる可能性は大きい。

そんなリスクを背負ってまで知りたいかどうかの問題なのだが、セレスは知らずに悔しい思いをするくらいなら、知っていたい派だ。その方が万が一の時の対処がすぐに出来る。

「……少し聞きたいんだが、あの時っていうのは十年ほど前のことか？」

何気なく言った店主の言葉に疑問を持ったのは、ジークフリードの方だった。

「あんたは？」

「この子の護衛の冒険者だ。アヤトとは昔からの知り合いで、十年前の関係者でもある」

「オネエな長の……？　ふーん、十年前の関係者ってことは、あんたいいとこのお坊ちゃんだったんかい？」

「そうなるな。否定はしない」

「ま、いいけどね。あたしだって詳しいことは知らないし、噂で聞いただけだったから。あん時の女の様子から、魅了の薬でも使ってなくちゃおかしいって薬師仲間の間で噂になってたんだよ」

「そうか……ありがとう」

あの時、薬師たちは特に何か動きを見せていたわけではないが、関係者でもない薬師たちの間でそんな噂が広まる程度には、あの時、見られていたということだ。

帰ったらもう一度、あの時のことをきちんと調べ直した方がいいのかもしれない。

あまりにこの十年間は忙しすぎたので、正直あの事件は解決済みとして掘り返していない。

あの女の単独の事件だったと言われてはいるが、追い切れなかった背後関係があるのならそれの始末をするのは自分の役目だろう。

セレスに話をしたので少しスッキリはしているが、落ち着いた今だからこそ、あの時の異常性がよくわかる。

「ジークさん」

心配そうな顔で名前を呼んだセレスに「大丈夫だよ」と言って微笑んだジークフリードは、王都に帰ってからリヒトやヨシュアにあの時の再調査をさせようと決めていた。

◆

「アヤトさん、姉様はまだ帰って来ないんですか？」

しとしとと降る雨がディーンの今の心情を良く表している。

第二王子がようやくディーンの存在を思い出して訪ねてきたので、念のため少しの間だけ王都から姉に姿を消させた。第二王子は相変わらず姉を捜してはいるようだが完全に手詰まり状態のようだ。そろそろ王家の影を使いたいようだが、それには国王か宰相、もしくは兄の王太子の許可がいるらしいが、誰もその許可を出してくれないそうだ。

「僕は今現在、大変な姉様不足に陥っています」

アヤトの執務室で雨が降る様を窓越しに眺めながら、ディーンは切なそうな顔をした。並のお姉様なら、きゅんっとなってすぐに慰めたくなるのだろうが、生憎《あいにく》ここにいるのは薬師ギルドの長（女装男子）のみだ。

「あのね、私相手にそんな顔したところでなんの感情も浮かばないわよ。相変わらず姉様大好き人間ね。貴方《あなた》がいるとセレスちゃん、恋愛なんて出来そうにないじゃない」

顔良し、家柄良し、性格……はシスコンだが悪くはない。まだ大人の男性には負けるとはいえ、剣の扱いだってうまい。ただ、ちょっと姉のことになると暴走しがちなだけで、端から見れば超優良物件だ。

そんな弟が傍にいると、セレスが自らの恋人に選ぶ基準が無意識にでも高くなってしまう気がする。

「姉様が結婚するなんて考えたくもないです。それに結婚しなくても別にかまいませんよ。ずっと僕が面倒を見ますから心配はご無用です」

割と真剣に弟は宣言をした。

「……ちなみに、貴方から見てセレスちゃんに相応《ふさわ》しい男ってどんな人なの？」

「考えたくもありません」

「一応、考えなさいよ。下手な男に取られたくないでしょう？」

「……仕方ありませんね」

アヤトにそう言われて、本当に不本意そうにディーンはちょっとだけ考え込んだ。

「本当は姉様が『ウィンダリアの雪月花』であることを隠し通せるのが一番良いのですが、恐らくそれは無理な話です。いつかどこかでバレます。ってゆーか、何故《なぜ》今までバレてないのかがむしろ不思議でしかありません」

王家の第二王子が執着してる時点で誰かが気付いてもよさそうなものだが、今のところ、誰もセレスが『ウィンダリアの雪月花』だという事実に何故か気付いていない。両親を含めたウィンダリア一族が騒いでいないのと、弟の自分が同じような青色の瞳を持っていることでうまいことフィルターがかかって、セレスの深い青の瞳はスルーされている状態だ。髪の毛は毎回、綺麗に染めてくれる侍女たちの腕のおかげで黒色だと認識されている。

「姉様が好きになった人なら誰でも、と言いたいところですが、現実問題、姉様のことを知った貴族たちがどう動くのかはわかりません。不文律があるとはいえ、最近の若い者たちや四大公爵家以外の貴族たちは不文律を軽んじているように思えますから。僕が実際に言われた言葉は『お前の姉が雪月花なら妻にしてやってもいい』でしたからね」

もちろん言った相手にはちゃんと自分の仕業だとわからないように報復はしてある。ただその時に、その男や仲間たちの気持ち悪い笑い声を聞きながら、『ウィンダリアの雪月花』そのものが軽んじられているのだということは感じられた。若い貴族たちは、雪月花に手を出したらどうなるのか、なんて考えもしない。どうせおとぎ話で実際には何の害もないのだろうと思っているようだ。歴史を勉強しないやつらはこれだから困る。

確かにここ何代かの月の聖女は不文律のおかげで不幸な死を迎えずに済んでいるし、基本は表にも出てきていないので仕方ないのかもしれないが。

「姉様が『ウィンダリアの雪月花』であることを考慮するとそれなりの家、出来れば四大公爵家の本家の血を引く方がいい。貴族から逃げ出したい姉様には悪いですが、僕は下らない貴族の足の引っ張り合いとかプライドで姉様が傷ついたりすることの方が嫌ですから。四大公爵家なら他の貴族、それに王族の執着心から姉様を守ることが出来るでしょう。ただし、姉様の自由を奪うのはもちろんダメですし、姉様ですから、はっきり言って貴族同士の社交は諦めてもらいますが」

かつて目の前の薬師ギルドの長の先祖は、王家を敵に回してでも当時の月の聖女を助け出して守った。

その結果、今、ティターニア公爵家の領地は薬草に困ることはない。それはティターニア公爵家が王家相手に喧嘩《けんか》を売っても負けない強さを持っていたからだ。広大な領地と潤沢な資金。それによって商人たちを味方に付け、騎士や兵士たちの充実を図り、彼女が亡くなるまでの数年間、見事に守り抜いた。

セレス自身は、普通の少女だ。怒ったからといって天変地異を起こせる能力を持っているわけではない。セレスを不幸にした場合の女神の怒りはセレスが死んだ後にしか起こらないので、結婚相手にはどうしても彼女を守る力が必要になってくる。

四大公爵家と言われている家でも、王妃の実家であるノクス公爵家は今は少し斜陽なので厳しい。シュレーデン公爵家は、跡取り息子が亡くなってから老公爵が頑張っているが、近々、親戚筋から後継者を決めると聞いている。その後継者の力量も性格も不明なのでこちらも除外だ。

オルドラン公爵家の現当主は三十歳を過ぎたばかりの働き盛りでその跡取り息子は未だ幼子で学園にも入っていない。

そしてティターニア公爵家。今の当主は宰相の地位にある方で、その兄がセレスの師匠であるアヤト。

どっちも却下だ。

「うーん、中々難しいわね。王家に対抗出来て、セレスちゃんに自由を与えてくれる四大公爵家の当主筋の男。そんな都合の良い男なんて残っていたかしら？」

幼い内から婚約者が決まっていることだって珍しくないのが公爵家だ。売れ残っているのはよっぽど性格に難有りの問題児ばかりだろう。

さすがのアヤトも自分がちょっと公爵家の中では、特殊な部類に入る問題児だった自覚はある。

弟・リヒトはエルローズに対してだけポンコツなだけなので性格に難があるわけではない、ハズだ。だが、あの弟が今更エルローズ以外に目を向けるとは考えにくい。あれでも純情で一途《いちず》な男なのだ。

「あら？　そう言えば……」

よく考えたら、そんな都合の良い男が今現在セレスの傍にいるではないか。

リドことジークフリードは、母親がシュレーデン公爵家の出身で、自身もセレスを守るためには十分すぎる権力と手駒をしっかり持っている。今のところ、奥さんじゃない兄嫁さんを奥さんっぽく扱わなければいけない立場で、甥っ子二人を実の父親以上にしっかり育てているが、正確には一人身の気ままな独身貴族のはずだ。

問題はセレスと年齢差がありすぎることだが、そこは本人の強い意思があれば大丈夫だろう。

「あら？　あらあら」

ほほほほほ、と笑い声が漏れた。ディーンにはうさんくさい目で見られたが、ちゃんと考えると案外いけるんじゃないかと思う。ジークフリード本人もセレスのことは気に入っていたようだし、ジークフリードがその気になれば、初心《うぶ》なセレスなんてすぐに落とせそうだ。

「あ、でもそっち系は鈍いかも」

セレスは自分に向けられた感情には気付くが、それが恋愛感情を含んだものだとは見事に気付かない。

本気で落としにかかったジークフリードに、セレスが違う方向の返事をしている姿が目に浮かぶ。

「ねぇ、ディくん。心当たりがあるんだけど……って言ったらどうする？」

「……どうするも何も、アヤトさんがそう言ってる時点で、本当に心当たりがあるんでしょう？　せめて姉様に紹介する前に僕に紹介して下さい」

「あ、ゴメン。もう遅いかも」

何せジークフリードは勝手にやって来てセレスと知り合いになって、今は一緒に旅をしている仲だ。ディーンに紹介する前にもう婚前旅行（？）中だ。

「……ひょっとして、姉様の傍に今、いたりしますか？」

弟の勘は鋭い。

「うん。腕は確かな冒険者だから」

「で、その正体は？」

「あー、そうだねぇ、ディくんなら一度くらいは見かけたことはあると思うよ」

王宮とか王宮とか王宮で。

それにジークフリードが「娘みたいなもんだ」と言っていたセレスに、本当のところどういった感情を持っているのかわからないし、ジークフリードの周りの状況もまだ複雑なままだ。

「僕が見かけたことがある、となるとそれなりの地位にいる方ですね」

一応これでも、ウィンダリア侯爵家という高位貴族に属する身なので、下手な場所には行かない。それにディーンはまだ未成年の身なので、公式の式典に出ているわけでもない。それなのに見かけたことくらいはあるというのなら、誰もが見られるような大規模な式典で発言する地位にいる人間ということになる。だがそうなると、

「姉様とは年齢差がありませんか？」

「ちょっとあるわね。ってゆーか、私と同じ年齢よ」

この年齢不詳な長と同じ年齢と言われてもピンとこない。

「すみません。アヤトさんと同じ年と言われても想像がつきません。外見もアヤトさんみたいに年齢不詳な感じですか？」

「褒めてるのよね？　それ。そうね、ちょっと年齢不詳な感じはあるわ」

ディーンが見かけたことがあってもギャップがありすぎて気が付かない可能性が出てきた。ジークフリードが公式の場と友人の前で見せる姿との差がありすぎることに、アヤトは今更ながらに気が付いたのだった。

◆

「リヒト、貴方、リドから預かった布をまだローズに持って行ってないって本当なの？」

王都にあるティターニア公爵家の屋敷にあるリヒトの私室の扉をノックもなく開けたのは、薬師ギルドの長をしている兄だった。兄、と言っても外見は姉だ。物心ついた時にはもう女装をしていたので、兄だけど姉という姿に違和感はない。

珍しく自室のソファーでだらっと横になっていたリヒトは、兄に会った時には必ず文句の一つでも言おうと思っていたのだが、扉を開けた瞬間に放たれた言葉がずんっと響いた。

「その様子だと本当のようね。おバカさんねぇ、いつまで自分は年下だっていうのを気にしてるのよ。一歳しか違わないんだから、全く気にする必要はないのに」

「兄上……兄上はいいですよね。エルローズと一緒に学園生活を楽しまれていましたし……。女友達みたいに買い物とか一緒に行ってるし……今でも一緒にお出かけしてるんでしょう。ヨシュアから聞いています」

これが本当に王国の宰相かと疑うくらいポンコツだ。

アヤトとエルローズは服装における意見の相違はあるものの、基本的には女友達みたいな関係だ。そこに恋愛感情は一切ない。弟の想い人《おもびと》で、エルローズもリヒトのことを想っているのは知っている。両片思い、というやつだろう。どっちかが素直に告白さえしていれば、今頃子供の一人や二人くらいは余裕で生まれて、こっちは伯父生活を満喫していたはずだ。それがタイミングを外しまくった結果、エルローズの方は世間的には行き遅れという年齢になった。

この国の貴族の女性は、二十歳くらいで結婚する女性が多い。

二十五歳を過ぎれば口の悪いうるさ方が色々な噂をばらまくのだが、エルローズに限っては人気デザイナーで彼女の機嫌を損ねてドレスを作ってもらえなくなった場合、社交界で笑い者になってしまうのでそんな噂は広がっていない。彼女のすぐ上の兄で家督を継いだ方がエルローズのことをものすごく可愛《かわい》がっているので、そちらの報復も怖い、というのもあるかもしれないが、社交界でエルローズの話はある意味タブーになっている。

エルローズ絡みで唯一支障がない話はドレスのことだけだ。

さらに言えば、一部の人間はエルローズがリヒトの想い人であることを知っているので、リヒトのためにもエルローズ関係の悪い噂話は徹底的に潰している。そうじゃないとリヒトが直々に出張ってしまうのだ。

「どうしてローズに会いに行かないの？」

「だって兄上……もし受け取ってもらえなかったらどうするんですか」

「リドがお土産を渡しに貴方が来るって言ってるんだから、そのまま行きなさいよ。何なら、今すぐにでもローズの家に行ってもいいのよ。十日くらいなら当主代理でも何でもしてあげるわよ」

理由がへたれすぎる。なんで受け取ってもらえないかも、なんていう有り得ない疑心暗鬼に陥っているのか、全くもって理解不能だ。今からエルローズの家に行って、布を渡すついでに心も渡してこい。そのまま二、三日帰って来なくても問題ない。お泊まりでも何でもしてくれば良い。結婚前だろうが何だろうが既成事実の一つでも作ってみせろ。そうなった場合は、心の底から褒め称《たた》えて最速で結婚式の用意をしてあげよう。

「その頭の中に詰まっているのは何なのよ。どうしてローズの前でだけ何も言えなくなるの？　貴方の思考回路が謎すぎるわ」

「誰かを本気で好きになったことのない兄上には理解不能でしょう」

「あら、失礼ね。私にだって好きになった人はいるわよ」

アヤトの言葉にリヒトが本気で「え……？」という顔をした。

この弟は兄を何だと思っているのか。感情のないお人形とでも思っていたのだろうか。アヤトだってちゃんと誰かを好きになる機能は持ち合わせている。

あと、宰相のくせに顔に出すぎだと思う。まぁ、ここは家なので抑える必要もあまりないから良いが、外では気を付けないと。

昔から弟の面倒を見てきたアヤトのオカン的思考はともかく、リヒトは本気で驚いていた。

あの兄が。昔から本心なんて綺麗に隠して他人をからかうことに全力を注いでいるように見せかけて、実はものすごく冷めた目で回りの状況を見ていた兄が。本気で誰かを好きになるなんてことが有り得るんだ。

「……兄上、熱でも？」

「弟よ、兄に対して本気で失礼ね」

「だって兄上、周囲全部、手駒じゃないですか」

「本当に失礼な子ねぇ。そんな風には……思ってた時期もあったのは認めるけど、今は全然違うわよ」

確かに若い頃はそう思っていた時期もありました。物事全てが自分の思い描いた通りに動いてくれていたので、調子に乗っていた時もありました。

「私や貴方、それにリドみたいに頭の中で考えているだけの策略家タイプは、本能で動く人には負けるわよ。だって、こっちが思っている通りに動いてくれないんですもの……。私が好きになった人もそういう感じの女性よ」

「……女性、なんですよね」

「女性よ。言っておくけど、私の服装は趣味よ」

「あ、はい」

この兄と並んだら恋人というよりも女友達にしか見えない気がする。

「ちなみにその女性とは……？」

「そういえば人のことは言えないわね。私ももう長いこと会っていないのよ。ちょっと若気の過ちがあってそのまま見事に逃げられたわ。ティターニア公爵家の影を使っても追い切れなくて……失ったかと思うと気が気じゃなかったわね。ようやく見つけた後は、私と会いそうになると隠れて出てこなくなったから、もう自然に任せようかと思って。私がいくら偶然を装って会おうと思っても向こうは本能で逃げていくのよ。だからもう下手に考えないで、神頼みに任せてるわ。そのおかげか、ちょっとセレスちゃん経由でばったり会えそうな気がするのよね」

いつも自信に溢《あふ》れている兄のちょっと気弱な表情を初めて見た。この兄にここまでの顔をさせるほど本能で逃げまくった女性がすごいと思う。それを思えば、ローズは居場所もしっかり把握しているし、本能タイプではないので隠れても捜し出せる気がする。

「兄上はその女性と会えたらどうしますか？」

「まずは謝るわ。それから誠実に彼女と向き合うつもりよ。それと次の約束。それを取り付けないと、すぐに逃げられそうだもの」

下手に考えないで神頼み、と言っても再会してから先のことはしっかり考えているようだ。

「私のことはともかく、貴方はせっかくローズに堂々と会えるんだから、ちゃんと会いに行ってあげて」

「……はい……」

そう言われても実際、エルローズを目の前にしたらうまくしゃべれない自信はある。

それにしても飄々《ひょうひょう》としている兄がそんなに一途で、長い年月、同じ女性を想い続けているとは思わなかった。案外、似た者兄弟だったんだな、としみじみと思ったのだが、兄に再会した時の女性をちょっと気の毒には思った。

兄上、もう逃がす気ないですよね……。

◆

王都から歩いて半日くらいの場所にあるこの宿場街は温泉が湧き出ているので、郊外の保養地として人気の場所だ。お手軽な値段の宿から高級な宿まで様々な宿が軒を連ねている。

このまま王都に帰っても良かったのだが、ジークフリードの提案で旅の疲れを癒やすためにここで一泊してから帰ることにした。

ジークフリードが選んだ宿は、中心街から少し離れた場所にある隠れ家的な宿屋だ。基本的に少人数の顔見知りしか受け入れない宿なのだが、ここの支配人がジークフリードの知り合いで以前にも何度か泊まったことがあるため、急な宿泊にも対応してくれた。

「いらっしゃいませ」

宿屋に入ると、物腰の柔らかい穏やかそうなお爺《じい》さんが出迎えてくれた。

「お久しぶりでございます、リド様。ようこそいらっしゃいました、お可愛らしいお嬢様」

突然訪ねてきたにもかかわらず、嫌な顔一つせず、笑顔で支配人は二人を歓迎してくれた。

「突然、悪いな。彼女と二人、部屋は別々で頼む」

「かしこまりました。ちょうど並びのお部屋が空いておりますので、こちらへどうぞ」

美しく整えられた庭園が見える部屋の中は居間と寝室が分かれていて、ちょっと高級そうなお宿だ。セレスの部屋は隣なのだが、まずはジークフリードの部屋の居間で支配人から簡単な宿の説明を聞いた。

「温泉はいつでも入浴可能ですので、お好きな時間にお入り下さい。夕食はどうなさいますか？」

「せっかくだからここの名物でも食べに外へ行ってくる。朝は頼む」

「かしこまりました。では、ごゆっくりおくつろぎ下さいませ」

支配人が一礼して部屋から出て行くと、セレスは小さく息を吐いた。

「どうした？　セレス」

居間に置かれたソファーでくつろぐジークフリードは、部屋の雰囲気とマッチしていて大変良く似合っているが、庶民感覚が抜けないセレスはこの雰囲気に負けそうだ。場違いっぽい感じがしてならない。

「こういう場所は初めてなので、どうしていいのか戸惑っています」

「まあ、別に変な緊張をすることはないよ。自分の家だと思ってくつろげばいいんだ」

きょろきょろと辺りを見回しては、恐る恐る高級そうな家具を触るセレスの姿は、小動物みたいで可愛らしい。

別に壊したところで問題はないのだが、本当に侯爵家の娘だったのかと思うほどセレスの感覚は庶民のそれに近い。もちろん学園で貴族としてのマナーは学んでいるし、侯爵家というより王太后と離宮の侍女たちによるマナー講座のおかげで、セレスの所作に問題はない。感覚だけが妙に庶民的なのだ。

セレス的には、異世界の知識に引っ張られている部分があるので、この知識の元になっている人物（ひょっとしたら前世の自分）は間違いなく庶民なのだと思っている。

その知識のおかげで今、普通に暮らしていけているのでありがたいのだが、感覚がそっちに引きずられすぎているので貴族の家にある高級そうな物が少々怖い。いつ壊してしまうのかと、ハラハラドキドキものだ。侯爵家にいる時もあまり高級そうな物には近付かなかったくらいだ。

「隣のセレスの部屋も似たような造りだし、置いてある物だってそう変わらないよ」

「あ……今からでも普通のお部屋に……」

「却下。気にするな。今日はゆっくりくつろいで、明日になったらのんびり帰ろう」

薬草や毒草は平気なくせに、同じようなお値段はするけれど、自分の管轄外の高級品になると触れないというのはどういうことだろう。貴重な薬草の中には、ここにある物よりよほど値段が高い物だってある。ギルド長の部屋にはそういった薬草も普通に置いてあるし、セレスが世話をしている『ガーデン』にだってそういう高価で貴重な薬草はある。

「セレスの持っている薬草の方がよっぽど価値があるよ」

「薬草は落としても割れたりしません。それに薬草なら扱い方がわかるので別にいいんですよ。でも、ガラス製品を落としたら割れるじゃないですか。そう思うとちょっと怖いんです」

少し困ったような顔をしているセレスには悪いが、ジークフリードはそんなセレスの様子に癒やされた。

帰ったら待っているであろう大量の書類や厄介事などを片っ端から片付けて、さっさとセレスティーナの傍に行こう、と改めて決意したくらいだ。

「さて、少し町に出て美味《おい》しい物でも食べようか。ここの名物の串焼きはけっこう美味しいよ」

「はい」

当たり前のようにジークフリードはセレスに手を差し出してきた。セレスは最初こそ恥ずかしがって戸惑っていたのだが、あまりにも当たり前に手が差し出されるようになったので、だんだんと慣れてきてしまい、こちらも当たり前のようにジークフリードの手に自分の手を重ねた。

当然ながらちょっとした触れ合いを目論《もくろ》んでいたジークフリードは、思惑通りにいったので内心喜んでいた。これが当たり前のことだとセレスに無意識に覚えてもらうために、必死で顔に出さないようにしているだけだ。

ジークフリードが普段相手にしているような女性陣とセレスでは、反応が違いすぎるので、今までの経験があまり役に立っていない。セレスの感覚は貴族の感覚ではないので、仰々しい食事よりも気軽に入れる食事処《どころ》を好む。宿だけは安全面を考慮してジークフリードが選んだが、それ以外は基本的にセレスのやりたいようにやらせている。

今だってこの町の名物料理を食べられる店に入って、それはもう幸せそうに食べていた。

「ジークさん、ありがとうございます」

ジークフリードと一緒に行った食事処は大変美味しかった。セレスが「また来たいな」と小さく呟《つぶや》いたら、ジークフリードは嬉しそうに「また一緒に来よう」と言ってくれたので、今度は別のメニューに挑戦しようと思っている。

宿に帰ってきたセレスは、露天風呂に入っていた。

元々、泊まっている人数が少ないせいもあってかお風呂には誰も入っていなかったので、そここの大きさのある浴場は独り占め状態だ。歩いて旅をしてきたせいか足が張っていたのでお湯の中でマッサージをしていると、露天風呂に誰かが入ってくる気配がした。

「あら？　ひょっとしてお嬢ちゃんじゃないの？」

聞き覚えのある声に振り向くと、そこにいたのは吉祥楼のオーナーの女性だった。

「ユーフェミアさん？」

「ふふ、こんなところで会うなんてすごい偶然ね」

ユーフェミアはセレスの隣に座って一緒にお湯に浸《つ》かり始めた。セレスは、ユーフェミアがお湯に入る時にタオルを取ったのでその身体《からだ》を見てしまった。別に女性同士なので何も恥ずかしくはないのだが、セレスとしては将来的にはこうなりたいな、と思うバランスの良い身体をしていたのでついついうらやましくて見てしまったのだ。そんな視線をユーフェミアは感じたのか、ころころと笑い出した。

「大丈夫よ。お嬢ちゃんだって将来的には、ちゃんと出るとこは出てくるわよ」

「……ホントウデスカ……？」

ついつい片コトの言葉遣いになってしまうのは、年齢の割に自分がちょっと幼い感じなのかもしれない、と思っているからだ。同級生のお嬢さん方の中には、すでにドレスが似合う体形の人が何人もいた。その子たちに比べると、自分はまだまだだ。

「本当よ。私だってお嬢ちゃんくらいの頃はもっと細かったわよ。お嬢ちゃんくらいの年齢って色々と変わるから、もうあと二、三年もしたらちゃんとドレスが似合う体形になってるわよ」

貴族ではなくなったのでドレスを着る機会はそんなにないだろうが、それでもやはり憧れはある。

「ユーフェさんみたいな感じがいいです。憧れます」

「あら、ありがとう。憧れるなんて言ってくれて嬉しいわ」

可愛らしいセレスに私にもこんな時代ってあったのかしら？　なかった気がする？　あら？　よく見たら、お湯に入らないように頭の上でまとめているセレスの髪の色が変わっていた。

前に会った時は黒髪だったはずだが、今は銀色に変わっている。王都では今、髪の毛をカラフルに染めることが流行《はや》っているのでセレスの髪色も染め粉かと思ったが、それにしては綺麗な色をしている。まるで天然物の銀色のようだ。

……天然物の銀髪なんてたった一人しかいない。

まさか、ね。

「ところでお嬢ちゃんは一人旅なの？」

このお風呂に入っているのはセレス一人なので、心配になって聞いてみた。もし一人旅で王都に帰る途中なら、帰りは一緒に帰った方が良い。万が一、彼女の銀髪が天然物ならば余計に保護しなくてはいけないだろう。

「あ、大丈夫です。冒険者の方と一緒です」

「冒険者？　お嬢ちゃんの知り合いなの？」

もし変な冒険者ならセレスが危険だ。あのアヤトが保護しているのだから大丈夫だとは思うのだが、万が一、監視の目を外れてここにいるのなら問題だ。

「はい。元々はお姉様のお知り合いの方です。ジークさんはお姉様のお友達です」

「……え？　ジーク、さん？」

「はい、ジークフリードさんという方です。上級の冒険者の方なので、ユーフェさんもご存じですか？」

うん、知ってる。知ってるけど、けっこうヤバめの名前が出てきた。ってゆーか、今この場で絶対に出てきちゃダメな名前だろう。なんでここにいるのか意味がわからない。アヤトのお友達のジークフリードさんなんて一人しか知らないし、ここにいるのを知った時点で影に消されそうな気がする。いや、ここはセレスの知り合いということで見逃してもらおう。言いふらす気もないし、何ならしばらく監視されることも受け入れよう。

色んな意味でお高い椅子に座っているはずの方がどうしてお嬢ちゃんと一緒に来ているのか。でもそれは聞いたらお終《しま》いな気がするのでスルーしよう。

「……そう、ジークフリード様が一緒なのね……」

色んな思考が巡った後に、かろうじて出てきた言葉がこれだった。

これでセレスの銀髪が天然物なのが確定した。

そうかー、今の時代に生まれてたんだー、お嬢ちゃん、完全に捕まってるじゃないの。でもこの場合は、捕まったのはあっちの方かも。

脳をフル回転させた結果、勝手に脳内で納得して、スルーした疑問も解決した。

どうしてお嬢ちゃんと一緒に来ているのか↓『ウィンダリアの雪月花』です。

すごく簡単な回答だった。

「はい。幻月の花を見に行っていたんです。ジークさんが一緒に来てくれたので助かりました」

「そう、良かったわね」

セレスは何も知らないのだろう。まだ知らなくて良いことだから誰も何も伝えていないのだろう。ならば自分だって余計なことは何も言わない。いつかセレスが真実を知った時に、ジークフリードがセレスから距離を置かれようが、グーでパンチを貰《もら》おうが知ったことではないのだから。

◆

セレスとユーフェミアがお風呂の中で会話をしている時、男性側の露天風呂でジークフリードは一人のんびり温泉に浸かっていた。

「早くこうしてのんびりした毎日を送りたいもんだよ。そう思わないか？　ヨシュア」

名指しを受けたヨシュアは隠れていた場所から姿を現して温泉の傍らへと移動した。もちろん服は着たままだし、帯剣も忘れていない。目の前の人物は、いくらお忍びとは言え、いつ何時命を狙われても可笑《おか》しくない人物なのだ。「まさかね……」という感じになってはいるようだが、こうして一人になった時に命を狙われる可能性は十分にあるので、影たちはしっかりと彼を護衛していた。

「せんぱーい、ぜってー先輩じゃのんびりした生活は無理ッス。ムリムリ！　何が何でも騒動が起こります！」

「人をトラブルメーカーみたいに言うな。こっちから何かを仕掛けたことはないぞ」

「あー、そうッスねぇ。仕掛けてきそうな気配があったら速攻潰してるだけッスね」

基本的にジークフリード側から何かを仕掛けることはない。あちらが仕掛けてきたから撃退してきただけだ。

「ヨシュア、誰かウィンダリア侯爵家の領地に行かせろ。セレスティーナのことを誰がどこまで知っていて、領地内で『ウィンダリアの雪月花』がどういう扱いになっているのかを調べてこい」

「了解ッス」

「それと、十年前のあの時のことをもう一度調べ直せ」

「……了解ッス。魅了の薬ッスね」

「そうだ。あの時、それが使われていたのなら、あの女一人で作っていたとは思えない。製造元がいるはずだ。洗い出せ。アヤトが何か隠しているなら吐かせろ」

薬関係は薬師ギルドの管轄だ。十年前、アヤトは当時の薬師ギルドの長の弟子だった。もし本当に魅了の薬が使われていたのならアヤトが気付かないはずがない。アヤトは何かを知っている。

それがこの十年の間に判明したことなのか、十年前にはすでにわかっていたことなのかはわからないが、それでも何かを知っていて隠しているのならば、残らず吐いてもらうだけだ。

「アヤト先輩、素直に吐いてくれるかなぁ」

吐かせる、と言っても相手は権力は効かないわ剣の腕は一流だわ、何かしらの取引材料を持っていかないと素直に教えてくれない気がする。

「俺の私室にある酒でも持っていけ」

「え……それってまさか、あの幻のワインッすか？」

「そうだ、『六十六《ロクロク》ワイン』と呼ばれているあれだ。海底に沈んでいた六十六本のワインの内の一本だ。あれを手土産に持っていけ」

「マジッスかぁ!?」

六十六ワインと呼ばれるワインは海底に沈んでいた船から偶然引き上げられた幻のワインと呼ばれている物で、海の底で熟成されたワインはなんとも言えない芳醇《ほうじゅん》な香りとまろやかさを持つと言われている。

六十六本全て販売が済んでいるため、コレクターたちが手放さない限り、世に出て来ることのない幻のワイン。

ジークフリードはその内の何本かを所有していた。

「珍しくアイツが飲みたいと言っていたからな。それを手土産に持っていって後はお前次第だ」

「うぃーッス」

ワインだけで教えてくれるとは思えないが、後はヨシュアが誠心誠意お願いするしかない。可愛い後輩を助けると思って教えてくれないだろうか。

気持ちよさそうにお湯に浸かりながら「じいさんの領地で片っ端から温泉を掘ってみるか」と、早くも引退後の生活を夢見ているジークフリードと、ちょっとだけどんよりした雰囲気を醸し出しているヨシュアは見事に正反対の表情をしていたのだった。

長旅の疲れを癒やすには最適な温泉から出たジークフリードがセレスを待つためにのんびりとイスに座っていると、誰かが近付いてくる気配がした。

「あら、本当にジークフリード様がいらしたのねぇ」

聞きなじみのない声で名を呼ばれて振り返ると、栗色《くりいろ》の髪と琥珀《こはく》の瞳を持つ艶《あで》やかな美女がいた。

その顔はずいぶん大人になっているが、もう少し若い頃をジークフリードは知っていた。

「……まさか、ユーフェミア・ソレイル？」

「あら、覚えていて下さったんですね。お久しゅうございます、ジークフリード様。一応、貴方様《あなたさま》の名を連呼したくないので、そのお姿の時はリド様とお呼びしても？」

「あぁ、かまわん。十年ぶりか、ユーフェミア・ソレイル」

彼女はあの時の関係者だ。関係者どころか割と中心に近い場所にいた人物だ。

「ソレイル子爵家はもうありませんので、私はただのユーフェミアですわ。今後、その家名を呼ばないで下さいませ」

にっこりと笑って言っているが、ソレイル子爵家を潰したのはジークフリードだ。

「……潰したのは俺だな」

「お気になさらず。ソレイル子爵家は潰されて当然でしたから。それにあの家は、とっくの昔に家としては崩壊していましたもの。リド様が潰さなくても勝手に潰れていた家ですわ。あの義妹のおかげで少しだけ早まっただけですわ」

十年前、ユーフェミアは義妹の味方だと思っていた。だが蓋を開けて見れば、味方どころか義妹とはほぼ接点がなく、むしろ義妹の被害者たちに謝罪と賠償をずっとしていたのがユーフェミア・ソレイルという女性だった。

あの当時、ユーフェミアはリドやアヤトたちを信じていなかった。だから一人で義妹の後始末をしていたのだが、その言葉や行動からリドたちはユーフェミア・ソレイルは義妹の味方だと信じて疑っていなかった。

今、思えば自分の家、ひいては自分自身をも危険にさらすであろう相手に対して警戒するのは当然だし、ソレイル子爵家の内情をよく知らなかったこちらが彼女とその義妹を危険視したのを感じ取って距離を置かれていたのも当然のことだった。

「ユーフェミア嬢、今はどうしているんだ？　それに何故ここに？」

「ふふ、そんな風に呼ばれたのは久方ぶりですわ。今は花街にある吉祥楼のオーナーをしていますの。こちらへはちょっとした湯治に来たんです。少し前に事故で階段から落ちてしまって。その時の打ち身がまだ治らないので、お店の女の子たちが気を遣ってくれたんです」

花街にある吉祥楼といえば古い歴史を持つ高級店で、そこのオーナーは、それなりの手段を持っていないとなれないはずだ。

それに吉祥楼のオーナーが最近、代替わりしたという話は聞いたことがない。花街の内部の情報は漏れにくいとはいえ、吉祥楼クラスのオーナーの交代ならそれなりに話題になっていても可笑しくはない。

「……いつからだ？　いつから吉祥楼のオーナーをしている？　代替わりしたとは聞いていない」

「少なくとも十年以上は経《た》っていますわねぇ」

「ソレイル家の全財産は没収されたはずだ」

「潰れかけた家でしたから、そんなに価値のある物はありませんでしたよ。家の財産は没収されましたが、私個人の財産はないものとされていましたので」

おほほほほ、と優雅に笑う姿は十年前と変わっていない。あの時、ユーフェミア自身も家の財産と見なされて、花街にその身を売って支払金を作ったと聞いている。

「元々、吉祥楼はひいお爺様《じいさま》の持ち物でした。私が小さい頃、まだご健在だったひいお爺様は、お爺様とお父様に商売の才能なし、と判断して吉祥楼を私に譲ってくれたんです。十年前はまだ学生の私がオーナーだと舐《な》められるので、名義だけ別人にしてあったんですよ。でもそのおかげで、あの騒動の時にはソレイル家の財産とは見なされなかったので大変助かりました」

「……十年前に花街に身を売った時、買い取った店がどこかわからなかったのだが」

「自分で自分を買い取っただけです。それからはずっと花街に身を寄せています」

「そうか。……すまなかった」

ユーフェミアのことを十年前はずっと誤解していた。花街に身を売ったと聞いた時も特に何の感情も湧かなかった。

後にユーフェミアの真実を知って彼女の行方を追ったのだが、その時にはもう彼女の姿を追うことは出来なかった。

「その謝罪は必要ありません。私は私のやりたいことをやっただけですから。家に関してもあの騒動がなくても近い将来にはなくなっていたでしょうから、問題はありませんよ。私もあの家は出るつもりでしたし」

セレスといい、この吉祥楼のオーナーといい、貴族の家に生まれてもあっさり家というものを捨てる逞《たくま》しいお嬢さん方だと思う。

「まったく、出来ればこれからは何かあれば相談してくれ」

これはセレスにも良く言い聞かせよう、とジークフリードは思っていたことだった。

「そうそう、リド様はご存じですか？　最近、王都では老若男女関係なく、髪の毛を染めるのが流行なんです。普通では有り得ない色合いにも染められますのでうちのお店でもやってる子は多いですよ」

「ああ、薬師ギルドが良い染め粉を開発したらしいな」

「そうなんですわ。それで今度、うちのお店の子たちに童話やおとぎ話をモチーフにした衣装を用意して、それに合った髪色に染めてもらおうと思っていますの。三人の薔薇《ばら》姫みたいに金と黒と紅もいいですし、思い切って銀色なんかもいいですわね」

いたずらっ子のような笑顔でユーフェミアが言ったのでジークフリードはハッとなった。

「月の聖女様は皆の憧れですもの。当代の国王陛下は、まさか銀髪禁止、なんてアホな政策を作ったりなさらないでしょう？」

「ああ、もちろんそんな愚策は出さないだろう」

「おほほほ、では王都ではしばらく銀髪の子が数多く出現するでしょうねぇ」

ユーフェミアも正確にアヤトが染め粉を作った意味を理解していた。

どうやら温泉でセレスはユーフェミアに自分が『ウィンダリアの雪月花』であることを感づかれたようだ。

ユーフェミアには、そのことを他者にしゃべる気が一切ないらしい。むしろ何故か協力してくれるようだ。

「すまない。ありがとう」

「何のことですか？　私はセレスちゃんが可愛いんですの」

あくまでもユーフェミアはセレスのためだと言い切った。

◆

「お待たせしました、ジークさん」

久々の温泉だったのでゆっくり入浴していたセレスが戻って来た時には、ユーフェミアはすでに部屋に戻った後だった。なので今ここにいるのはジークフリードだけだった。

ユーフェミアがいる間にセレスが戻って来なくて良かった。出来ればセレスには十年前のことは無関係でいてほしい。あれは生き残った者たちの問題であり、あの当時、まだ学園にも通っていなかったセレスには全く関係のない話だ。

「ゆっくり温泉に入れた？　少しは旅の疲れが取れるといいんだが」

「もちろんです。温泉はいいですよね」

異世界の記憶の中には様々な効能を持つ温泉の知識があったので、こちらの世界でも絶対に入りたいと思っていたのだ。王都の近くにあるとは思っていなかったのだが、温泉も気持ち良かったしそんなに遠くないので次回もぜひ来たい。

「王都からでも歩いて半日くらいですし、馬車も出ているようなので、思いつきで一人で来ても大丈夫な感じの温泉で嬉しいです」

まず有り得ないが、もしディーンと喧嘩して「お姉ちゃん、家出するんだから！」と叫ぶ事態になったらぜひここに来よう。家出も出来るし温泉にも入れるし、一石二鳥の場所だ。「だから、姉様、そんなことは有り得ないですし、そもそも姉様はすでに家出している身ですよ？」というディーンの冷静な返答が聞こえてきそうな気がするが気にしない。

「それは……出来れば一人で来るのは止めてほしいが、どうしてもという場合は必ずこの宿に泊まってくれ」

セレスがたとえ王都から半日の場所だろうと一人で旅をして来るのはあまりよろしくないが、どうしても、という場合はせめてこの宿に泊まってほしい。ここならばセレスは安全に過ごせるだろうし、変な男に出会うこともないだろう。

「……えーっと、お心遣いは嬉しいのですが、ここはちょっとお高そうなので……」

今日はジークフリードが宿代を持つと言って譲らなかったのでセレスでも泊まることが出来たが、さすがに一人で来てこの宿に泊まる勇気はない。こんないかにも高級そうなお宿に泊まるなんて絶対無理だ。感覚と貯金が追いつかない。

「俺に付けておけばいい。それくらいの融通はしてくれる。だから遠慮することはないし、何の心配もいらない。むしろ、セレスがここ以外の宿に泊まると思うと俺が心配で仕方がない。仕事を放り出してこっちに来たくなるから、せめてこの宿に泊まってくれ。ダメかな？」

ジークフリードが仕事を放り出してこっちに来たらそれはそれで周辺の方々に迷惑が……!!

異世界の社畜の知識が「仕事を放り出して周囲に迷惑をかけるの……？」という忠告を出してくる。セレスはある意味、自由業とも言うべき職業だ。自分の好きな時に薬を作って、決められている規定量の薬をギルドに納品している。薬を作るのは自分の好きな時に一人で、というスタイルなので周囲に迷惑をかけることもない。

だが、ジークフリードはきっと違う。周囲に多くの人がいて、彼の仕事を待っている。次から次へと来るであろう仕事をこなすのも大変そうだ。今回は代わりの人を置いて来たとのことだったが、ジークフリードが突然いなくなったら周囲の混乱はすごそうだ。

「……なるべく一人で来ないようにします」

妥協点はそこしかなかった。セレスの感覚が「一人でここは絶対無理！」と叫んでいる。そうなるとなるべく一人では来ない、誰かと来ます、と言うしかない。

「そうだな。あらかじめ言ってくれたら俺が一緒に来るから。気分転換にもちょうど良いしな」

確かに一人では来ない、と言った。そして何故か、ジークフリードが一緒に来ることになっている。

「お姉様とかでもいいんですよね？」

「アヤト、か。そうだな、アヤトや弟くんなら問題はないかな」

本心では嫌だが、アヤトや弟はセレスに害を加えることもないし、さすがにそこまでの心の狭さは見せられない。なるべく寛容な大人の男の姿も見せておかなければ、束縛が酷《ひど》いとセレスが逃げて行ってしまう。

そもそも『ウィンダリアの雪月花』は束縛してはいけない存在なのだ。

ちょっと忘れそうになっていたので、不文律をしっかり頭に叩《たた》き込んでおかなければならない。

自由に。セレスの意思を尊重して自由に、でも彼女の安全な生活を守らなくては。

意外とそれが難しい。

まだセレスティーナが『ウィンダリアの雪月花』であることは公になっていないので今のところは大丈夫だが、万が一露見したらセレスの周りが騒がしくなる前にティターニア公爵家の庇護《ひご》下にあることを公表した方がいいだろう。アヤトの弟子なのだから間違いなくティターニア公爵家の庇護下にあるので嘘《うそ》は言っていない。

もしリヒトがエルローズをちゃんと口説き落とせていたら、「養女《むすめ》が欲しくないか？」と唆すのもいいだろう。エルローズならきっと喜んでくれる。エルローズが喜ぶならリヒトが反対することもない。ウィンダリア侯爵家が何を言ってきても、侯爵家が手放した月の聖女をティターニア公爵家が保護するのは当たり前だ、とでも言っておけばいい。前例がある以上、それで黙らせることが出来る。

「セレス、本当に気を付けてくれよ。少しでもおかしいと感じることがあったら俺かアヤトに必ず言ってくれ。何もなくてもかまわないから。セレスが無事でいることが一番大切なことだから」

懇願するようなジークフリードの言い方にセレスは「はい」と返事をした。

少々過保護な気が……！　と思わなくもないのだが、歴代の『ウィンダリアの雪月花』のことを考えると過保護気味なのも仕方ないのかと思う。ちょっとした油断で誘拐された月の聖女だっていたのだ、セレスも十分に気を付けなくてはいけない。

多少の自由と引き換えにはなるかもしれないが、守られる側もルールに沿う必要はあると思っている。本当に好き勝手して誘拐されました、という事態は洒落《しゃれ》にならないので避けたい。

「うん、頼むよ」

ジークフリードはセレスの身を案じてくれている。ジークフリードだけじゃない、ディーンやアヤトたちもセレスのことを大切にしてくれている。そのことを忘れないようにして、なるべく危険なことにならないように気を付けよう、とセレスは心の中で誓って部屋に戻った。

◆

宿の部屋でセレスは一人、ベッドの上に寝転んでのんびりとくつろいでいた。

さすがにお値段が高いだけあって、お布団が柔らかくて気持ち良い。

歩き疲れていた足も温泉でゆっくりほぐして来たので気持ちがいい。後は睡眠をしっかりと取って明日、王都に向かって帰るだけだ。

ただ、こうして寝転がっていてもまだ眠れる気がしない。妙に目が冴《さ》えてしまった。

まさかここでユーフェミアに会えるとは思ってもいなかった。花街の吉祥楼のオーナーは相変わらず艶があってお綺麗な女性だった。

アヤトやエルローズは圧倒的な美貌の持ち主なので初見では近寄りがたい雰囲気を醸し出しているが、ユーフェミアは綺麗なのだが柔らかい雰囲気の持ち主なので気軽に話せる。お客相手の商売をするのに、最適な人材だと思う。

聞き上手だし、選ぶ言葉もうまい。セレスもこれから薬屋でお客相手の商売をしていくので、ユーフェミアは非常に良いお手本だ。あんな色っぽさは出せないが。

「お姉様やジークさんとどういう関係なんだろう……？」

花街のお店のオーナーなのでその関係でアヤトと知り合いなのかと思っていたが、どうも違う気がする。

アヤトにユーフェミアと知り合ったことを伝えた時も変な感じだったたし、温泉でユーフェミアにジークとここに来ていることを告げた時、ユーフェミアも何となく変な感じだった。

似たような年齢だとは思うし、ユーフェミアが昔、貴族だったことを考えると学園で知り合いだったのかもしれない。

「十年前に没落したって言ってたから、その頃の知り合いなのかな……？」

十年前に何か事件が起こって、多くの貴族たちが処分されたと聞いた。ユーフェミアの家もその内の一つだ、と。

ジークフリードは上の方の貴族の当主だと言っていたから、ひょっとしたらその事件に関わっていたのかもしれない。ジークフリードが関わっていたのなら、アヤトも関わっていた可能性が高い。

「何だろう？　十年前の事件って……」

当時、セレスは五歳くらいでまだアヤトとも知り合っていなかった。家でディーンの世話を焼いて、侍女たちに色々と教えてもらっていた年頃なので外のことを気にしたこともなかったし、侍女たちがそう言ったことを教えてくれたこともない。いくつもの貴族が没落したということは相当な大きな事件だったはずなので、あえて教えてくれなかったのだろう。執事の配慮かもしれない。

「図書館とかで調べられるのかな？」

多くの貴族が没落した事件なら記録にも残っているはずだ。十年前の貴族名鑑なども残っているだろうから、そこから消された家もわかる。

……妙に気になるのだ。

十年前に何があったのか。ユーフェミアは確実に関わっているとして、ジークフリードやアヤトも関わっているのかもしれないその事件が何故か気にかかる。

十年前の事件なのでセレスティーナは関わっていないのだが、気になってしょうがない。気になるのなら調べるしかない。それがジークフリードやアヤトからしてみたら不本意なことでも、セレスは十年前の事件の詳細を知りたいと思ったのだ。

「ユーフェさんなら少しは教えてくれるかな……？」

アヤトやジークフリードはセレスが関わることを良しとしないだろうから、聞くならユーフェミアだ。

王都に戻って調べられるだけ調べたら、ユーフェミアに聞きに行こう。それで少しは気になる理由もわかるかもしれない。

ベッドの上で横になりながら、セレスは十年前の事件のことを調べる方法を考えながら眠りについたのだった。

◆

ヨシュアは護衛の任務を他の影たちに任せると、一人、王都へと戻ってきていた。

それもこれも、尊敬する先輩が「十年前のあの時のことをもう一度、調べてこい」という鬼のような命令をしてくれたからだ。ちなみに命令した先輩は、王都まであと半日の場所にある宿場街に良い温泉が湧いているので一泊してから帰ってくる。ずっと歩いて旅をしてきた少女の疲れを少しでも癒やすためだ。

こっちにも、「もう少しそんな優しさを見せて下さい」と言いたいところだが、そうなったらなったで、きっと裏があるに違いないので怖くて言えない。あと、ロックオンした少女と少しでも一緒にいたいという下心がちょっとだけ見えていた。

「調べてこい」と言われたが、ジークフリードの兄を惑わせた女はすでにこの世にいないし、ジークフリードの兄もあの時に亡くなっている。二人はもういないので、あの当時、彼らの周りにいた人間や関係者から話を聞くしかないのだが、今更あの時の話をしてくれるかどうか……。加害者側に関わっていた貴族は軒並み爵位を落とされたり、家そのものが潰れたりして一家離散、なんていう家もあったはずだ。

ヨシュアは被害者側の人間なので、当時はあっち側の人間とはずいぶんと対立したものだ。

「はぁ、まずはアヤト先輩のとこに行って隠してることを吐いてもらわないと」

宿場にある薬屋の店主でさえ、十年前の事件の時、魅了の薬が使われたのでは、という噂が薬師たちの間であったと言っていたのだ。

あの当時はまだ先代の弟子という立場のアヤトだったが、将来の薬師ギルドの長として色々と仕込まれていたはずだ。そのアヤトが禁止薬品である魅了の薬が使用されたのでは、という疑問を持たないわけがない。何かしらを知っている可能性は高い。

それに先代の薬師ギルドの長は薬の変人とまで言われた人物なのだ。もし本当に魅了の薬が使われていたのなら知らないわけがない。


薬師ギルドに着いて、アヤトの部屋の前で思いっきり深呼吸してからヨシュアはその扉を勢いよく開けた。

「せんぱーい、オレ、今日はめっちゃ機嫌悪いんで、ちゃちゃっと吐いて下さいッス」

帰ってきたと思ったら、すごく不機嫌な顔で現れた後輩の「機嫌悪い」発言にアヤトは優雅に笑うだけだった。

「あら、どうしたのよ。機嫌が悪いなんて。リドにいじめられでもしたの？」

「そうッス。で、吐いてくれるんですか？」

「何のことについて？　内容次第ね」

「あ、これ、リド先輩からッス」

何の脈絡もなく、いきなりヨシュアが取り出してこちらに寄こしたワインのラベルを見て思わず二度見した。

「え？　マジで？　これってもしかして六十六ワインじゃないの？」

「そうッス。リド先輩からそれ手土産にアヤト先輩から十年前のことを聞いてこいって命令されたッス」

不機嫌な後輩に先輩は全く動じてくれない。どころか内心、「あら可愛い」とか思われていそうだ。

「十年前、魅了の薬は使われたんッスか？」

単刀直入に聞いた方が早い。じゃないと誤魔化されて終了だ。

「……直球ねぇ、ヨシュア」

子供の成長を喜ぶ母親みたいな目でこちらを見ないでほしい。貴方とは血の繋がりはないし、母親でもない、ってか男性だ。

「半分正解よ。十年前、リドのお兄さんには魅了の薬のようなものが使われていた形跡があったわ。

……ここから先は、ちょっと薬師ギルドの失態になるんだけど、十年前当時でも魅了の薬の作り方を知っていたのは、花街の婆と薬師ギルドの長の二人のみ、のはずだったの。でもあの事件の少し前、裏のルートに大量に魅了の薬もどきが出回っていたわ。いくつか入手して分析してみたんだけど、完全な魅了の薬とは効果や持続時間などに違いやムラがありすぎて、私たちは『もどき』って呼んでいたわ。ただ、もどきは不安定な効果のせいか、解毒薬が効きづらかったのよ。私たちが秘密にしていた理由は、下手に騒いでその存在が世に知られたとしたら、同じようなもどきを作る人が出てくるかもしれないと危惧したからよ」

執務室の机の上で、自分で入れた紅茶を飲みながら、淡々とアヤトは語り出した。

「物が物だけにあまり大勢の薬師たちは巻き込めなかったから、いざとなれば責任の取れる立場の、先代と魅了の薬の効果を知り尽くしていた花街の婆、そして私の三人で分析をしていたわ。他の薬師たちには、もどきの存在は教えたけれど、持ち込まれた場合はすぐにこちらに回すように言ってあったから薬師に持ち込まれた薬だけは回収出来たわ。ただ元々がどれだけ作られたのか、そして誰がどうやって作ったのかがわからなかったの。そうこうしている内にリドのお兄さんがあの女に捕まり、もどきが裏のルートから突然消えたわ」

「もどきを作った犯人は見つかったんスか？」

「いいえ。結局、犯人は見つからなかったの。あの当時、この国にいた長や婆に近い薬師を片っ端から調べたけれど、誰もそんな薬を大量に作った形跡はなかったし、薬の作り方が不完全とはいえ流出した経緯もわからなかったわ」

「どうして裏のルートから突然消えたんスか？」

「そうねぇ、今思えば、きっと実験が終わったのよ」

「……リド先輩に使うための？」

「そう。あの女の最初の狙いはリドだった。リドを落とすことに失敗したからリドのお兄さんを狙ったけれど、いつだって彼女はリドしか見ていなかったわ」

どれだけジークフリードの兄に甘い言葉を吐こうとも、目だけは常にジークフリード本人を追っていた。あの女は、ジークフリードだけを見ていたのだ。

「じゃあ、もどきを作った犯人はあの女ッスか？」

「そうとも言えないわ。知識があったとしても、薬師でない者が薬を作るのは大変なのよ。だから少なくとも薬師、もしくは薬師の勉強をした者が関わっていたとは思っているんだけど、あの女が死んで手がかりはなくなったわね」

ジークフリードの兄を堕《お》とした女。被害者は多いが、彼女のすぐ傍にいてそこまでの秘密を共有出来た人物が生き残っているのかどうか……。彼女に近かった男たちはほとんど亡くなっている。あの事件で命を落とした人物もいれば、この十年の間に亡くなった人もいる。

だが、十年前と変わらない人もいる。

「……先輩、俺、ユーフェミア・ソレイルを見かけたッス」

「あらあら、機嫌が悪い理由はそれね。ヨシュア、一応警告しておくけれど、彼女に近付いてはダメよ。彼女は十年前だって私たちが知らなかっただけで、なるべく被害者を出さないように、と苦労していたんだから。誤解したまま彼女を追い詰めてしまったけれど……。会えたら、私は思いっきり怒られて殴られても仕方ないわ」

ヨシュアには言っていないが、十年前にユーフェミア・ソレイルが花街に売られると聞いた時、彼女の部屋に無理矢理入り込んだのは自分だ。口論になって、普段はどれだけ怒っていようともどこか冷めた目で見ていられたことが一切見えなくなった。

気が付いたらいなくなってしまった彼女を捜し出すことが出来ず、どれほど後悔したことか。

ようやく見つけたと思った時には、すでにティターニア公爵家でも入ることが難しい花街という特殊な場所の上役の一人になっていて、避けられると会うことさえ困難な存在になっていた。

「ヨシュア、貴方はユーフェミア・ソレイルを恨んでる？」

アヤトの問いかけに、ヨシュアは少し考えると首を横に振った。

「彼女が連れて行ってくれていれば、という思いもありましたけど、あの人はそれ以上に他の人を助けてた。十年経って、ようやく見えたこともあります。確かに当時は彼女のことも恨んでいましたけど、あの女に引っかかって忠告も全て無視した弟も悪かったんですよ」

ヨシュアの弟はあの事件の時に、ジークフリードの兄を堕とした女に同じように堕とされて、けっきょく死んでしまった。

ユーフェミアは、同じように堕とされた男の何人かは正気に戻して逃がしていた。荒治療だが、隠し部屋から義妹が誰も聞いていないと思って吐きまくっていた暴言を聞かせ、部屋中を暴れ回っては侍女に暴力を振るう様を見せていたらしい。

だが、弟は隠し部屋に連れて行かれる前に死んでしまった。

「仕方ないわ。後で聞いた話だと、彼女は学園に入った頃から寮で暮らしていて、実家に帰ることすらなかったそうだから」

その間に、実家のソレイル子爵家は義妹とその母にめちゃめちゃにされていたようだ。父親でさえユーフェミアに会うことは全くなかったらしい。

それでも、ソレイル子爵家の名において為《な》されたことだから、と個人的に動いていたそうだ。

実家にこっそり帰って、隠し通路を通って義妹の部屋に案内して、という地道な努力の結果、何人かは正気に戻って義妹から離れていった。

というか、家に帰ることすら出来なかったユーフェミアが、どうして子爵家の隠し通路や隠し部屋などを知っていたのかが謎すぎる。本人は教えてくれる気はなかったが、あの騒動の後、影たちがしっかり調べたら、相当な数の隠し通路が見つかったそうだ。

おそらく、あの家を建てたユーフェミアのひいお爺さんから聞いたとしか思えなかったが、その当時のユーフェミアの年齢はかなり幼いはずだ。そんな報告を受けた時に、よく覚えていたわねと言う感想しか出てこなかった。

「他から当たってみますけど、どこかで絶対一度はユーフェミア・ソレイルに話を聞かないとダメな気がするッス」

救いは、ユーフェミア・ソレイルが元凶の義妹とは全く似ていない点だ。ソレイルの家名を聞くと、イラッとはするが、ユーフェミア自身にはどちらかと言うと申し訳ないという思いしかない。

「その時は、私もその場にいたいから呼んでちょうだいね」

彼女が再び変な冤罪《えんざい》をかけられないように、今度こそしっかり守ろう、そう誓ったアヤトだった。

◆

「おはよう、お嬢ちゃん。お嬢ちゃんたちは今日帰るの？　気を付けてね」

翌朝、朝ご飯をジークフリードと食べていたら、ユーフェミアが挨拶に来てくれた。ユーフェミアはもう少しだけこちらに滞在してから帰るそうだ。

打撲した部分も昨日、温泉で見せてもらったが、痛そうだった青あざになっていた部分も、綺麗に治っていたので薬等の必要もない。休暇を取るのが久しぶりとのことで、せっかくだからもう少しこちらに滞在してのんびりするとのことだった。

「おはようございます、ユーフェさん。先に王都に帰っていますね」

「私も王都に帰ったらお店に寄るわね。その時にまた美肌セットが欲しいわ」

「わかりました。用意しておきます」

「えぇ、よろしくね。それと、もし花街に逃げ込むようなことがあったらいつでも吉祥楼に来てね。私がいなくても、お嬢ちゃんを保護するように店の子たちには言ってあるから。遠慮なくいらっしゃい」

「はい、ありがとうございます」

ユーフェミアとしてはセレスがこの先、薬師として花街に顔を出すようになった時、万が一誰かがセレスに危害を加えるようなことをした場合の報復が、ものすごく怖い気がしてならなかった。

アヤトは当然ながら、ジークフリードまで出てきた日には花街が本気で崩壊しかねない。

そんな事態を防ぐためには、セレスの安全確保が最優先だ。

幸い吉祥楼は花街の看板店の一つで、オーナーである自分は花街の上役の一人に名を連ねている。吉祥楼に逃げ込めば相手が誰であろうともそう簡単には手を出せない。

権力ってこういう時のためには握っておいた方がいい。

最悪、現在の国王陛下が相手でも、ある程度までならば時間稼ぎくらいは出来る。と言っても国王陛下相手だとセレスが逃げ切れる気はしないし、相手も逃がす気はなさそうだ。

ましてや相手が天然物の銀髪の持ち主なので、追いかける方の本気が怖い。

「……お嬢ちゃんも大変ね」

「え？　いきなり何ですか？」

唐突に告げられた言葉にセレスは戸惑いが隠せない。ユーフェミアの脳内で繰り広げられた逃走劇が非常に大変そうだったので思わず言葉に出してしまった。

「いいえ、何でもないわ。リド様も気を付けて下さいね。貴方に何かあったら色々と困りますから」

今、王国が落ち着いているのは、ジークフリードの存在が大きい。一国民としても安定した国家の方が安心して暮らせるというものだ。

「ああ、君も気を付けて。もし、何か困ったことが出来たならアヤトにでも相談をしてくれ。俺が出来ることなら力を貸すから」

「心強いけれど強力すぎる気がするわ。うふふ、でもありがとうございます」

彼女に対する自己満足的な詫《わ》びの一種だとわかっているのだが、こちらとしては本気だ。だが、ユーフェミアはよほどの事態にならないと来ないだろう。

ユーフェミアは、人の話を聞くことはうまくても、誰かに甘えるということが案外苦手な女性だ。恐らく、家族から顧みられることのなかった幼少期の体験が彼女の根本にあり、あまり他人を自分の心の中に入れてくれない。

「まぁ、いいさ。強力なお守りが手に入ったとでも思っていてくれ」

ユーフェミアがいつか、誰かに心の底から甘えられる日がくればいい。そしてそれはきっとそんな遠くない未来の話だろう。

「セレスもいつだって俺を頼ってくれていいんだよ？」

「……うーん、ジークさんに頼るとすごく大事になりそうな予感しかしないんですが……」

セレスの言葉にユーフェミアが爆笑した。

「そうね、お嬢ちゃん。でもお願いだからリド様を頼ってあげて。そうしないともっと大事になりそうだから」

「もっと大事……ジークさんって何者ですか？」

「ん？　秘密だよ」

茶目っ気たっぷりの笑顔のジークフリードと、事情を知っていてくすくす笑うだけのユーフェミアに、セレスティーナはほんの少しだけ「このまま関わって大丈夫かな？」という心境に達していた。

◆

目の前で王国の宝物、否、ジークフリードの宝物になった少女が困った顔をしていた。

おとぎ話の通りに花の青が宿った瞳と彼女だけが持つ銀色の髪。

彼女を守ること、彼女の隣にいること、それらは絶対に他の誰にも譲る気はない。

案外不自由な身の上が煩わしいが、それももうすぐ解消される予定だ。

その後はセレスとの約束通り、他国を見て回るのも楽しそうだ。

「ジークさん、どうしたんですか？」

「何でもない。セレスと他国を回るのが楽しみだなと思って」

「はい。私もです」

恋愛初心者のセレスは今のところ、ジークフリードと恋に落ちるつもりはないらしい。

無いのなら有るようにすればいいだけだ。

「なあ、セレス、おとぎ話の最後は『幸せになりました』がいいよな」

「そうですね、せっかくのおとぎ話なのに最後が可哀想《かわいそう》とか思えるような物語は嫌です」

「俺もだよ。おとぎ話の結末は幸せな方がいい」

「はい」

『ウィンダリアの雪月花』、月の聖女の物語が悲しみで満ちないように己の持てる力は最大限活用しよう。

今はまだ、こうしてすぐ傍にいるだけで満足しているが、いつか本当の意味でセレスティーナの隣に立てるようにジークフリードは努力を惜しむつもりはなかった。

あとがき

初めまして、中村《なかむら》 猫《ねこ》と申します。

『侯爵家の次女は姿を隠す』を読んでいただき、ありがとうございます。

思い返せば一年前の二月十四日。自分用のチョコレートを美味《おい》しく食べた勢いで執筆を始めたこの小説がこうやって本になるなんて思ってもいなかったので感無量です。

真夜中にテンションマックスなくせに暴れたらすぐ寝たいにゃんこの妨害にあいながら執筆をしていますが、最近はにゃんこにお気に入りのイスから早くどけ、と無言で膝の上から圧をかけられています……だいたい負けてイスの上に彼のお気に入りの膝掛けを敷いて終了なんです。

そんなこんなで出来上がったこの作品ですが、ＷＥＢ版とはまたちょっと違う展開も入っているので、すでにＷＥＢ版を読んでいただいている方でも楽しんでいただけると思います。

イラストレーターのコユコムさん、ありがとうございました。

常々周りから「画伯」と呼ばれている身なので、自分の小説にこんなに素敵なイラストが……！と途中で見せていただいていた絵にうっとりする日々でございました。

そして何より、「小説家になろう」で読んで下さっていた皆様。

こうして一冊の本になったのも皆様のおかげです。

筋トレ大好きな担当さん、そっと見守ってたわんこ、後押ししてくれたKさん、出たら読むと言ってくれた幼馴染《おさななじみ》のY、そしてこの作品に関わって下さった全ての皆様、本当にありがとうございました。

中村 猫

作品のご感想、
ファンレターを
お待ちしています

あて先

〒141-0031　東京都品川区西五反田 8-1-5 五反田光和ビル4階
オーバーラップ編集部
「中村 猫」先生係／「コユコム」先生係

スマホ、PCからWEBアンケートにご協力ください

アンケートにご協力いただいた方には、下記スペシャルコンテンツをプレゼントします。
★本書イラストの「無料壁紙」　★毎月10名様に抽選で「図書カード（1000円分）」

公式HPもしくは左記の二次元バーコードまたはURLよりアクセスしてください。
▶ **https://over-lap.co.jp/824004468**
※スマートフォンとPCからのアクセスにのみ対応しております。
※サイトへのアクセスや登録時に発生する通信費等はご負担ください。

オーバーラップノベルスｆ公式HP ▶ **https://over-lap.co.jp/lnv/**

侯爵家の次女は姿を隠す 1

~家族に忘れられた元令嬢は、薬師となってスローライフを謳歌する~

発行　2023年3月25日　初版第一刷発行

著者　中村猫

イラスト　コユコム

発行者　永田勝治

発行所　株式会社オーバーラップ
〒141-0031
東京都品川区西五反田8-1-5

校正・DTP　株式会社鷗来堂

印刷・製本　大日本印刷株式会社

ISBN　978-4-8240-0446-8 C0093

【オーバーラップ　カスタマーサポート】
電話　03-6219-0850
受付時間　10時~18時(土日祝日をのぞく)